Coração, cabeça e estômago

Camilo Castelo Branco *1889 †1954

Camilo Castelo Branco

Coração, Cabeça e Estômago

Paulo Franchetti
Organização e apresentação

martins fontes
selo martins

© 2016, Martins Editora Livraria Ltda.,
São Paulo, para a presente edição.

Publisher Evandro Mendonça Martins Fontes
Coordenação editorial Vanessa Faleck
Produção editorial Susana Leal
Capa Douglas Yoshida
Revisão Ivete Batista dos Santos
Marise Simões Leal
Julio de Mattos

Dados Internacionais de Catalogação na Publicação (CIP)
(Câmara Brasileira do Livro, SP, Brasil)

Castelo Branco, Camilo, 1825-1890.
   Coração, cabeça e estômago / Camilo Castelo
Branco ; organização e apresentação Paulo
Franchetti. -- 2. ed. -- São Paulo : Martins
Fontes - selo Martins, 2016.

   Bibliografia.
   ISBN 978-85-8063-263-7

   1. Castelo Branco, Camilo, 1825-1890 - Crítica
e interpretação 2. Ficção portuguesa 3. Humorismo
português I. Franchetti, Paulo. II. Título.

16-01667   CDD-869.3

Índices para catálogo sistemático:
1. Ficção : Literatura portuguesa   869.3

Todos os direitos desta edição reservados à
Martins Editora Livraria Ltda.
Av. Dr. Arnaldo, 2076
01255-000 São Paulo SP Brasil
Tel.: (11) 3116.0000
info@emartinsfontes.com.br
www.emartinsfontes.com.br

ÍNDICE

Apresentação vii
Cronologia xlix
Bibliografia ativa lvii

Coração, Cabeça e Estômago
Advertência do autor 3
Preâmbulo 5

Parte I
Coração
Sete mulheres 15
A mulher que o mundo respeita 43
A mulher que o mundo despreza 79

Parte II
Cabeça
Jornalista 115
Páginas sérias da minha vida 127

Parte III
Estômago
De como me casei 173
O editor ao respeitável público 205

Notas 223

APRESENTAÇÃO

A NOVELA CAMILIANA

Camilo foi o primeiro escritor português a viver apenas do seu ofício. Numa sociedade que não dispunha de um número expressivo de leitores, num tempo em que os direitos autorais estavam começando a ser reconhecidos (a lei dos direitos de autor, proposta por Garrett, é de 1851), Camilo teve de escrever muito. Suas obras contam-se em centenas: foi poeta, teatrólogo, novelista, crítico literário, editor literário e tradutor de grande atividade.

Ao procedermos a um levantamento do *corpus* moderno da novelística camiliana (isto é, dos livros citados nos estudos mais conceituados de história e de crítica aparecidos na segunda metade deste século), veremos que o cruzamento das informações produz um número enorme: só de novelas e contos, ainda se referem usualmente cerca de quarenta títulos. São textos muito variados, mas a crítica os tem distribuído basicamente em duas categorias principais: a novela passional e a novela satírica de costumes.

A LONGA TRADIÇÃO

Dentre os livros que compõem a primeira dessas categorias, a obra-prima unanimemente reconhecida é *Amor de perdição* (1862). Na segunda categoria, dois livros têm sido muito valorizados desde que o crítico português Jacinto do Prado Coelho, em 1946, chamou para eles a atenção, distinguindo-os, por serem dotados "dum humorismo fino, sereno, reflexivo, que a crítica até hoje não soube devidamente valorizar", das outras novelas satíricas de Camilo. Esses livros são: *Coração, cabeça e estômago* (1862) e *A queda dum anjo* (1866)[1].

Não erraremos muito se afirmarmos que "novela camiliana" é, no vocabulário crítico atual, um termo que recobre, na interpretação canônica de Óscar Lopes e António José Saraiva, a produção do autor dividida em duas linhas, cristalizadas nessas obras-primas, que funcionam como polos de tensão entre os quais oscila o restante da sua obra romanesca. Esses polos, para usar as palavras severas de Óscar Lopes e António José Saraiva, são "o idealismo sentimental e [...] o grotesco materialão"; ou, como dizem em outra fórmula menos dura, a obra de Camilo se desenvolveria numa "oscilação pendular", por meio da tensão entre "duas tendências alternativas, que o novelista raro conseguiu resolver numa síntese, ficando assim ao nível da oposição idealismo-materialismo (no sentido moral mais vulgar)", e que "culminam, respectivamente, em *Amor de perdição* e *A queda dum anjo*"[2].

Para sermos mais exatos na prestação de contas do que é a síntese crítica sobre o desenvolvimento e a estrutura da obra ficcional de Camilo, é preciso apenas acrescentar um outro movimento, que é a sua aproximação progressiva à estética realista, seja por meio do pastiche ostensivo que ele realiza do naturalismo nos romances *A corja* e *Eusébio Macário*, seja por meio da construção das suas *Novelas do Minho*, que são posteriores aos livros de Júlio Dinis e contemporâneas da primeira versão de *O crime do padre Amaro*, de Eça de Queirós.

Nessa descrição, que é a de Prado Coelho e também a de Lopes e Saraiva, o ponto alto da produção literária camiliana não está no final do percurso, mas mais próximo do começo dele: esse ponto é o *Amor de perdição*. As *Novelas do Minho* acabam aí sendo obra de menor relevância típica, e de menor importância estética, pois não se operaria nelas a síntese das duas tendências básicas da ficção camiliana. Seu interesse principal residiria no testemunho do influxo da nova escola realista sobre o velho romancista romântico.

Isso é claramente indicado em Prado Coelho, e já explícito em Lopes e Saraiva, que assim as avaliam: "nenhuma [...] é perfeitamente homogênea, solidamente carpinteirada. O que interessa é que nelas se engastam longas cenas de antologia realista"[3].

Essa é a descrição sumária da obra. Mas, antes de considerá-la com mais atenção, é preciso ainda ver de que modo ela é posta em função do seu tempo e, assim, justificada. Para isso, é suficiente recorrer a um outro renomado especialista camiliano, que é Alexandre Cabral.

Camilo Castelo Branco

Biografia e interpretação primária

Num texto de 1961, que serviu de introdução à republicação, pela Portugália, das novelas de Camilo, lemos logo de início a afirmação mais comum nos textos sobre o autor: a de que a compreensão em profundidade da problemática da novela camiliana tem de ser precedida por um estudo prévio da biografia.

É claro que a vida de Camilo, conjugada à eleição da novela passional como o ponto alto da sua obra, facilita essa leitura. E eis, também na pena de Cabral, a justificativa usual:

> De tal maneira o comportamento dos heróis se assemelha, se entrelaça, se ajusta à desconcertante personalidade do seu criador, multiforme e contraditória; tão coincidentes são as dramáticas situações da vida real, que lhe são impostas ou por ele imaginadas [...], com os conflitos da ficção, que no nosso espírito perdura longamente esta estranha hipótese: as personagens vivem na novela os diabólicos passos da existência do escritor [...], quantas vezes numa antevisão profética e satânica, ou é o romancista que se compraz em reviver fisicamente os dramas de sua criação[4]?

Aqui temos a leitura biográfica e romântica no seu esplendor: até o diabo mostra o rabo. Mas o que é, de fato, que está em jogo aqui? Sabemos que a coincidência da vida e da obra era uma parte da estética confessional romântica. Assim, é certo que a obra de Camilo e a sua vida foram lidas uma em função da outra, como reforço mútuo. E é certo que essa conjunção produzia um determinado sentido, tinha uma consequência estética. A maneira como Camilo, que era um homem que vivia da pena, fez render esse ponto, com a legenda que criava em torno de si mesmo, é, de fato, uma questão histórica interessante. Mais interessante ainda é observar que, culturalmente, essa fusão se realizou, e isso agiu também sobre a recepção da obra. O testemunho da eficácia do procedimento é que, cem anos depois, um dos maiores especialistas na obra de Camilo Castelo Branco continue pensando a questão do mesmo ponto de vista instaurado pelo romancista.

Mas há mais do que isso. Alexandre Cabral, na sequência, justifica também biograficamente os dois pólos do estilo camiliano, descritos por Prado Coelho e por Lopes e Saraiva. Assim: a novela passional seria originada pelo "clima emocional da época [que] foi absorvido pelo mundo novelístico de Camilo, e nessa atmosfera saturada de paixão e lágrimas, de grandezas e misérias, as personagens movem-se, tal como acontece com o seu criador, não só pelos impulsos próprios, mas também pela estimulação, digamos, do meio mórbido em que vivem".

Já o humor grosso e a virulência da sátira camiliana se explicam pela tese do ressentimento, de larga fortuna, que em Cabral se vê cristalizada de modo modelar:

> Pondo de lado todos os sofismas, a verdade é apenas esta: as almas eleitas consideravam-se espoliadas na repartição

dos benefícios e honrarias da sociedade. Realmente, os gênios, os talentos, os indivíduos inteligentes vegetavam, viam-se na subalterna e vexatória situação de arrebanhar as migalhas que caíssem das suas mesas opulentas. Por isso, eles se vingavam dos nababos, ridicularizando-os na gazeta e no livro [...].

Mas ao mesmo tempo, como repassou toda a obra de Camilo, Cabral vê-se obrigado a anotar que "chega a ser doentia a insistência com que Camilo se refere à sua má fortuna"[5]. E a declarar que às vezes devemos considerar exageros algumas de suas queixas. Isto é, reconhece, de alguma forma, como efeito de sentido, estratégia de conquista de público ou de atendimento a um preceito estético, o que vinha lendo numa clave exclusivamente determinista e biográfica.

Mas a falácia biográfica se revela no seu próprio texto, porque a biografia de Camilo e dos seus antepassados que Cabral resume nos mostra uma coisa curiosa: que a família de Camilo era da mesma espécie de brigões e cobiçosos que encontramos a rodo em Portugal no correr do século XIX, na crise que se seguiu à independência do Brasil. Eis o apanhado geral: um avô magistrado reconhecidamente corrupto; um tio assassino – o tema de *Amor de perdição* – que, depois de mil tropelias pouco românticas, acabou degredado para a Índia; uma tia de má fama, concubina de um ricaço, cuja fortuna esbanjou depois de espoliar a herança da filha de seu primeiro casamento e também a dos seus sobrinhos (Camilo, entre eles); o pai, que viveu amancebado sucessivamente com três criadas.

Quanto à descendência, eis o que nos diz Cabral: a filha do casamento com Joaquina foi exposta na roda dos enjeitados e morreu com cinco anos; a do namoro que teve com Patrícia Emília (nasceu em 48) foi a única que viveu bem, casada, sem a aprovação do pai, com um rico "brasileiro"; Jorge, filho de Camilo com Ana Plácido, era louco e incendiário; Nuno, irmão de Jorge, era sem escrúpulos, devasso e "batoteiro", e de ambos dizia Camilo numa carta transcrita por Cabral: "O Jorge e o Nuno por aqui andam: o primeiro um pouco desordeiro, o 2º. bastante manco; mas quanto a cérebro manquejam ambos."

Depois de nos dar essa história, e de acrescentar que Camilo descobrira ou imaginara que Ana o traíra com cinco ou seis homens, incluindo aí o seu melhor amigo, Vieira de Castro, é que Cabral tenta explicar a sua veia satírica e o seu idealismo, dizendo que eles se devem a um "desajustamento entre o seu caráter e a sociedade e os homens da sua época"[6].

É difícil entender o que quer dizer exatamente, e como se sustentaria aqui a tese do homem superior idealista, ressentido com o sucesso dos grosseiros e sem caráter. O quadro que traça de Camilo não o faz diferente dos oportunistas e devassos, portugueses ou "brasileiros", que ele retrata com tanto azedume.

Amancebar-se, envolver-se em negociatas e raptos, mendigar benesses e empregos, lutar por títulos nobiliárquicos comprados com dinheiro ou com a influência dos poderosos, mudar seguidamente de opinião e partido político, desdizer em público ou em privado o que antes havia jurado ou prometido — em que isso é diferente do que fez Camilo, segundo Cabral?

Se não é diferente, como é possível defender a tese biografista do ressentimento e da idealização, a menos que se mergulhe em complicadas considerações psicológicas sem nenhuma garantia de verificação?

Desse modo, se quisermos continuar sustentando a validade da postulação das duas tendências da novela camiliana como polos em tensão, devemos buscar apoio em outra parte que não na biografia. Sendo assim, os termos que descrevem esses polos, revelando uma extração biográfica tão clara, fazem sentido em outro contexto explicativo? Idealismo sentimental, ressentimento satírico etc.? São ainda operacionais para nós? Descrevem adequadamente a experiência de leitura moderna da obra de Camilo? Penso que não. Que, pelo contrário, obliteram muito do que há de vivo nessa obra, aquilo que dela foi assimilado por outros escritores e que ainda hoje garante o interesse maior da leitura.

Quer isso dizer que não devemos considerar válida a descrição vigente sobre a polarização da obra de Camilo? Não necessariamente. Como também não se conclui daqui que não possamos continuar julgando *Amor de perdição* uma obra-prima da novela passional, ou continuar considerando *Coração, cabeça e estômago* um dos pontos mais altos da novela satírica camiliana. Mas essa polarização esconde tanto ou mais do que mostra, e desvia o olhar crítico na mesma medida em que o concentra em características textuais que só fazem sentido dentro de uma construção tipológica opositiva e simplificada. Ou seja, não obstante o grau de verdade ou eficácia da descrição atual, o que importa investigar, dado o pressuposto biográfico de boa parte da crítica, e dado o mecanismo opositivo que informa as abordagens da obra de Camilo, é se aquilo que vem sendo descrito como o mais vivo, o mais importante e o mais característico da obra de Camilo Castelo Branco o é de fato. Ou, pelo menos, em que medida tem sido um antolho à consideração de outras questões e problemas igualmente notáveis, obscurecidos ou descuidados pela homogênea tradição crítica.

A TIPOLOGIA CONSAGRADA

Um dos pontos centrais da tradição atual dos estudos camilianos é a ênfase nos aspectos narrativos em detrimento dos aspectos ligados à enunciação, à constituição da figura autoral, à reflexão sobre a materialidade do texto; em detrimento, portanto, das várias formas de metalinguagem. Junto com essa ênfase na matéria narrada, caminha a valorização dos ambientes sociais e naturais que aí compareçem. O ponto de excelência é não apenas a fidelidade do retrato, mas também a integração dos elementos sociais e naturais na composição de um enredo econômico. *Amor de perdição*, nesse discurso, é valorizado porque aí tudo está a serviço da unidade de ação, que se estrutura toda em torno do conflito entre o real e o ideal. Essa novela é o modelo também por causa dessa sua característica, e tanto em Prado Coelho quanto em Lopes e Saraiva várias vezes percebemos que é esse o texto ideal para o qual converge o horizonte da obra e o olhar do crítico. Já *A queda dum anjo* ou *Coração, cabe-*

ça e estômago não são objeto de grandes considerações. É na primeira que Jacinto do Prado Coelho fixa mais a atenção, e mesmo assim apenas a avalia desta forma, mantendo a clave biográfica: Camilo experimentava em si mesmo o conflito entre a "magia da civilização e a sedução da vida natural". "Daí o ter feito n'*A queda dum anjo* uma obra relativamente profunda: só é profundo, na verdade, o que se elaborou nas próprias entranhas. Mais uma vez, fez autoironia."

Mas como se descrevem, tipicamente, as qualidades do outro polo, aquele que tem por ápice o *Amor de perdição*? Eis, novamente, a descrição canônica no livro de Prado Coelho:

> A vida aparece nela severamente selecionada, reduzida aos elementos dramáticos, aos instantes de crise e ao esqueleto de fatos em que tais instantes se integram. A "rapidez das peripécias", a "derivação concisa do diálogo para os pontos essenciais do enredo" (qualidades que o novelista era o primeiro a apontar no *Amor de perdição*) caracterizam, dum modo geral, a novela camiliana. A sua técnica aproxima-se, por isso, da técnica teatral, que "abstrai e fixa momentos privilegiados, momentos de crise"[7].

Esse parágrafo atribui, "dum modo geral", a toda a novela camiliana qualidades que não são dominantes na maior parte dos seus textos, nem talvez nos mais conhecidos deles. Ou seja, subsume no tipo do *Amor de perdição* toda a produção novelística do autor. Uma das consequências críticas dessa operação é a brutal redução do *corpus* canónico da novela camiliana, porque são de fato poucos os textos em que essas características são as dominantes. Outra é que ela é construída por meio de um obscurecimento de um outro aspecto do texto novelístico de Camilo, que estava presente no mesmo texto citado por Prado Coelho. Vejamos, para perceber isso, o texto todo do prefácio do qual o crítico retirou as citações entre aspas:

> Este livro, cujo êxito se me antolhava mau, quando eu o ia escrevendo, teve uma recepção de primazia sobre todos os seus irmãos. [...] Não aprovo a qualificação; mas a crítica escrita conformou-se com a opinião da maioria que antepõe o *Amor de Perdição* ao *Romance de um homem rico* e às *Estrelas propícias*. / É grande parte neste favorável, embora insustentável juízo, a rapidez das peripécias, a derivação concisa do diálogo para os pontos essenciais do enredo, a ausência de divagações filosóficas, a lhaneza da linguagem e desartifício de locuções. Isto, enquanto a mim, não pode ser um merecimento absoluto. O romance, que não estribar em outras recomendações mais sólidas, deve ter uma voga mui pouco duradoura[8].

Como ressalta da leitura, para Camilo, as qualidades destacadas pelo crítico não são qualidades que ele julga que possam, sozinhas, sustentar um romance. Pelo contrário, elas lhe parecem insuficientes, e é clara a sua aposta na necessidade das divagações filosóficas, na linguagem apurada e no artifício das locuções – elementos cuja ausência é a condição para a rapidez das peripécias e para a derivação concisa do diálogo.

Coincidem assim na valorização de *Amor de perdição* não apenas os leitores e a crítica contemporânea do autor, mas a posterior tradição crítica até os nossos dias. A subsunção da novela camiliana nesse texto específico, entretanto, é uma descrição bem moderna.

Chegamos agora ao ponto que interessa sublinhar, porque é a última e mais séria consequência crítica desse procedimento de análise: como é na economia do enredo e na eficácia da representação que se reconheceram e hipostasiaram as qualidades da novela típica camiliana, pouco se tratou até muito recentemente – a não ser como defeito ou excrescências – tanto das divagações filosóficas quanto da sua escrita metalinguística ou do artifício das suas locuções, ou seja, da utilização específica que ele faz da língua e das formas narrativas.

De fato, muito diferentemente do que ocorre com Eça de Queirós, cujo estilo tem sido bastante bem estudado desde o livro magnífico de Guerra da Cal, não temos até agora um estudo minucioso e amplo da linguagem camiliana. Óscar Lopes, por exemplo, ressalta apenas o aspecto castiço do vocabulário e da sintaxe. Prado Coelho, nem isso.

Linguagem e construção textual

Hoje, entretanto, quando lemos Camilo de uma maneira extensiva, é justamente o seu estilo e a sua construção textual o que mais impressiona. É a consideração da sua linguagem e da estrutura da sua novela enquanto objeto verbal que nos permite ver os limites da descrição atual e redimensionar a sua interpretação geral.

Para maior clareza desta primeira aproximação ao problema que nos interessa, concentremos a atenção em apenas dois níveis de organização textual. O primeiro é o nível da construção da frase e da produção de efeitos de sentido irônicos ou inesperados; o segundo é do manejo dos elementos macroestruturais do romance e da apresentação física do livro: autor, voz narrativa, narratário, ordenação das partes, disposição tipográfica etc.

Tomemos, como primeiro exercício de consideração do estilo camiliano, uma das *Novelas do Minho*. Chama-se "O filho natural", como a peça famosa de Alexandre Dumas Filho, de que é uma glosa. Consideremos primeiro o enredo: um fidalgo seduz a filha de um farmacêutico, que foge com ele; vivem algum tempo juntos e têm um filho; ele a abandona para seguir a carreira política e fazer um bom casamento; abandonada, a mulher sobrevive com dificuldades, dando aulas; a certa altura, quando o filho tem doze anos, manda-o para o Brasil, aos cuidados de um amigo; o amigo é rico, morre e deixa uma fortuna para o rapaz; o rapaz volta a Portugal com muito dinheiro; o pai fidalgo está arruinado financeiramente, mal conseguindo sustentar a mulher e os filhos; o rapaz se apresenta ao pai como mendigo; uma de suas meias-irmãs tenta ajudá-lo, oferecendo-lhe as joias que lhe restaram dos bons tempos; o filho ilegítimo se revela um homem rico e doa dinheiro à meia-irmã para salvar a reputação do pai e assim vingar moralmente sua mãe.

É um enredo simples e sentimental. Mas a linguagem é muito cuidada e muito nova. Mais nova, parece-me, do que a de qualquer outro texto da época, incluindo aí as *Farpas* ou o único romance que Eça até então publicara, *O crime do padre Amaro*.

Para poder avaliar a afirmação da novidade, considerem-se, em primeiro lugar, estes exemplos de dupla determinação, uma concreta e outra abstrata, como maneira de produzir efeito cômico: ao descrever a morada de uma família nobre, diz que "em redor daqueles paços senhoriais pesava um silêncio triste e torvo"; ao traçar a história da família, faz referência aos "citaristas das cruzadas que morriam [...] entre duas rimas e três cutiladas"; de um magistrado que se atrapalha numa frase e vai dizer: "como lhe faltasse a respiração e a gramática, o procurador tomou fôlego"; umas senhoritas da sociedade são assim apresentadas: "eram as cinco joias do Porto em delicadeza de espírito e de cintura"; mais além, uma "patrulha vem chegando com a Moral e com a baioneta..."[9].

Além desses efeitos irônicos, há outros, ainda mais notáveis, como uma frase que apresenta o local de um namoro como "um terceiro andar – altura onde os suspiros exalados desde a rua chegam em temperatura honesta". Ou outra, na qual, por ocasião de umas eleições, diz-nos o narrador que um fidalgo "saiu eleito... por novecentos mil-réis, trinta e nove cabritos, e 2 $^1/_2$ pipas de vinho verde". Ao que ainda acrescenta: "– vinho que devia ser um exagerado castigo daquelas consciências corrompidas dos cidadãos". Ou ainda esta outra, que descreve a perturbação do pai da heroína, quando percebe que ela fugiu de casa para viver com o amante: desceu ele à sala "tão insuficientemente vestido, como o poderia estar o nosso primeiro avô, se fugisse do Paraíso depois de inventar o lençol"[10]. Para caracterizar a antiga linhagem do sedutor, o narrador começa seriamente a retroceder na sua árvore genealógica, até que abandona a tarefa e conclui: "indo na pegada da família depararia com o macaco de Darwin; e talvez seja anterior aos macacos; e desmente o dilúvio".

Todos esses exemplos, que são apenas os mais interessantes, mas não os únicos, foram colhidos numa narrativa breve de trinta páginas e de tom dominante não jocoso.

As *Novelas do Minho* são de 1877, mas essas mesmas características de estilo já estavam presentes desde a década anterior. Apenas nas *Novelas* adquirem maior sistematicidade. No texto de *Coração, cabeça e estômago*, por exemplo, que é do mesmo ano de *Amor de perdição*, o concreto e o abstrato, o alto e o baixo se combinam de forma brilhante numa frase, ou por justaposição simples e surpreendente, ou por meio da junção de um substantivo e de um adjetivo equívoco. Assim, de uma senhora pouco culta e inteligente, diz o narrador, logo na primeira página, que "não tinha caligrafia, nem ideias"; logo adiante, umas senhoras são confinadas a um convento "com uma pequena mesada e a esperança de ficarem pobres"; o dote de outra senhora, que era constituído principalmente por burros de aluguel, é denominado "dote quadrúpede"; de uma dama, que bebia, diz o narrador que seria para amar-se, se fosse possível imaginar que tivesse "dentro do seio tanto coração como vinho de Setúbal"; de um amante grosseiro, diz que conduzia uma francesa com "doces repelões"; e mais para o final do texto deparamos com veterinários qualificados de "Hipócrates bovinos".

Entre os primeiros e os últimos livros de Camilo, seria possível colher dúzias de exemplos como esses. Sendo tantos, e de tal qualidade, a pergunta que imediatamente se apresenta ao espírito é: como foi possível que tais características estilísticas ficassem assim obscurecidas? Mas não foram apenas essas e outras construções frasais de larga fortuna posterior que ficaram sem atenção. Outras questões igualmente notáveis, e talvez até mais importantes, porque dizem respeito ao nível de estruturação macrotextual, também permaneceram sem a devida atenção crítica.

Imagens da narração e da narrativa

Uma das principais imagens é a constante referência de Camilo ao fato de escrever para viver, e de ter, assim, de dar ao público o que ele quer comprar, o que tem consequências diversas no plano da arquitetura e da realização textual. Vejamos alguns exemplos, dentre os inúmeros que poderíamos alinhar aqui.

No prefácio da segunda edição de *A doida do Candal*, Camilo diz que pensou em pôr umas palavras filosóficas contra o duelo no livro, mas, mesmo sem tê-lo feito, vendeu mais do que *A bruxa de Monte Córdova*. Ora, comparando os dois, achou que fora a filosofia que lhe estragara *A bruxa*, daí ter resolvido deixar o livro como estava. É que, como logo vai afirmar, ele é um escritor que escreve para viver, e por isso escreve para o leitor do presente, pois só pode escrever para a posteridade quem tem seguro o que comer.

No prólogo de *Onde está a felicidade?* (1856) – livro todo permeado de digressões filosofantes –, propagandeia as qualidades do seu texto por oposição ao romance romântico típico, que abusa de cenas de tempestades, etc., como forma de atrair o leitor. Em *O que fazem mulheres – romance filosófico* (1863), tenta juntar as duas qualidades que sete anos antes apresentava como antagônicas e, num prólogo intitulado "A todos os que lerem", escreve:

> É uma história que faz arrepiar os cabelos.
> Há aqui bacamartes e pistolas, lágrimas e sangue, gemidos e berros, anjos e demônios.
> É um arsenal, uma sarrabulhada, e um dia de juízo!
> Isto sim que é romance!
> Não é romance; é um soalheiro, mas trágico, mas horrível, soalheiro em que o sol esconde a cara [...] Tenebroso e medonho! É uma dança macabra! Um tripúdio infernal! Coisa só semelhante a uma novela pavorosa das que aterram um editor, e se perpetuam nas estantes, como espectros imóveis.
> Há aí almas de pedra, corações de zinco, olhos de vidro, peitos de asfalto?
> Que venham para cá.
> Aqui há cebola para todos os olhos; Broca para todas as almas; Cadinhos de fundição metalúrgica para todos os peitos. Não se resiste a isto. Há-de chorar toda a gente, ou eu vou contar aos peixes, como o padre Vieira, este miserando conto[11].

Não satisfeito com esse discurso destinado, apesar da ironia, a atrair o leitor romântico, o autor apresenta a seguir um segundo prólogo dirigido aos possíveis interessados no "romance filosófico". Intitulado "A algum dos que lerem", é um texto que fala seriamente das virtudes da heroína, e se defende antecipadamente da acusação de inverossimilhança. Finalmente, como uma espécie de termo conciliatório, dá-nos um terceiro prólogo, que se apresenta como um "Capítulo avulso / para ser colocado onde o leitor quiser".

A composição do "Capítulo avulso" é, por si só, notável. Começa com uma implicância gratuita do narrador com o sobrenome do escritor/personagem Francisco Nunes: com um tal sobrenome ninguém pode, na sua opinião, ser escritor, pois há sobrenomes, sentencia, que "parecem os epitáfios dos talentos...". Atormentado sem muita razão, talvez apenas em função dos comentários do narrador, o Nunes caminha pela rua fazendo um enorme e empolado discurso contra o charuto que vai fumando e que por fim atira por sobre um muro. Ninguém o ouve, exceto o narrador, que diz segui-lo "com sutis sapatos de borracha" e faz as vezes de ouvinte e de crítico, avaliando-lhe os gestos, a figura e o estilo. Assim, quando o herói narra a história do fumo e sua chegada à Europa, com o cuidado de precisar o ano de introdução do tabaco em Portugal, o narrador põe uma nota: "é para espantar a memória de Francisco Nunes, em crise de tamanha angústia"; e, quando, em certo ponto, o tom declamatório do solilóquio de Nunes triunfa sobre a situação concreta em que fala e ele dirige incongruentemente uma apóstrofe aos "senhores deputados", logo aparece outra nota, criticando-lhe duramente o estilo e a distração.

É certo que os acontecimentos do "Capítulo avulso" terão consequências na estruturação da trama: o charuto de Nunes despertará as suspeitas do ciumento proprietário do terreno onde ele foi lançado. No momento em que ocorre, entretanto, isso não é imaginável, e ao leitor só é possível a sua fruição como paródia: ou da precisão documental do romance realista, ou dos excessos emocionais da personagem romântica. Mas a descoberta da função do capítulo na economia narrativa não elimina o seu primeiro efeito de sentido. Pelo contrário, realça-o como um momento de exibição e celebração dos poderes do autor da construção ficcional.

A perícia do discurso camiliano em mobilizar, ironizar e desconstruir as expectativas de diferentes tipos de leitores desse seu "romance filosófico" tem várias outras atualizações textuais, das quais uma das mais notáveis é a existência de um trecho de prosa entre os capítulos XIV e XV, identificado apenas como "Cinco páginas que é melhor não se lerem". Nelas, a meta do narrador é, nas suas palavras, "um alvo transcendental. Nem mais nem menos, [...] provar que o Código do Imperador Justiniano [...] traz uma lei de tamanho absurdo e insensatez, quanta é a indignação com que para aqui a traslado...".

Seria possível continuar indefinidamente comentando, nas muitas novelas camilianas, um número realmente espantoso de procedimentos metalinguísticos destinados a afirmar o lugar do autor e a destacar o caráter ficcional e arbitrário da narrativa que se dá a ler. Mas é possível traçar um quadro muito claro dos recursos camilianos considerando apenas mais um texto, a novela *A filha do arcediago*, de 1856.

Em *A filha do arcediago*, o enredo se dissolve em duzentas páginas muito digressivas, nas quais a reflexão jocosa sobre as técnicas e a forma do romance ocupa o lugar central. Tudo aí é objeto de ironia, mas o principal alvo do narrador é ele mesmo, a sua função na narrativa, os recursos técnicos de que lança mão, as convenções de apresentação textual do romance etc. Dentre o leque muito vasto das opções de exemplos que essa novela nos oferece, destacaremos a seguir apenas alguns poucos: aqueles momentos em que as questões para as quais chamamos a atenção se veem de modo mais evidente. Nessa drástica seleção, comecemos por notar que, no capítulo XIX, o casamento de duas personagens é apresentado em forma de teatro: um "drama em um ato", com direito a apartes e descrição de cena. Tem assim o casamento um destaque textual bastante grande. Talvez por isso mesmo o capítulo seguinte comece com uma digressão do narrador, acusando a queda de nível do seu romance: "Sou o primeiro a confessar que o meu romance está caindo muito! [...] Ainda um casamento... passe! Mas dois casamentos!... É abusar dos dons da igreja, ou romantizar o fato mais prosaico desta vida! Isto em mim creio que é falta de imaginação, ou demasiado servilismo à verdade! [...]." Finalmente, depois de muito discorrer sobre o fato de haver já promovido os tais dois casamentos e de prometer novos desenvolvimentos do enredo, anota: "por enquanto, peço ao respeitável público que suspenda o juízo a respeito da minha capacidade inventiva".

Outra situação interessante se encontra no capítulo XXI, quando o narrador, depois de descrever uma senhora apanhada em situação constrangedora, diz ao leitor o que ele faria se fosse mulher, e para isso abre dois intertítulos, "solteira" e "casada", em que assume a primeira pessoa e descreve as ações possíveis.

Finalmente, para não alongar muito estes exemplos, destaquemos apenas mais dois momentos muito interessantes desse romance que precede, de seis anos, as obras-primas sentimentais e satíricas que são *Amor de perdição* e *Coração, cabeça e estômago*. O primeiro se localiza no final do capítulo XXVII, já no final da novela. Ali deparamos com o seguinte quadro, cuja ironia dispensa comentários:

Relação das pessoas que já morreram neste romance

O mestre de Latim	1
A Senhora Escolástica	1
O arcediago	1
Uma velha da Viela do Cirne, cujo nome me não lembro	1
O Senhor António José da Silva	1
Antónia Brites, amante de Augusto Leite	1
Dous soldados de cavalaria	2
Soma total	8

Continuarão a morrer convenientemente[12].

XXVII

O segundo se encontra quase ao final da novela, quando o narrador se demite da função que até ali exercera com extremos de cabotinismo: dá por encerrada a sua tarefa, transformando o texto em romance epistolar e dando livre curso à intriga sentimental:

> Agora, leitores, o meu trabalho termina aqui. As cartas, que ides ler, confiou-mas a pessoa que me contou esta história. São textuais. Podem ver-se em minha casa, desde o meio-dia até às quatro horas da tarde[13].

A COSTELA ROMÂNTICA DA CRÍTICA

Prado Coelho, comentando essa última novela, diz que "*A filha do arcediago* constitui, na verdade, a primeira novela de Camilo em que ele foca a vida familiar no seio da burguesia portuense. O seu principal fito não era a fidelidade ao real; a sua intenção era combater o burguês pela caricatura".

O que Prado Coelho não percebe ou não valoriza é que, muito mais notável do que a caricatura, o ponto central de todo o livro, que responde pela forma especial do seu discurso, é o jogo com as expectativas de leitura. E isso não apenas nessa novela, mas também em *O que fazem mulheres*, que comentamos há pouco, e na esmagadora maioria dos outros livros de Camilo.

Não perceber esse jogo com as expectativas deixa no escuro a única regra inflexível que vigora em todas as narrativas sentimentais camilianas, por mais digressivas que elas se apresentem. Essa regra é: o tom digressivo não pode manter-se indefinidamente. Em algum momento cessam as digressões, ou rareiam muito, e o enredo ganha centralidade, se expande e prossegue até o seu final catártico. Não porque, como quer Prado Coelho, "a vocação [de Camilo] o chama para lá". Mas porque esse é o jogo, essa é a expectativa principal do leitor. Esse é o ponto que é preciso ressaltar: o que torna muito notável o texto de Camilo é o trabalho sistemático com a tematização das expectativas de leitura. Seus prólogos, dedicatórias, notas de rodapé e digressões internas ao texto das novelas frequentemente espezinham o gosto dominante, denunciam expectativas de leitura limitadas ou rebaixadas. Expectativas que Camilo, escritor profissional, sabe perfeitamente satisfazer no nível da narrativa. E está condenado a satisfazer.

É assim que, ano após ano – ou melhor, mês após mês –, escreve prefácios como o que abre a peça "Patologia do casamento", nas *Cenas contemporâneas*. Ali, dirigindo-se à leitora D. Fulana, progride rapidamente da ironia ao sarcasmo, e, ao atribuir-lhe gostos e leituras românticas típicas, oferece-lhe a peça como concessão desdenhosa, dizendo: sei que "tem na cabeça muita soma de teias de aranha, e não serei eu a vassoura de limpeza". E é assim que mês após mês vai produzindo a novela passional ou a novela de enredo rocambolesco e comentando qual vendeu mais ou menos e o porquê dos favores do público.

Nesta leitura, Camilo nos aparecerá estilisticamente, num nível macroestrutural, como um homem próximo de Garrett.

E, como este, muito próximo de escritores do século anterior, tal qual Stern ou De Maistre, que viam o texto romanesco não como sendo basicamente o desenvolvimento de uma intriga, nos moldes mais propriamente românticos, mas como uma prática narrativa em que o comentário filosófico ou simplesmente digressivo e espirituoso aparecia como o ponto distintivo do gosto.

Mas Camilo não é um homem do século XVIII. Está submetido à prática da literatura como profissão e, portanto, condenado ao público que tem. Por isso, a leitura que aqui ensaiamos aponta para um quadro descritivo em que a genialidade de Camilo está em utilizar criticamente as expectativas de leitura e as formas em que se cristalizam, sejam elas a novela sentimental, a novela picaresca, ou a narrativa naturalista. O que quer dizer que a matéria principal dos seus textos são as imagens da narrativa e da sua função na sociedade burguesa.

É no trabalho com as formas, agindo por contraposição ou acomodação, exercendo a literatura como prática polêmica, que vamos encontrar o Camilo que melhor corresponde aos valores do nosso próprio tempo. Aí podemos reconhecer a sua modernidade, o seu interesse para nós. E desse esforço por uma nova descrição resultará um escritor que situaremos numa outra família espiritual, diferente da que tem sido a sua. Nessa nova família, como já deve ter ficado claro pela exposição, estará também, entre outros, Machado de Assis, com alguns degraus de parentesco que ainda cumpre determinar.

No entanto, o que a tradição crítica tem geralmente valorizado e continua a valorizar, na apreciação da sua obra, é aquilo que ela tem de menos interessante. Ou porque a novela camiliana é julgada em face do que está por vir, isto é, como passo evolutivo em direção às preocupações realistas que vieram logo a seguir (nesse caso, o que se valoriza é a abrangência e exatidão do retrato da vida interiorana portuguesa, bem como a sátira dos tipos sociais do período desenvolvimentista da Regeneração); ou porque ela é julgada em função dos próprios valores que propaga, seja pela coincidência vida/obra, seja pela afirmação vaga, subjetiva e impossível de descrição rigorosa de que a qualidade da sua obra decorre da "autenticidade" do seu autor, do seu conhecimento profundo do "sentimento humano", da "intensidade ou profundidade do (seu) sentir"[14].

A renovação crítica

As exceções que confirmam a regra são dois estudos de Abel Barros Baptista, publicados em 1988 e 1993[15]. Nesse caso, melhor seria dizer que são exceções que sumariam a regra, dissecam-na e põem à luz o seu desinteresse atual.

Dialogando com a tradição dos estudos camilianos, bem como com os modernos estudos formalistas, os dois ensaios de Baptista equacionam o resistente conjunto de pressupostos críticos e de julgamentos estéticos calcados nos lugares-comuns românticos da vinculação da obra com a vida individual do escritor e, menos centralmente, um não menos resistente entendimento da obra como esforço de retrato objetivo da vida social.

Ao leitor brasileiro, não familiarizado com o meio literário português – não familiarizado sobretudo com a confraria dos camilianistas e com a dinâmica da sua atuação na cultura portuguesa –, boa parte do trabalho de Baptista parecerá talvez supervalorização de um inimigo fantasmático[16]. Principalmente porque, tendo feito o trabalho de desarticular os lugares-comuns da crítica portuguesa especializada em Camilo, Baptista não pôde ou não achou interessante propor uma nova descrição pormenorizada da novela camiliana que pudesse nos livrar das categorias herdadas da crítica anterior. Mas a verdade é que nesses textos se desenha um caminho de superação dos impasses da crítica, que começa pela proposição de uma "revolução camiliana":

> Camilo protagoniza, de modo específico, o movimento de transformação da ordem do discurso através do qual o romance moderno se torna o gênero dominante na hierarquia dos gêneros literários[17].

Essa transformação tem, como principal consequência (ou como primeira condição, também se poderia dizer), a afirmação de um novo tipo de discurso, baseado numa competência propriamente discursiva, isto é, numa competência de escrita, e não de outra ordem:

> ao afirmar sobretudo uma competência da escrita, movendo-se em diferentes lugares, libertando-se de determinações políticas, ideológicas ou religiosas, [Camilo] impõe um

novo lugar de enunciação e uma nova figura de escritor, aquele que tem legitimidade e capacidade para viver desse estranho ofício que consiste em fornecer os outros com romances que deixam o mundo tolo e mal tal qual era quando cá entramos, para usar as palavras finais de *A brasileira de Prazins*...[18].

Na sequência, alguns trabalhos, assinados por Baptista e por outros críticos mais jovens, finalmente vêm deslocando a inflexão romântico/realista da crítica camiliana e destacando outras obras, anteriormente relegadas a um segundo plano de interesse e importância[19]. De modo que é possível imaginar que o velho romancista de S. Miguel de Ceide adquirirá, nos próximos anos, um novo rosto, será objeto de renovado interesse e certamente terá o seu lugar redefinido no cânone da literatura de língua portuguesa.

Notas para a leitura de *Coração, cabeça e estômago*

O interesse principal desta novela de Camilo não reside no enredo da história narrada em primeira pessoa por Silvestre da Silva, mas nos efeitos cômicos produzidos pela distância de pontos de vista entre Silvestre-personagem e Silvestre-narrador.

Após percorrer as fases da vida que denomina "coração" e "cabeça", Silvestre se encontra, no momento da composição do texto autobiográfico, na fase do "estômago", julgando-se possuidor de mais experiência e de mais abrangência de visão; de mais sabedoria, enfim. É em nome dessa sabedoria que procede à crítica, por meio da ironia e do sarcasmo feroz, dos seus atos e motivos nas duas fases anteriores.

A questão é: em que consiste a sabedoria do "estômago"? Em que medida o ponto de vista do "estômago" pode ser considerado mais abrangente do que o ponto de vista do "coração" e da "cabeça"? O que é o mesmo que perguntar: em nome de quais valores Silvestre se debruça sobre a sua vida passada para extrair dela uma boa dose de ridículo como registra impiedosamente?

Uma primeira constatação da leitura é que a principal deficiência de Silvestre jovem é a sua ingenuidade. Ingenuidade que não deve ser confundida, à maneira romântica, com pureza de caráter ou idealismo irrealista. Silvestre jovem é apenas um homem sem experiência, cuja visão da vida social, dos motivos dos atos e das regras de conveniência é muito estreita.

Seu maior problema é a falta de eficácia de suas estratégias, que nem sempre são louváveis. É por não resultarem em nenhum proveito, muito pelo contrário, que são risíveis. É o caso, por exemplo, do seu romantismo postiço, produzido exclusivamente no nível da aparência física e dos hábitos externos. É a inutilidade da fabricação da aparência macilenta, das olheiras pintadas e da calva postiça que permite que o jovem Silvestre seja ridicularizado como pateta ingênuo. O mesmo se dá com a sua investida amorosa baseada na aplicação literal dos procedimentos galantes registrados num livro de versos de sabor arcádico, bem como com a sua ação pública como jornalista. Sendo assim, boa parte da graça do discurso do narrador provém do desnudamento – pela confissão direta ou pela insinuação – dos motivos menores das suas ações e da real origem de atos que se revestem, de maneira pouco convincente, de objetivos de interesse geral.

Assim, o ridículo que cai sobre Silvestre, é basicamente o ridículo da inépcia, pois seu principal defeito é não dar conta de todos os interesses em jogo e, desta forma, não ter a capacidade de instrumentalizar adequadamente os elementos de que dispõe, tendo em vista a realização dos seus planos e desejos. Acresce esse ridículo básico uma outra característica do caráter da personagem quando jovem: a sua impossibilidade de controlar as emoções e sentimentos, cuja erupção revela duas reais intenções e o torna presa fácil de manipulações de terceiros.

A crítica realizada a partir do ponto de vista da maturidade da fase do "estômago" não incide, portanto, sobre o idealismo que caracterizaria a juventude nem sobre o cálculo que seria próprio da idade madura. Incide, sim, sobre o caráter pouco orgânico de cada uma dessas características, bem como sobre a sua conjugação desastrada.

O ponto de vista do "estômago" é, portanto, exclusivamente o da funcionalidade, da realização dos desejos e da perpetuação dos estados agradáveis e do interesse exclusivo do indivíduo. Não é, pois, um ponto de vista que privilegie os valores éticos, embora o livro seja, evidentemente, de crítica de costumes.

Desdobrado em dois momentos, Silvestre dá como testemunho da pertinência das suas análises e da adequação dos seus meios analíticos o fato de se oferecer a si próprio como principal objeto de dissecação, e de que disso resulta um acentuado rebaixamento da sua própria pessoa. Mas, na medida em que, ao longo do livro, o que resulta da leitura é que não há diferença de motivação, nem de estratégias ou de valor moral, entre o jovem Silvestre e as demais personagens, que são bem-sucedidas, resulta evidente que o objetivo último da sua atividade memorialista é proceder ao rebaixamento geral das personagens e instituições sociais. A única diferença é o próprio sucesso, ou seja, o grau de eficácia na obtenção dos mesmos objetivos, pelos mesmos meios. Nesse sentido, sua estratégia argumentativa é clara: o jovem Silvestre não é melhor do que os seus contemporâneos; estes, por sua vez, não são melhores do que ele.

É o que lemos na página 45:

> Nestas minhas confissões hei-de ser modesto, e verdadeiro, como Santo Agostinho e J.-J. Rousseau; mas ainda assim mais honesto que o santo e que o filósofo. O pejo e a natural vaidade querem pôr-me mordaça; mas eu hei-de expiar as minhas parvoíces, confessando-as. Se, por miséria minha, me baralhei e confundi com tantos e tão graúdos tolos, farei agora minha distinção pondo, em letra redonda, que o era. Não me consta que algum dos meus amigos fizesse outro tanto.

O que caracteriza a autobiografia, do ponto de vista da construção textual, é o desdobramento e a reflexividade de uma mesma personagem. Uma personagem que assume a voz narrativa e trata a si mesma como objeto de análise postula sempre um grau de distanciamento entre os dois momentos temporais: o da ação narrada e o da narração. Quando o distanciamento entre o caráter representado nos dois momentos é muito grande ou muito pequeno, dificilmente se produz efeito irônico, como se pode ver nas formas modelares do gênero no Ocidente, que são referidas por Silvestre: as *Confissões* de Santo Agostinho e as *Confissões* de Rousseau. Mas, quando são tênues as linhas de continuidade e contraposição, e o leitor não consegue identificar exatamente as contraposições e semelhanças entre o ponto de vista do narrador enquanto narrador e enquanto personagem, o efeito irônico se instala e passa a tornar ambíguas todas as declarações, pois é o ponto de vista que se torna cambiante e pouco definido.

Vejamos um exemplo simples, entre vários que poderíamos relacionar aqui.

Num determinado momento, o narrador comenta um artigo que escrevera para um jornal, dizendo o seguinte:

> Seguia-se depois a exposição chã da protérvia de Anselmo Sanches, arranjada em três capítulos, cada um com uma epígrafe. A primeira era: *Quousque tandem, Catilina?...* Achou toda a gente literata muita novidade nesta passagem de Cícero a propósito de Anselmo. A segunda epígrafe era *Proh*

pudor, proh dolor! — também nova. O terceiro capítulo rompia com o *Me, me adsum qui feci, in me convertire ferrum*. O todo era broslado de passagens latinas, que tornavam o meu artigo um parto de indignação e outro parto de sapiência.

O trecho é claramente irônico, pois as expressões latinas são chavões batidos da oratória parlamentar. Mas o mesmo narrador, que parece assim denunciar a sua estreiteza cultural de juventude, tanto em prosa quanto em verso, na sua maturidade continua a utilizar-se da mesma cultura de almanaque, tanto para redigir alguns poemas, que acompanham o texto das memórias, quanto as próprias memórias, como se vê na página 80, em que há duas expressões latinas bem conhecidas, uma das quais transcrita de forma inovadora em relação à tradição. E sabemos, pelo que nos é dito pelo suposto editor, num capítulo final, que a leitura não estava entre as práticas do último Silvestre, o da fase do "estômago".

O resultado dessa impossibilidade de estabelecer claramente diferenças de cultura, intenção e valores entre os vários Silvestres que são representados no texto é a corrosão irônica, que, ao contrário de promover a construção de um padrão afirmativo de moralidade, apenas chama a atenção para a inexistência geral de padrões e proclama uma espécie de lei do egoísmo e do casuísmo universais.

Da leitura, só um progresso resulta claro ao longo da trajetória de vida de Silvestre. A transcrição dos seus textos de juventude e maturidade permite ver que há um domínio em que a autobiografia atesta um crescimento inequívoco: o domínio da prosa. Silvestre maduro, às vésperas de integrar-se inteiramente à vida aldeã, escreve muito melhor do que os Silvestres anteriores. Curiosamente, continua tão mau poeta quanto sempre foi. Mas a prosa em que vem escrita a autobiografia é tão espirituosa e bem talhada quanto a de um suposto editor, de que logo nos ocuparemos, e por isso se situa no limite da verossimilhança. Portanto, se houvesse uma declaração positiva que pudesse resumir esse livro, do ponto de vista da edificação social, essa afirmação deveria incidir sobre a relação entre o retiro da vida social, a boa alimentação, a vida ociosa e satisfeita e o desenvolvimento das qualidades literárias.

Mas nem isso é possível de afirmar, pois as memórias se interrompem exatamente quando Silvestre se casa, e então começa efetivamente a fase do "estômago". Do que foi, intelectualmente, esse período nos informa uma anotação do "editor":

> Ao terceiro ano de casado, Silvestre formava com o peito e abdômen um arco. A gordura embargava-lhe a ação e abafava-lhe o espírito nas enxúndias.

E mais adiante:

> Mais de uma vez tentei espertar o entorpecido engenho do meu amigo, recordando as nossas palestras literárias nos cafés e citando passagens mais conhecidas dos seus folhetins. Silvestre acordava por instantes, ouvia-me com aspecto melancólico e de saudade; mas logo retomava o ar alarve e motejador de quem se bandeia com os mofadores das letras.

De qualquer forma, o progresso estilístico de Silvestre é notável e seu texto resulta muito mais sofisticado e bem construído do que parece querer fazer crer o seu "editor".

Essa figura do "editor" tem um papel decisivo na construção da novela e, principalmente, na construção do perfil de Silvestre e dos efeitos de sentido do seu discurso autobiográfico. É tão importante na construção textual, que responde por boa parte do prazer da leitura.

Seu papel é tão grande que podemos falar aqui na existência de duas instâncias narrativas independentes e complementares, de igual importância.

A primeira é, claro, a voz que narra, em primeira pessoa, a história de Silvestre da Silva. A segunda é a voz do "editor", que se apresenta como o compilador, arranjador e comentador dos textos autobiográficos deixados por Silvestre.

O jogo autoral aqui apresentado é muito comum no romance do século XIX. A apresentação de um texto de terceiro por um "editor" (não obstante seu nome apareça na capa do livro como autor) tem por objetivo principal estabelecer a coerência de um ponto de vista narrativo interior à matéria narrada. Um efeito secundário desse jogo autoral é reforçar a verossimilhança pela afirmação da existência de um manuscrito, que o editor/autor apenas transcreve, com intervenções de maior ou de menor importância.

Em *Coração, cabeça e estômago*, o jogo se arma no "Preâmbulo", em que o "editor" estabelece a circunstância e a competência das vozes autorais:

Os manuscritos de Silvestre careciam de ser adulterados para merecerem a qualificação de romance. É coisa que eu não faria, se pudesse. Acho aqui em páginas correntemente numeradas sucessos sem ligação nem contingência. Umas histórias em princípio, outras que começam pelo fim e outras que não têm fim nem princípio. Pode ser que eu, alguma vez, em notas, elucide as escuridades do texto, ou ajunte às histórias incompletas a catástrofe, que sucedeu em tempo que o meu amigo se retirara da sociedade, onde deixara a víscera dos afetos[20].

Na segunda edição, antecede esse preâmbulo uma "Advertência do autor", na qual este declara: "Folheando novamente os manuscritos de Silvestre da Silva, encontrei algumas páginas que merecem ser intercaladas nesta 2.ª edição de suas memórias". E explica: "A simpatia que o meu defunto amigo granjeou postumamente na república das letras e das tretas impõe-me o dever de empurrar portas dentro da imortalidade tudo que lhe diz respeito." O jogo autoral continua o mesmo, porém com uma variação: esta advertência da 2.ª edição é assinada pelo "autor", e não pelo "editor".

Finalmente, uma nota que antecedeu, na mesma 2.ª edição portuguesa, a transcrição de um texto crítico de Teixeira de Vasconcelos, embora evidentemente redigida por Camilo, veio assinada pelo "editor" do romance de Camilo (romance este no qual Camilo, como já se viu, faz as vezes de editor de Silvestre). Camilo é assim, simultaneamente, o editor de Silvestre e de Camilo, e é também o autor do discurso de Silvestre e do discurso do editor de Camilo. Esses deslizamentos da autoria produzem vários efeitos de sentido, o mais importante dos quais é afirmar, em última instância, a onipresença e a onipotência da voz da figura autoral de Camilo Castelo Branco, que frequentemente é o único ponto de foco das várias instâncias narrativas entre as quais desliza o discurso do livro, e a única justificativa para as contradições que se estabelecem entre elas.

Na 1ª edição, o "Preâmbulo" é o lugar onde se estabelecem as principais balizas do jogo autoral. O texto começa com a reprodução de um diálogo entre Faustino Xavier de Novais, escritor português que vivia no Brasil, e um amigo, que logo se identifica como o "editor" do livro de Silvestre. Em certo ponto, o diálogo propriamente dito se interrompe e o texto muda de registro, aproximando-se mais de uma carta ou de uma peroração. É apenas nos parágrafos finais que o leitor percebe que está lendo não uma cena que é dada como prólogo de um romance, mas um texto prefacial, que, numa nota, se enuncia como pertencente a esse gênero e, mais, explicita a circunstância da sua produção. O trecho é o seguinte:

> Silvestre, em poesia, era vulgar; e a poesia vulgar, mormente na pátria dos Junqueiros, dos Álvares de Azevedo, dos Casimiros de Abreu e dos Gonçalves Dias, é um pecado publicá-la.

A nota, por sua vez, diz:

> Este prólogo foi escrito designadamente para ser impresso no Rio de Janeiro.

As balizas, no caso, são a verossimilhança das situações narrativas e os objetivos, ironicamente confessados, de conseguir a adesão do público leitor e comprador. Isto é, o gesto do editor/autor, ao redigir tal nota, altera bruscamente a direção da leitura: o prólogo podia ser visto exclusivamente como um recurso de credibilidade da história narrada e do editor (assegurando, com o testemunho de Novais, a existência do suposto autor do texto que se daria a ler); a nota o torna uma cínica adulação do público carioca, e com isso o desmonta enquanto argumento de verossimilhança. A mesma vontade de adulação pode explicar a encenação do diálogo com Novais, que vivia no Brasil desde 1858, e era uma figura bem conhecida nos meios literários da corte brasileira.

Igual função cumprem outras intervenções do editor/autor. A mais interessante é a capciosa nota da parte VI da seção "Páginas sérias da minha vida", que afirma simultaneamente o caráter ficcional da história de Silvestre e o caráter positivo, objetivo, do conjunto das narrativas assinadas por Camilo Castelo Branco:

> Esta D. Margarida e outros personagens mencionados em seguida pode o leitor conhecê-los em diferentes romances do editor.

Sem querer comentar todas as intervenções do editor/autor, vale a pena pelo menos mapeá-las, tentando uma possível tipologia a fim de indicar a sua importância e variedade.

O primeiro tipo de intervenção do editor/autor, tanto em ocorrência quanto em volume textual, é a anotação que complementa ou atualiza a história narrada, com informações que não estavam disponíveis para o narrador Silvestre, ou porque o editor/autor soubesse mais que ele, ou porque se trata de acontecimentos posteriores à sua morte.

A primeira nota dessa espécie ocorre logo a seguir ao primeiro episódio e impressiona pela extensão, pois é maior do que o texto comentado. Mas chama a atenção principalmente pelo contraste que estabelece desde logo entre o ponto de vista de Silvestre, limitado às suas próprias experiências, e o ponto de vista do editor/autor onisciente.

O relato de Silvestre se resume ao seguinte: seu primeiro amor em Lisboa foi uma senhora chamada Leontina, que namorara um alfaiate; após um rápido namoro com Silvestre, Leontina troca-o pelo padrinho dela, que é um viúvo rico. Tudo o que Silvestre sabe dela, depois do rompimento, se reduz à notícia de que ela se tinha casado com o padrinho e que este trancafiara as duas filhas do primeiro casamento num asilo para melhor desfrutar a vida com a nova mulher. Já o editor/autor relata a sequência dos atos de Leontina e seu marido, suas aventuras extraconjugais, o rompimento e a reconciliação. Conta ainda que Leontina, após a morte do marido, se lembrara de Silvestre e tentara localizá-lo; e também que, entre o momento da lembrança e aquele em que recebe notícias do paradeiro de Silvestre, ela reencontra o alfaiate, já rico em virtude de um prêmio de loteria, e com ele se casa. Por fim, o editor/autor acrescenta que tivera "ocasião de os ver ontem no seu palacete a Buenos Aires. Estão gordos, ricos e muito considerados na sua rua".

Esse primeiro tipo de nota do "editor" tem duas funções: uma é produzir o efeito de sentido de realidade. À medida que corrige ou complementa os fatos narrados por Silvestre, assevera a sua realidade com um testemunho exterior ao discurso do narrador principal. A segunda função é complementar o discurso de Silvestre no que toca à sátira dos costumes, pois todas as informações acrescentadas à matéria narrada por Silvestre vêm reforçar o ponto de vista que é o seu: o de que a hipocrisia e o interesse egoísta são a tônica da vida social.

Um segundo tipo de intervenção é o que comparece no início da seção "A mulher que o mundo respeita". Aí encontramos o editor no papel próprio: o de selecionar e comentar, do ponto de vista estilístico, o texto de Silvestre. Tal papel implica a afirmação de que o autor/editor tem mais cultura, gosto e abrangência de visão do que a personagem narradora, cujo discurso ele edita e publica. Pertencem a este tipo, igualmente, as notas que utiliza para acrescentar ao texto memorialista de Silvestre outros textos de sua autoria. Estes, embora não se encaixem no fio do seu relato autobiográfico, ajudam a compor, como um comentário irônico, o perfil moral e intelectual da personagem. É o caso da longa nota que encerra a segunda parte do romance, na qual o editor transcreve dois textos de Silvestre: um trecho de um projeto não concluído, de descrever a vida elegante no Porto, e um artigo de jornal, em que trata da melancolia e do tédio que abate os habitantes da mesma cidade.

Um terceiro tipo consiste no desmascaramento dos motivos e ações de Silvestre. É o caso das anotações em que o editor sai em defesa dos inimigos de Silvestre, cujas calúnias e injustiças condena em nome da verdade. Ainda nesse caso, o "editor" apenas explicita o que, em vários momentos, Silvestre deixa apenas entendido como o móvel real das suas ações e reações.

Um quarto tipo de intervenção do editor/autor é aquele em que este reúne apenas comentários próprios, que funcionam como glosa, confirmação ou atualização do texto de Silvestre. É o caso do longo texto que finaliza a parte IV das "Páginas sérias da minha vida", no qual o editor/autor discorre livremente sobre os costumes das elites do Porto.

Por último, há uma intervenção propriamente narrativa do editor: a da nota final, "O editor ao respeitável público". Ali, o editor se encarrega de apresentar, em rápidas linhas, um resumo da vida de Silvestre, na fase do "estômago". Complementando a narração em primeira pessoa, essas páginas fornecem um olhar externo e distanciado sobre a personagem narradora, enfatizando a mudança da sua situação econômica, bem como as alterações no seu perfil intelectual e, principalmente, no seu aspecto físico com o correr dos anos.

Os comentários que o editor/autor vai fazendo ao longo da narração compõem, com o discurso de Silvestre, o todo que se chama *Coração, cabeça e estômago*. Sua consideração em conjunto permite ver que o mecanismo básico da constituição das instâncias narrativas é o do distanciamento, que permite o exercício do olhar irônico. Esse distanciamento se obtém principalmente pelo desdobramento: tanto Silvestre é uma personagem dupla (há o Silvestre que vivencia as experiências amorosas e há o Silvestre, mais velho e experiente, que narra a própria história) quanto a própria instância autoral é dupla, pois o "editor" se confunde e se identifica com o "autor" da novela de que os dois Silvestres (o narrador e a personagem) são parte. A sátira e a ironia têm, portanto, sempre três níveis em que os pontos de vista se rebatem: o primeiro é o do Silvestre da Silva jovem, que é, no final das contas, um rústico, como o seu nome indica e o seu sobrenome reforça; o segundo é o Silvestre/autor, que impiedosamente retalha a vida e os pensamentos do primeiro; o terceiro é o editor/autor, que em alguns momentos reproduz, em relação ao Silvestre/autor, os procedimentos que este empregava para ridicularizar o jovem Silvestre.

O resultado desse jogo narrativo é que nada escapa ao efeito corrosivo do olhar satírico, e, mais uma vez, a prosa de Camilo se compraz em ser o ácido que dissolve as certezas e a respeitabilidade dos comportamentos, sem nada apresentar como contrapartida ou ponto de afirmação. Assim, o principal resultado dessa escrita corrosiva é, nas palavras de Camilo no final de *A queda dum anjo*, "uma novela que não há de levar ao céu um número de almas mais vantajoso que a novela do ano passado".

Dispondo basicamente de um público pequeno e de repertório limitado, formado na leitura do romance sentimental francês, a genialidade de Camilo (que, claro, inclui várias outras virtudes) consistiu também em jogar com as expectativas de leitura e com o repertório romanesco, produzindo, ao lado da novela passional, textos que, do ponto de vista dos valores sociais, bem como da construção textual, afirmam, acima de tudo, o seu caráter lúdico de construção literária, que se destina ao consumo e à fruição intelectual e também a prover o sustento do seu autor.

Em *Coração, cabeça e estômago* temos talvez o momento mais luminoso da arte de Camilo, no qual o que dá a solda dos vários episódios soltos e razoavelmente simples é o estilo e o jogo entre as instâncias narrativas e autorais. Nesse sentido, este livro, dentre todos os de Camilo, talvez seja um dos que reúne mais probabilidades de permanecer como referência viva na história da prosa contemporânea de língua portuguesa.

PAULO FRANCHETTI

CRONOLOGIA

1825 Em 16 de março, nasce em Lisboa Camilo Ferreira Botelho Castelo Branco, filho de Manuel Joaquim Botelho Castelo Branco e Jacinta Rosa do Espírito Santo.
Almeida Garrett publica o poema *Camões*, considerado o marco inicial do Romantismo em Portugal.
1827 Em 6 de maio, morre Jacinta Rosa, mãe de Camilo.
1835 Em 22 de dezembro, morre Manuel Joaquim, pai de Camilo.
1835-41 Com a morte do pai, Camilo passa a viver com parentes na província de Trás-os-Montes: primeiro em Vila Real, depois em Vilarinho de Samardã. Aí teve uma vida aldeã, aprendendo as primeiras letras e também um pouco de francês com dois padres da localidade. Em 1841, aos dezesseis anos, casa-se com Joaquina Pereira França, e com ela tem uma filha, Rosa. Abandonadas por Camilo, morrem ambas poucos anos depois: Joaquina em 47 e Rosa no ano seguinte.
1840 Proudhon publica *O que é a propriedade*. O socialismo proudhoniano vai ganhar corpo em Portugal na década de 1860,

e terá como principais divulgadores os jovens Antero de Quental e Oliveira Martins.

1841 Alexandre Herculano publica *O monge de Cister*, na revista *Panorama*, inaugurando em Portugal a voga do romance histórico, que atravessará toda a segunda metade do século.

1843 Almeida Garrett publica, na *Revista Universal Lisbonense*, partes das *Viagens na minha terra*, livro que inaugura a prosa moderna de atualidade em língua portuguesa. Alexandre Herculano publica, na revista *Panorama*, o romance *O bobo* e trechos de *Eurico, o presbítero*.

Camilo frequenta o curso de Medicina, primeiro no Porto, depois em Coimbra. Não faz grandes progressos, mas obtém aí um conhecimento de drogas e de termos de patologia que utilizará profusamente nos romances.

1846 Ainda casado com Joaquina França, Camilo rapta em Vila Real uma jovem órfã, Patrícia Emília, com quem teve uma outra filha em 1848. Desse rapto se origina sua primeira prisão por motivos amorosos.

Garrett publica em volume as *Viagens na minha terra*. Alexandre Herculano inicia a publicação da *História de Portugal*, obra que inaugura a historiografia moderna em Portugal.

1848 Camilo passa a viver no Porto. Sua vida amorosa é intensa e a publicidade que obtém compõe um quadro romântico que influirá de forma significativa na recepção da sua obra. Publica anonimamente o texto *Maria não me mates que sou tua mãe! Meditação sobre o espantoso crime acontecido em Lisboa: uma filha que mata e despedaça sua mãe. Mandada imprimir por um mendigo; que foi lançado fora do seu convento; e anda pedindo esmola pelas portas. Oferecida aos pais de família, e àqueles que acreditam em Deus.* O livro, que teria sido escrito numa noite, a partir das notícias de um fato real acontecido em Lisboa, teve tiragens sucessivas e constituiu o primeiro sucesso literário de sua carreira.

Herculano publica *O monge de Cister*.

Marx e Engels publicam *O manifesto comunista*.

1850 Camilo conhece uma senhora casada da sociedade do Porto, Ana Plácido, por quem se apaixona.

1851 Auguste Comte inicia a publicação (que se encerra em 1854) do *Sistema de política positiva ou tratado de sociologia instituindo a religião da humanidade*. O positivismo, ou comtismo, é uma das referências da nova geração realista, que vai se afirmar em 1871 em Portugal, tendo em Teófilo Braga seu mais notável representante.

1851-52 Camilo publica *Anátema*, seu primeiro romance de fôlego. Mergulhado em uma crise religiosa, interna-se no Seminário do Porto, onde permanece por dois anos.

1854 Morre Almeida Garrett.

1856 Gustave Flaubert publica *Madame Bovary*.

1857 Charles Baudelaire publica *As flores do mal*.

1859 Charles Darwin publica *A origem das espécies*.

1859-61 Ana Plácido abandona o marido, Pinheiro Alves, e vai viver em Lisboa com Camilo. Acusados de adultério, fogem ambos pelo país, perseguidos pela justiça e pelos credores, até que, primeiro ela e depois ele, são apanhados e recolhidos à prisão, no Porto. São julgados e absolvidos em 1861.

1862 Camilo publica oito livros. Entre eles: *Amor de perdição, Coração, cabeça e estômago* e *Memórias do cárcere.*

1864 A partir desse ano, passa a residir em S. Miguel de Ceide, propriedade herdada pelo filho de Ana Plácido com Pinheiro Alves (que morrera em 1863). Camilo vive exclusivamente do que escreve.

Teófilo Braga publica *Visão dos tempos.*

1865 Antero de Quental publica *Odes modernas.* Início da "Questão Coimbrã", polêmica nascida de referências depreciativas, feitas por António Feliciano de Castilho à poesia de Antero de Quental e Teófilo Braga. Publicação do folheto *Bom senso e bom gosto*, em que Antero responde agressivamente a Castilho.

1866 Camilo publica *A queda dum anjo.* Durante a polêmica pela afirmação do Realismo em Portugal, toma o partido de Castilho, publicando *Vaidades irritadas e irritantes*, texto que o indispõe com os jovens da chamada Geração Coimbrã. Publicação, em jornal, dos primeiros textos ficcionais de Eça de Queirós.

Júlio Dinis publica, em folhetins, *As pupilas do Senhor Reitor.*

1867 Júlio Dinis publica em volume *As pupilas do Senhor Reitor.* A obra de Júlio Dinis, com a sua idealização do campo e sua atenção à vida familiar, inaugura uma nova linhagem do romance português, que terá continuidade na obra dos escritores realistas que se afirmarão no decênio seguinte. Seu sucesso parece ter assinalado, para Camilo, a mudança dos padrões de gosto do público da época, pois numa carta desse mesmo ano, endereçada a António Feliciano de Castilho, o romancista registra: "Li e disse cá entre mim, *jam nova progenies* etc. Aquilo é rebate de entroixar eu a minha papelada e desempeçar a estrada à nova geração".

Émile Zola publica *Thérèse Raquin*.

Dostoiévski publica *Crime e castigo*.

Karl Marx publica *O capital*.

1868 Júlio Dinis publica *Uma família inglesa* e, em folhetim, *A morgadinha dos canaviais*.

1871 Realizam-se, em Lisboa, as Conferências Democráticas do Cassino Lisbonense, marco da afirmação da que será conhecida como a primeira geração realista em Portugal: Antero de Quental, Eça de Queirós, Teófilo Braga, Ramalho Ortigão, Oliveira Martins.

Morte de Júlio Dinis.

1874 Eça de Queirós publica *Singularidades de uma rapariga loira*, considerada a primeira narrativa naturalista da literatura portuguesa.

1875 Eça de Queirós publica a primeira versão de *O crime do padre Amaro*, primeiro romance naturalista em português.

1875-77 Camilo publica as *Novelas do Minho*, livro de maturidade, no qual se encontram algumas das obras-primas da narrativa curta em língua portuguesa.

1877 Morre Alexandre Herculano.

Oliveira Martins publica *O helenismo e a civilização cristã*, dando início à construção de uma obra histórica que marcará profundamente a cultura portuguesa do final do século XIX e começo do XX.

1878 Publicação de *O primo Basílio*, de Eça de Queirós. Camilo, nesse ano, numa carta a Maria Amália Vaz de Carvalho, assim se expressou a respeito da nova narrativa naturalista: "Essa escola que abriu o Eça de Queirós vingará por duas dúzias de anos. Aquilo são fezes amassadas, mas a forma que ele lhes dá é atrativa. Tanto importa que a matéria-prima seja de alabastro como de guano; a estátua é bonita. Em cada 100 leitores há 99 Basílios, que gostam de se ver retratados".

1879 Camilo publica *Eusébio Macário*, romance no qual incorpora, ironicamente, procedimentos narrativos naturalistas. Anunciando que escreverá outros livros no novo estilo, Camilo se refere à sua nova criação como "romance faceto". Publicação do *Cancioneiro alegre de poetas portugueses e brasileiros*, antologia comentada da poesia de língua portuguesa, na qual Camilo critica duramente os poetas da geração realista.

1880 Camilo publica *A corja*, romance que tem por subtítulo "continuação do *Eusébio Macário*". Posteriormente, identifica ambos os romances, em subtítulo, como "romance realista". Esse gesto será ridicularizado por Eça de Queirós numa carta-prefácio publicada em 1886. Referindo-se aí aos homens da geração de Camilo, Eça escreveu: "Mas como tu sabes, amigo, nesta Capital do nosso Reino permanece a opinião cimentada a pedra e cal, entre leigos e entre letrados, que Naturalismo, ou, como a capital diz, Realismo – *é grosseria e sujidade*!". E depois, aludindo diretamente aos últimos romances do autor de *Amor de perdição*, anotou: "De tal sorte, que assistimos a esta coisa pavorosa. Os discípulos do Idealismo, para não serem de todo esquecidos, agacham-se melancolicamente e, com lágrimas represas, besuntam-se também de lodo! Sim, amigo, estes homens puros, vestidos de linho puro, que tão indignamente nos arguiram de chafurdarmos num lameiro, vêm agora pé ante pé enlambuzar-se com a nossa lama! Depois, erguendo bem alto as capas dos seus livros, onde escreveram em grossas letras este letreiro – *romance realista* –, parece dizerem ao público, com um sorriso triste na face mascarada: – 'Olhem também para nós, leiam-nos também a nós... Acreditem que também somos muitíssimo grosseiros, e que também somos muitíssimo sujos!'".

1882 Camilo publica *A brasileira de Prazins*. Considerada uma das obras-primas da novelística camiliana, momento de equilíbrio entre a novela de enredo passional e a experiência de incorporação da nova maneira realista, incorporada nos "romances facetos" *Eusébio Macário* e *A corja*.

1883 Camilo vende em leilão parte da sua biblioteca pessoal.

1888 Camilo casa-se com Ana Plácido.

1889 Surgem em Coimbra as revistas *Boêmia Nova* e *Os Insubmissos*, marcos do Simbolismo em Portugal.

1890 Doente, quando tem certeza de que a cegueira é irreversível, suicida-se com um tiro de pistola em 1º de junho.

BIBLIOGRAFIA ATIVA

Camilo Castelo Branco publicou em vida 137 títulos, distribuídos em 180 volumes. Listam-se a seguir os mais conhecidos, divididos por gênero.

Novelas e livros de contos

1848 *Maria ¡Não me mates, que sou tua mãe!*
1851 *Anátema*
1854 *Mistérios de Lisboa*
     A filha do arcediago
1855 *Livro negro de padre Dinis*
1856 *A neta do arcediago*
     Um homem de brios
     Onde está a felicidade?
1857 *Duas horas de leitura*
1858 *Vingança*
     Carlota Ângela

O que fazem mulheres
1861 *O romance dum homem rico*
Doze casamentos felizes
1862 *Memórias do cárcere*
Coisas espantosas
Coração, cabeça e estômago
Amor de perdição
Estrelas funestas
1863 *O bem e o mal*
Aventuras de Basílio Fernandes Enxertado
Estrelas propícias
Memórias de Guilherme do Amaral
1864 *Amor de salvaçao*
Vinte horas de liteira
A filha do doutor negro
1865 *Luta de gigantes*
O esqueleto
1866 *A queda dum anjo*
O santo da montanha
O judeu
1867 *O senhor do paço de Ninães*
A bruxa do monte Córdova
1868 *O sangue*
Mistérios de Fafe
O retrato de Ricardina
1869 *Os brilhantes do brasileiro*

1870 *A mulher fatal*
1872 *Livro de consolação*
1874 *O demônio do ouro*
     O regicida
1875 *A filha do regicida*
1876 *A caveira da mártir*
1877 *Novelas do Minho*
1879 *Eusébio Macário*
1880 *A corja*
1882 *A brasileira de Prazins*
1886 *Vulcões de lama*

Livros de poemas

1851 *Inspirações*
1854 *Folhas caídas, apanhadas na lama*
1874 *Ao anoitecer da vida*

História e crítica literárias

1865 *Esboços de apreciações literárias*
1876 *Curso de literatura portuguesa*
1879 *Cancioneiro alegre de poetas portugueses e brasileiros*
1885-86 *Serões de S. Miguel de Ceide*
1886 *A lira meridional*

Camilo Castelo Branco

Peças de teatro

1847 *Agostinho de Ceuta*
1861 *O morgado de Fafe em Lisboa*
1861 *Abençoadas lágrimas*
1865 *O morgado de Fafe amoroso*
1871 *A morgadinha de Val-d'Amores* e *Entre a flauta e a viola* (teatro cómico)

Coração, cabeça e estômago

ADVERTÊNCIA DO AUTOR

Folheando novamente os manuscritos de Silvestre da Silva, encontrei algumas páginas que merecem ser intercaladas nesta 2.ª edição de suas memórias.

A simpatia que o meu defunto amigo granjeou postumamente na república das letras e das tretas impõe-me o dever de empurrar portas adentro da imortalidade tudo que lhe diz respeito.

O meu amigo António Augusto Teixeira de Vasconcelos achou que Silvestre algumas vezes abusava do vocabulário dos eufemismos. Também me parece que sim. Mas já agora deixemos o defunto com a sua responsabilidade e tenhamos esperanças de que ele se salvará primeiro que o autor da *Fany*, livro tão querido das famílias!

Aqui vem a ponto dizer como Lopo de Vega, na *Arte nueva de hacer comedias:*

> Sustento en fin lo que escribí y conozco
> Que aunque fuera mejor de otra manera,

Camilo Castelo Branco

No tuvieran el gusto que han tenido
Porque a veces lo que és contra lo justo
Por la misma razón deleita el gusto.

O autor

PREÂMBULO

— O meu amigo Faustino Xavier de Novais[1] conheceu perfeitamente aquele nosso amigo Silvestre da Silva...
— Ora, se conheci!... Como está ele?
— Está bem: está enterrado há seis meses.
— Morreu?!
— Não morreu, meu caro Novais. Um filósofo não deve aceitar no seu vocabulário a palavra *morte*, senão convencionalmente. Não há morte. O que há é metamorfose, transformação, mudança de feitio. Pergunta tu ao doutíssimo poeta José Feliciano de Castilho[2] o destino que tem a matéria. Dir-te-á a teu respeito o que disse de Ovídio[3], sujeito que não era mais material que tu e que o nosso amigo Silvestre da Silva. "Ovídio cadáver", pergunta o sábio, "onde é que para? Tudo isso corre fados misteriosos, como Adão, como Noé, como Rômulo, como nossos pais, como nós, como nossos filhos, rolando pelos oceanos, flutuando nos ares, manando nas fontes, correndo nos rios, agregado nas pedras, sumido nas minas, misturado nos solos, viçando nas ervas, rindo nas flores, rescendendo nos frutos, cantando nos bosques, rugindo nas matas, rojando dos vulcões

*etc.**" Isto, ao meu ver, é exato e, sobretudo, consolador. O nosso amigo Silvestre da Silva, a esta hora, anda repartido em partículas. Aqui faz parte da garganta dum rouxinol; além, é pétala duma tulipa; acolá, está consubstanciado num olho de alface; pode ser até que eu o esteja bebendo neste copo de água que tenho à minha beira e que tu o encontres nos sertões da América, alguma vez, transfigurado em cobra cascavel, disposto a comer-te, meu Faustino.

O que te eu assevero é que ele deixou de ser Silvestre da Silva, há seis meses, posto que os parentes teimam em lhe ter uma lousa sobre o chão, onde o estiraram, com esta mentira: "Aqui jaz Silvestre da Silva".

Pois é verdade.

O nosso amigo começou a queixar-se, há-de haver um ano, de falta de apetite, e frialdade de estômago, efeito das indigestões. Foi a banhos de mar à Póvoa de Varzim, e só tomou três, porque perdeu o dinheiro em duas cartas da sua paixão, e voltou para casa a castigar-se do vício, tomando banhos de chuva e leites quinados. Foi de mal a pior. Desconfiou que passava a outra metamorfose, e deu ordem aos seus negócios da alma com a eternidade. Dos bens terrenos não fez deixação, porque lá estavam os credores, seus presuntivos herdeiros, ainda que alguns deles declinaram a herança a benefício de inventário, lamentando que em Portugal não fosse lei a prisão por dívidas: parece que os irritou a certeza de que o cadáver insolvente não

---
* *Grinalda de Ovídio.*

podia ser preso. Em outro ponto te darei mais detida notícia desta catástrofe.

Eu fui o herdeiro dos seus "papéis". Alguns credores quiseram disputar-mos, cuidando que eram *papéis de crédito*. Fiz-lhes entender que eram pedaços dum romance; e eles, renunciando à posse, disseram que tais pataratices deviam chamar-se *papelada*, e não *papéis*.

Aceitei a distinção como necessária e retirei com a papelada, resolvido a dá-la à estampa, e com o produto dela ir resgatando a palavra do nosso defunto amigo, embolsando os credores. Fiz um cálculo aproximado, que me anima a asseverar aos credores de Silvestre da Silva que hão-de ser plenamente pagos, feita a 10.ª edição deste romance.

Aqui tens tu uma ação que deve ser extremamente agradável às moléculas circunfusas do nosso amigo. Espero que Silvestre ainda venha a agradecer-me o culto que assim dou à memória dele, convertido em aroma de flor, em linfa de cristalina fonte, ou em ambrósia de vinho do Porto, metamorfose mais que muito honrosa, mas pouco admirativa nele, que foi deste mundo já saturado em bom vinho. É opinião minha que o nosso amigo, a esta hora, é uma folhuda parreira.

Vamos à papelada, como dizem os outros.

Tenho debaixo dos olhos, mal enxutos da saudade, três volumes escritos da mão de Silvestre.

O primeiro, na lauda, que serve de capa, tem a seguinte inscrição em letras maiúsculas: CORAÇÃO.

O segundo, menos volumoso, diz: CABEÇA.

O título do terceiro, e maior volume, é: ESTÔMAGO.

Nenhum deles designa época: mas quem tiver, como eu, particular conhecimento do indivíduo, pode, sem grande erro cronológico, datar os três manuscritos.

O *Coração* reina desde 1844 até 1854. São aqueles dez anos em que nós vimos Silvestre fazer tolice brava.

Em 1855 notamos a transfiguração do nosso amigo, que durou até 1860, época em que tu já tinhas trocado o patrimônio da estima dos teus conterrâneos pelas lentilhas do Novo Mundo. Não viste, pois, a transição que o homem fez para o estômago, sepultura indigna das santas quimeras, que o entonteceram na mocidade, e consequência funesta da má direção que ele deu aos projetos, raciocínios e sistemas da cabeça. Podemos assinar tempo ao terceiro volume, desde 1860 até fim de 61, em que o autobiógrafo se desmanchou do que era para se arranjar doutro feitio.

Silvestre, como sabes, tinha muita lição de maus livros. Olha se lembras que os seus folhetins eram um viveiro de imoralidades vestidas, ou nuas, à francesa. Jornal em que ele escrevesse morria ao fim do primeiro trimestre, depois de ter matado muitas ilusões. Quem hoje desembrulha um queijo flamengo, e lê no invólucro um folhetim de Silvestre, mal pensará que tem entre as mãos o passaporte de muita gente para o Inferno. Não há muito que eu, despejando uma quarta de mostarda num banho de pés, li o papel, que a contivera, e achei o seguinte período de um folhetim do meu saudoso amigo:

Diz Petrônio[4] que fora o medo que inventara as divindades. Deus é o que é. O homem é o pequeníssimo bicho da Terra, de que fala o Camões[5].

Entre Deus e o homem, só a soberba estúpida do homem podia inventar convenções, concordatas, obrigações e alianças.

O sagui é muito menos estúpido e mais modesto. Come, bebe, dá cabriolas, faz caretas ao mau tempo, coça-se ao sol, retouça-se à sombra, vive, e acaba feliz, porque se não receia de vir a ser homem.

A estolidez do homem! Diz ele empapado de vaidade tola: "Deus tem os olhos em mim!" Que importância! Deus tem os olhos nele! Se assim fosse, havia de ver bonitas coisas o criador do homem que mata seu irmão!

Os olhos nele, para quê? Para envergonhar-se a cada hora da sua obra!...

É a blasfêmia em todo o seu asco!

Rebalsa-te em sangue, miserável vampiro! Emperla os teus cabelos, meretriz, que deixas morrer tua mãe de fome! Mãe infame, come aí em toalhas de Flandres o preço da desonra de tua filha! Ostentai-vos, vermes, aos olhos de Deus, que estão pasmados em vós!...

Ainda bem que o fragmento findava nisto, senão eu teria a imprudência de to dar inteiro nesta cópia, em que sentias repugnâncias do pulso. Vê tu que missionário era aquele Silvestre! Que ceifa de almas fez o empreiteiro das trevas inferiores naqueles anos!

Eu de mim pude salvar-me, estudando, como sabes, à teologia a fundo. Tu também te salvaste, penso eu, justamente porque não sabias coisa nenhuma de teologia e acreditavas na religião de teus pais, visto que a base fundamental da tua crença era a caridade. Acertou de ser isto num tempo em que tu pedias esmola para as freiras de Lorvão e eu, também contigo, pedia esmola no Teatro de S. João, para o poeta Bingre[6].

Recorda-te, Novais; mas não chores. Faz como eu: ergue o peito de sobre a banca do trabalho e sacode a lájea que te está pesando nas costas... Olha a vaidade! Teremos nós sepultura com lájea!? Conta com um comarozinho de terra, e umas papoulas na primavera, e uma tábua preta com um número branco. A aritmética há-de perseguir-me além da morte!

Atemos o fio.

Os manuscritos de Silvestre careciam de ser adulterados para merecerem a qualificação de romance. É coisa que eu não faria, se pudesse. Acho aqui em páginas correntemente numeradas sucessos sem ligação nem contingência. Umas histórias em princípio, outras que começam pelo fim e outras que não têm fim nem princípio. Pode ser que eu, alguma vez, em notas, elucide as escuridades do texto, ou ajunte às histórias incompletas a catástrofe, que sucedeu em tempo que o meu amigo se retirara da sociedade, onde deixara a víscera dos afetos.

No volume denominado *Coração* encontro algumas poesias, que não traslado, por desmerecerem publicidade, sobre serem imprestáveis ao contexto da obra. Não designam as pessoas a que foram dedicadas, nem me parecem coisa de grande inspiração. Silvestre, em poesia, era vulgar; e a poesia vulgar, mormente na pátria dos Junqueiros, dos Álvares de Azevedo, dos Casimiros de Abreu e dos Gonçalves Dias, é um pecado publicá-la. Sonego, pois, as poesias, em abono da reputação literária do nosso amigo*.

Basta de preâmbulo.

---

* Este prólogo foi escrito designadamente para ser impresso no Rio de Janeiro.

PARTE I

Coração

Coisas há hi, que passam sem ser cridas,
E coisas cridas há sem ser passadas...
Mas o melhor de tudo é crer em Cristo.
Camões (Soneto)

SETE MULHERES

I

O meu noviciado de amor passei-o em Lisboa. Amei as primeiras sete mulheres que vi e que me viram.

A primeira era uma órfã, que vivia da caridade de um ourives, amigo do seu defunto pai. Chamava-se Leontina. Fiz versos a Leontina, sonetos em rima fácil, e muito errados, como tive ocasião de verificar, quando os quis dedicar a outra, dois anos depois.

Leontina não tinha caligrafia nem ideias; mas os olhos eram bonitos e o jeito de encostar a face à mão tinha encantos.

Era minha vizinha. Por desgraça também, era meu vizinho um algibebe[1] que morria de amores por ela, e, à conta deste amor, se ia arruinando, por descuidar-se em chamar freguesia, como os seus rivais, que saíam à rua a puxar pelos indivíduos suspeitos de quererem comprar. Aristocratizara-o o amor: envergonhava-se ele de tais alicantinas[2], debaixo do olhar distraído da mulher amada.

Odiava-me o algibebe. Recebi uma carta anônima, que devia ser sua. Era lacônica e sumária: "Se não muda de casa, qualquer noite é assassinado". Pouco mais dizia.

Contei a Leontina, em estilo alegre, com presunçoso desprezo da morte, o perigo em que estava minha vida, por amor dela. Indiquei o algibebe como autor da carta. A menina, que tivera o desfastio de lhe receber noutro tempo algumas, conheceu a letra mal disfarçada. Tomou-lhe raiva, fez-lhe arremessos e induziu a criada a atirar-lhe com uma casca de melão, que lhe sujou um colete de veludinho amarelo e verde com listas encarnadas e pintas roxas. Que colete!

Passados tempos, Leontina desapareceu com a família; e, ao outro dia, recebi dela um bilhete, escrito em Almada. Dizia-me que o algibebe escrevera ao seu padrinho uma carta anônima, denunciando o namoro comigo. O padrinho ordenou logo a saída para a quinta de Almada.

O padrinho era o ourives, sujeito de cinquenta anos, viúvo, com duas filhas mulheres, das quais amargamente Leontina se queixava. As filhas do ourives, receando que o pai se casasse com a órfã, queriam-lhe mal, e folgavam de a ver nas presas de alguma paixão, que a arrastasse ao crime, para assim se livrarem da temorosa perspectiva de tal madrasta.

E o certo é que o ourives pensava em casar com Leontina, logo que as filhas se arrumassem. Estas, porém, sobre serem feias, tinham contra si a repugnância do pai no dotá-las em vida. Ninguém as queria para passatempo e menos ainda para esposas.

Picado pelo ciúme, abriu o ourives seu peito à órfã, ofereceu-lhe a mão, e uma pulseira de brilhantes nela, com a condição de me esquecer.

Leontina disse que sim, cuidando que mentia; mas passados oito dias admirou-se de ter dito a verdade. Nunca mais soube de mim, nem eu dela; até que, um ano depois, a criada, que a servia, me contou que a menina casara com o padrinho e que as enteadas, coagidas pelo pai, se tinham ido para o recolhimento de Grilo[3] com uma pequena mesada e a esperança de ficarem pobres. Não sei mais nada a respeito da primeira das sete mulheres que amei, em Lisboa.

Nota

Eu sei alguma coisa, que merece crônica.

Leontina subjugou o ânimo do marido; descobriu que ele era rico e gozou quanto podia das regalias do mundo, as quais vivera estranha até aos vinte e quatro anos. O ourives tomou gosto aos prazeres e esqueceu o valor do dinheiro, exceto o que dava às filhas, que lhe saía da secretária com pedaços de vida. Começaram pelos arlequins e pelos touros e acabaram no Teatro de S. Carlos o refinamento do gosto.

Leontina andou falada na sua roda, como esposa fiel e admirável vencedora de tentações. Quase todos os amigos particulares do marido a cortejaram, sem resultado. Deu bailes em sua casa, donde era frequente saírem os convidados penhorados, às quatro horas da manhã; mas, duma vez, não saíram todos; ficou um escondido no quarto da criada, e lá passou o dia seguinte. O ourives ignorou muito tempo que a sua lealdade não era dignamente correspondida: porém, suspeitando um dia que a criada o roubava, fez-lhe uma visita domiciliária ao quarto, sem prevenir a esposa, e achou lá o filho de seu primo Anselmo, dormindo sobre a cama da moça, com a segurança de quem dorme em sua casa. Estava de moiras amarelas e vestia um chambre de lã do dono da casa! É o escândalo e mangação!

Foi chamada Leontina a altos gritos. Acordou o filho de Anselmo e foi procurar na algibeira do paletó um revólver. O quinquagenário viu cinco bocas de ferro, mais persuasivas que a *boca de oiro* de Crisóstomo[4], o santo. Passou ao andar de baixo e gritou pelo código criminal. Leontina tinha fugido para casa da sua amiga e vizinha D. Carlota, pessoa de hipotética probidade. O escandaloso possessor do chambre despiu-o, vestiu-se, sacudiu as moiras amarelas, sentou-se a calçar as botas, acendeu um charuto, desceu as escadas serenamente e encontrou-se no pátio com dois cabos de polícia e um municipal. Dali foi para o administrador, que o mandou reter até ulteriores explicações.

Leontina, dias depois, foi para o Convento da Encarnação, onde esteve dois anos e donde saiu a tomar caldas em Torres Vedras, por consenso do marido, que a foi lá visitar e de lá foi com ela à exposição a Londres. Da volta da viagem, o ourives morreu hidrópico, legando às filhas umas inscrições, que rendem para ambas um cruzado diário, e à esposa uma independência farta em títulos bancários e em gêneros de ourivesaria.

Consta-me que Leontina lembrara então de Silvestre; mas ignorava que destino ele tivesse. Incumbiu um compadre de indagar se estava no Porto o homem; a resposta demorou-se alguns dias, sete, creio eu, e ao sexto já ela estava em indagações da vida e costumes dum sujeito de bigode e pera, que à mesma hora de cada tarde lhe passava à porta num tílburi, tirado por uma horsa[5]. Fácil lhe foi saber que o sujeito fora, cinco anos antes, algibebe, tirara o prêmio da lotaria de Espanha e fechara a loja. Era o mesmo algibebe que levara no colete de veludinho com a casca de melão. Que mudança de cara e de maneiras ele fizera! O dinheiro faz estas mudanças e outras mais espantosas ainda. Chegaram à fala, deram-se explicações e casaram. Eu tive ocasião de os ver ontem no seu palacete a Buenos Aires. Estão gordos, ricos e muito considerados na sua rua.

II

A segunda era também minha vizinha. A casa em que eu vivia formava o cunhal dum quarteirão, com janelas para duas ruas. Assim podia eu passear os dois corações duma para outra janela sem dar suspeitas da minha doblez.

Nunca pude saber o nome da dama, nem lhe vi a preceito a cara. Entreluziam-lhe os olhos nas tabuinhas verdes das persianas, olhos que abonavam o restante das belezas. Vi-a uma ou outra vez na rua; mas o meu pudor era o mais vigilante anjo da guarda que ela tinha. Escrevi-lhe uma carta em vinte páginas e icei-lha numa cartonagem de amêndoas, que ela, à meia-noite, pendurou da janela. No dia seguinte não a vi. Afligi-me até à desesperação, tomando como zombaria semelhante resposta à minha carta. Desafoguei na sincera amizade de um amigo, e este consolou-me, dizendo que a mulher podia estar doente, podia estar apaixonada; e, na segunda hipótese, fugia à paixão para respeitar os deveres, se os tinha.

Ao outro dia abriu-se a janela, e a persiana baixou logo, como era de uso. As tabuinhas obedeceram ao impulso da mão divina, ficando horizontais. Vi-lhe os olhos, vi-lhe o sorriso, vi-lhe um trejeito de gratidão, e compreendi que me mandava ir à meia-noite debaixo da janela.

Fui com uma legião de amorinhos a volitar ao redor de mim. A patrulha viu-me atravessar a rua e conheceu, pelo passo, que eu era um mortal ditoso. Parou quando eu parei. Perguntou-me o que fazia eu ali quieto. Respondi-lhe que tomava a fresca; e os janízaros responderam: "Veja lá que se não constipe...".

Daí a pouco desceu a coifinha com um bilhete em abraço e eu lancei na coifa uma poesia intitulada: *Ela!*

Entrei no meu quarto, abri o papelucho, e li:

> Gosto muito do seu estilo. Continue, que me entretém. Ontem não lhe apareci porque fui a Oeiras, e li a sua carta na presença de Neptuno. Escreva muito, que escreve muito bem.

Reli esta coisa e pus a mão sobre o coração injuriado. Não podia dormir. Saí a resfriar a cabeça para não a partir em casa. O escárnio ia atrás de mim, apupando-me. Parei na azinhaga do Arco do Cego e senti-me febril. Às cinco horas da manhã, fui a uma das barcaças e tomei um banho no Tejo. Recolhi-me com uma catarral e estive onze dias de cama. Quando me ergui, magro e lívido, ouvi dizer à dona da casa que o galego, aguadeiro da casa fronteira, viera duas vezes perguntar por mim, com ordem de alguém. O espinho da irrisão, o tremendo *ridículo*, salvou a minha dignidade. Nunca mais abri aquela janela, nem vi mais a vizinha. Assim terminou o meu segundo amor.

Um acaso me fez saber quem era aquela senhora, que eu desculpo e até respeito. Fora menina de finíssima educação, natural de Beja. Apaixonou-se por um conde de Lisboa e fugiu aos pais, cuidando que a ignomínia lhe viria a dar um marido. O conde deu-lhe casa, mesada e criados. Assim estava vivendo quando eu a conheci. Era amarga a existência da pobre senhora. O amante casara meses antes, para desempenhar o vínculo deteriorado. Do patrimônio da esposa alargou a mesada à amante, que bebia, Deus sabe com que lágrimas, este segundo cálice de vilipendiosa dependência. Escrevera ela nesse tempo ao pai, pedindo-lhe perdão e asilo. Nunca teve resposta. Quando me deram estes esclarecimentos (1854), continuava ela a viver a expensas do conde e tinha um filho de cinco anos. Não sei mais nada. Ainda há pouco li o bilhete, recebido em 1849, e achei-lhe muitíssima graça. Deus lhe perdoe a noite que me deu e os onze dias de catarro, que me estragaram os brônquios para sempre*!

Era a terceira uma dama quarentona, que frequentava a casa em que eu me hospedara. Tinha ela um mano, muito mal-

---

* Chamava-se Margarida a dama. Viveu ainda até 1857 e morreu da febre amarela, e o filho também. Conta-se que o conde, receoso do contágio, não ousara vir a Lisboa, das Caldas da Rainha, onde estava, quando Margarida o mandou chamar para despedir-se. Morreu contemplando os paroxismos do filho. Os criados abandonaram-na no último dia. Estava sozinha quando expirou. O conde está ótimo de saúde e transferiu a mobília de Margarida para os aposentos de uma criada, que a condessa expulsou de casa...

-encarado e vestido marcialmente, como *capitão da carta*⁶, que era. A Sra. D. Catarina bailava gentilmente, conversava com todos os pespontos de tagarela muito lida em Eugênio Sue⁷ e conhecia todos os atalhos que conduzem à posse dum coração noviço. Declarou-se comigo e eu, urbanamente, acudi ao seu pejo, confessando que já me tinha primeiro confessado amante com a eloquência do silêncio. Trocamos algumas cartas, e numa das suas me disse ela que era proprietária de bens de raiz, que valiam seis contos de réis, e tinha, afora isso, uns dez burrinhos em Cacilhas, que anualmente lhe rendiam cento e cinquenta mil--réis. Cuidou que me seduzia com o suplemento dos burrinhos! Respeito muito os burros, mas tanto não! Não respondi a este artigo. Falei-lhe do meu coração, assunto sublime demais para ser conspurcado no cadastro dos lucros provenientes do dote quadrúpede de D. Catarina.

Uma noite, foi-me concedido ir falar-lhe debaixo das janelas. Morava ela muito longe, em rua de raros moradores, numa casa de um só andar. Tinha eu de costume ir a cavalo até à entrada da rua, e ali me ficava esperando o criado. Foi a minha salvação uma noite! O capitão da carta ergueu-se desconfiado e entrou de espada em punho no quarto da irmã subitamente.

Era em agosto: estava aberta a janela, e nós, sem invocarmos Klopstock⁸, como os amorosos de Goethe⁹, mirávamos as duas ursas, se eram as ursas umas grandes estrelas que Catarina chamava suas, e das quais fazia favor de me dar uma.

Cortado este doce colóquio pelo bruto de gládio nu, saltei da janela à rua, e o ferocíssimo capitão saltou nas minhas costas, tendo-lhe eu apenas a vantagem de três passos em honrosa fuga. O homem tinha deslocado um pé no salto e perdera a esperança de me degolar. Gritou: "Agarra", e a patrulha, que, felizmente, dormia longe do sítio, acordou a tempo que eu cavalgava, deixando o criado em risco de ser preso e no maior risco de me denunciar.

No dia seguinte, escreveu-me Catarina apelando para meu cavalheirismo. Dava-se como perdida no conceito do mundo e do irmão se eu não me desse pressa em casar com ela. Respondi com sinceridade que era muito novo para tomar um estado a que não estava *de modo nenhum* obrigado o meu cavalheirismo. Aquele dizer "de modo nenhum" feriu tão dentro a suscetibilidade da dama, que, em vez de réplica escrita, veio ela mesma pedir-me explicações com furial aspecto e trejeitos de energúmena. Tomei-lhe medo; mas nem assim casei. Quem tinha resistido à sedução dos burrinhos não sucumbia às ameaças da espada ferina do irmão, a qual, a meu ver, podia disputar virgindade às vestais romanas. Catarina é que, já dez anos antes de me ver, não podia competir em recato e pureza com a espada fraterna. Eu disse-lhe isto em linguagem oriental, e ela respondeu-me em termos que depunham inexoráveis contra a inocência de costumes que a colérica senhora alegava.

Acabou isto assim. O bravo oficial portou-se bem comigo, daí em diante. A senhora caiu em si e viu que não tinha razão. Deixou-me.

Cinco anos depois, pedi em Lisboa notícias da Sra. D. Catarina, e soube que ela estava no Pará com seu irmão, senhores de alguns centenares de contos, herdados de um tio. Esperavam-se então na corte, visto que D. Catarina mandara comprar um palácio arruinado em Benfica e apressar a reedificação com a máxima opulência de arquitetura. Perguntei pelos burrinhos de Cacilhas, e o maganão a quem fiz a pergunta disse-me que procurasse uns no Ministério e outros no Parlamento. Era um destes Voltaires do Chiado[10] *que fazem espírito*, mesmo à custa dos seus parentes e amigos.

III

Ninguém me há-de acreditar a história da quarta mulher. Quer creiam, quer não, ela aí vai com pouca arte, a ver se a sua mesma desnudez a faz menos incrível.

Fui um dia de agosto a Porto Brandão, onde estava a banhos um meu amigo. Numa quinta para lá da encosta houve uma reunião de famílias de Lisboa, à qual fui convidado. O meu amigo apresentou-me a um cavalheiro, que me tomou o braço e me apresentou a algumas senhoras, todas galantes, palreiras e doutoras em Paulo de Kock[11].

Pedi miúdos esclarecimentos acerca de todas, e particularmente da mais bonita e modesta. O cavalheiro de todas disse mal, mal, porém, que eu indultei cordialmente, defeitos que são enfeites, vícios que alindam as formosas e denigrem as feias. O crime de todas era a casquilhice, que o leitor pode, se quiser, traduzir para *coquetterie*. Amavam toda a gente, segundo o informador. Fiquei satisfeito, cuidando que o amarem elas toda a gente era boa probabilidade para eu ser amado. Eu não queria mais nada.

Languiram em doce ternura meus olhos, fitos na mais amável das quatro. Algumas vezes nossas vistas se encontraram, e disseram profundos mistérios da alma. Fugi outras vezes da sala e fui a uma varanda, donde se ouvia o bramido do oceano, casar as melodias do meu amor com as dissonâncias formidolosas do estrugir das ondas. A lua prateava-me a testa, em que o sangue, aquecido no coração, subia em arquejos daquela poesia, que não sai em rimas, e enlouquece, se a paixão a não desafoga em suspiros. Aquilo é que era!

Eu queria comunicar a exuberância da minha ventura, mas tive sempre para mim que a felicidade quer-se recatada para não suscitar invejas: é ela como a fina essência das flores destiladas, que perde o aroma, destapado o cristal que a encerra. Não contei nada ao meu amigo; simulei até desapego das mulheres mais belas do baile, e da preferida nem sequer falei.

Ao romper de alva, vi que um rancho de meninas desciam ao jardim e colhiam flores. A minha amada ficou à janela conversando com senhoras idosas. "Tragam-me a mim uma rosa de musgo", disse ela às amigas. E as amigas volveram sem a rosa. Desci ao jardim, colhi duas rosas aljofradas das lágrimas da aurora, pedi licença para lhas oferecer, e disse: "Não as enxuguei, para não privar as florinhas das carícias de um anjo".

Este meu dito foi celebrado em Porto Brandão.

Daqui encetamos um colóquio, em que o meu acanhamento foi digno de lástima. Perguntei-lhe abruptamente onde morava; e ela, com a mais casta naturalidade, respondeu-me:

— Moro na Rua da Rosa das Partilhas, n.º 101, segundo andar.

Naquele dia vim para Lisboa, visto que o meu amigo se retirava. Quinze dias seguidos fui à Rua da Rosa, e vi sempre fechadas as janelas do segundo andar.

Defronte morava uma estanqueira[12]. Afreguesei-me para lhe captar a benevolência: e, ao décimo sexto dia, perguntei-lhe quem morava naquela casa.

— Ali mora um sujeito que é empregado no contrato do tabaco — disse ela.

— E tem família?

— Tem, sim, senhor. Vejo lá umas duas ou três meninas que me parecem irmãs dele, ou coisa parecida.

— Uma de olhos pretos e cabelos cor de azeviche, será irmã?

— A falar-lhe a verdade, senhor, a cor que ela tem nos olhos e no cabelo não na sei. Ali há uma bonitota, que é mais triste que as outras e está sempre a ler, aos dias santos. As outras têm assim um ar de doidas, que faz rir a gente. Namoram de lenço branco e à meia-noite estão à janela a papaguear para a rua, que é mesmo um escândalo. Que eu, a falar a verdade, meto-me cá com a minha vida e não quero saber quem é, nem o que faz, a vizinhança.

— Sabe dizer-me onde estão agora?

— Estão fora da terra; mas onde, não sei. Ontem andavam lá a lavar a casa; é que não tardam aí.

Nesse mesmo dia, à noite, encontrei no Marrare das Sete Portas o cavalheiro que me tinha apresentado à mulher querida, em Porto Brandão. Falamos muito da divertida noitada e nas mulheres que converteram em paraíso terreal a casinha campestre. Ébrio de amor, deixei-me ir ao sabor do coração indiscreto e falei na mulher, cuja imagem me não dera tréguas duma hora ao espírito cobiçoso dela. O sujeito destramente se insinuou na minha confiança e conseguiu que eu lhe dissesse a morada da dama a quem ele me apresentara.

Riu-se o indivíduo, e sofreou logo a expansão.

— De que ri Vossa Senhoria? — perguntei com desgosto.

Deteve-se o homem a cismar, e respondeu:

— Rio da pouca ou nenhuma penetração da mocidade. Não se recorda de eu lhe ter dito que aquelas senhoras amavam toda a gente?

— Recordo; mas... suponha Vossa Senhoria que eu quero ser amado como toda a gente!

— E se o senhor se apaixonar?

— Apaixonado estou eu.

— Pois pior. Suponha agora que aquela mulher o menospreza e ridiculiza!

— Suicido-me!

— Isso é asneira, Sr. Silvestre! Olhe que eu já amei Clotilde.

— Chama-se Clotilde?

— Chama. Que nome!, que poesia!, que lirismo!, não acha?

— Acho!... Clotilde! Há não sei quê das paixões sanguentas da Idade Média neste nome!... Clotilde! Que bem-fadado nome! Tem magia!... Clotilde!... Então o senhor amou-a?

— Amei.

— E depois?

— Apaixonei-me. Pedi-lhe o coração exclusivo, e ela disse-me que o exclusivo do coração só o daria com o exclusivo da mão. Entende o fraseado?

— Perfeitissimamente. Queria dizer que só amaria exclusivamente o marido.

— É isso mesmo. Eu era menor, e meu pai negava-me licença para casar. Clotilde era pobre, e eu, sem os benefícios de meu pai, era indigente: tão inútil homem era eu que fazia versos, e que versos, ó santo Deus!

— E ela ama a poesia?

— Gostava das décimas e embirrava com as odes. Fiz-lhe muita décima: estão todas impressas no *Ramalhete*. Vamos ao essencial. A paixão cegou-me. Clotilde, sabedora da repugnância de meu pai, parecia disposta a aproveitar o tempo com outro namoro. Suspeitei esta infernal resolução, e... que passo eu dei, Sr. Silvestre!... que passo!...

— Que passo deu o senhor?!

— Casei com ela!

— O quê?! — exclamei eu, varado de agulhas nos olhos e nos ouvidos.

— Casei com Clotilde.

— Pois Clotilde é casada?...

— Comigo; há cinco anos, quatro meses e nove dias!

Dito isto, o empregado público, depois duma gargalhada estridente, afetou a mais cômica das seriedades e continuou:

— O senhor não vá contar isto a ninguém, senão arrisca-se a dar mote para uma farsa, e lembre-se que o personagem mais ridículo dela será o Sr. Silvestre da Silva, com cuja candura eu simpatizo. Quer o senhor namorar uma das minhas cunhadas, se não está disposto a continuar o namoro com minha mulher? Olhe que ambas têm nomes inspiradores: uma é Berta, a outra é Laura. Escolha, que eu coadjuvo-o.

Creiam que estava corrido, e dei graças a Deus quando se aproximaram da nossa mesa três sujeitos conhecidos do empregado. Assim foi interrompida a conversação, em que a minha pobre vaidade estava sofrendo como em potro de escárnio. Ergui-me, despedi-me, apertei a mão ao marido de Clotilde, e fui rasgar as prosas e versos que escrevera numa brochura *ad hoc*[13], enfeixado tudo sob o seguinte título: *A Ti!...* E mais nada, a tal respeito*.

IV

Ainda agora me não entendo bem, se penso na frieza do meu coração às ardentes escaramuças que a dona do hotel lhe fazia!

Era a Sra. D. Martinha uma viúva de trinta e cinco anos, pequena, entroncada; mas bem-feita e ágil. De seu tinha pouco cabelo; porém, com o abençoado capital que empregara em marrafas tecia um trançado tão abundante, principalmente ao

---

* Aproveitei o lanço de verificar a lealdade desta passagem das memórias do meu amigo. Como em nota à margem estava o nome do marido farçola, solicitei relacionar-me com ele há quatro dias, e fácil foi isso. À terceira palestra que tivemos, com ar de intimidade, falei no sucesso passado catorze anos antes. O funcionário público recordou-se e disse: "É verdade o que o seu amigo deixou escrito. Só lhe faltou escrever o que, felizmente, não soube, e é que minha mulher o amou...". Fiquei pasmado da ingenuidade e lembraram-me dois versos franceses de não sei quem:

> *Quand on l'ignore, ce n'est rien;*
> *Quand on le sait, c'est peu de chose*[13a]

domingo, que nunca a arte dos Canovas fez cabeça mais magnífica em adornos que a da Sra. D. Martinha.

Eu bem a vi desfazer-se em atenções comigo, dando-me o melhor quarto, a melhor manteiga, e o café, depois do jantar, fora do ajuste; mas os olhos do meu coração andavam desvairados em contemplações de mais poéticas provas de amor, e não podiam baixar ao devido apreço da boa manteiga e do café de Cabo Verde, como amorosos mimos e demonstração de ternura.

Aos domingos, a Sra. D. Martinha honrava os hóspedes ao jantar com a sua presença. Eram banquetes estes jantares, obrigados a vinho de Setúbal, presente semanal dum tio da senhora, sujeito de sessenta anos, que remoçava aos vinte, naqueles dias em que ele era certo à mesa.

A jovial dama erguia-se sempre escarlate até às orelhas e lançava-se a um sofá tão voluptuariamente alquebrada, que seria muito para amar-se, se a hipótese consentisse que ela tivesse dentro do seio tanto coração como vinho de Setúbal. Vi-a dançar a jota com requebros de escandecente despejo; não era menos lúbrica no lundum chorado; e, não sei se de experiência, se de instinto, saracoteava-se tão peneirada nas evoluções do fado, que eu estava pasmado do que via.

Convidava eu amigos a jantarem comigo aos domingos, prevenindo-os para gozarem as delícias gratuitas daquela dama, transfigurada em bacante, posto que as antigas bacantes não o eram sem a condição da virgindade, e neste ponto, de modo algum quero ultrajá-las com a comparação. Os meus amigos, já apodrentados de coração, encaravam na desenvolta Martinha com olhos cobiçosos, e, a seu pesar, confessavam que o amado era eu, e unicamente eu. Mais conselheiros excitaram-me a cismar nos encantos, que eles viam, e – com pejo o digo – descobri que a mulher tinha reduzido a pântano uma parte do meu coração para retouçar-se nele.

Amei-a; e ela, sem lho eu dizer, conheceu-o logo. Expôs-me ardentemente as suas raivas e ciúmes, quando me via namorar as vizinhas; e confessou que tivera o satânico pensamento de envenenar Catarina, quando eu a amava, e era amado, tendo ela depositado no coração da desleal amiga o seu segredo.

Os dias corriam plácidos e felizes para nós, quando D. Martinha tomou uma criada, que era mulata.

Mas que anjo das estuosas zonas onde a pele está calcinada, como devem está-lo as fibras do coração! Que mulata!, que inferno de devorante lascívia ela tinha nos olhos! Que tentação, que doidice me tomou de assalto apenas a vi em roda do meu leito, fazendo a cama! O menor trejeito era uma provocação; o frêmito das saias era um choque da pilha galvânica! Ó minha virtude pudibunda! Estavas estragada por D. Martinha!

Amei a mulata, com todo o ardor do meu sangue e dos meus vinte anos! Pedi-lhe amor, como se pede a um serafim, destes serafins de neve e rosas, a quem a gente ajoelha e ora de longe, com medo de os desmanchar com o bafo. Quando a exorava, parece que os nervos me retorciam os músculos; e os músculos se contraíam em espasmos de luciferina delícia! Lembra-me que me ajoelhei a seus pés um dia, beijando-lhe as mãos, que perfumavam o aroma da cebola do refogado. Melhor me lembra ainda que me ergui de seus pés vitorioso, e feliz como nunca um réu perdoado se ergueu dos pés de rainha do Congo!

Perguntai às aves do céu, e às alimárias dos pedregais africanos, como se amam!

O meu amor tinha da ave a meiguice e do tigre a insaciável sofreguidão.

A mulata sabia que eu tinha amado a ama e era ainda perseguido por ela. Disse-lhe eu que a tolerava por compaixão do seu aferrado afeto. Riu-se a mulata e disse: "Uma vez hei-de mostrar-lhe a Sra. D. Martinha no momento em que ela for mais digna da sua compaixão".

Ainda lhes não tinha dito que a filha do Brasil era extremamente engraçada, esperta e maliciosa. Aquelas poucas palavras bastam a defini-la.

Chegou o dia em que ela me havia de mostrar D. Martinha no momento em que mais digna fosse da minha compaixão.

Desceu a mulata do terceiro ao segundo andar e disse-me: "Siga-me pé ante pé". Segui-a, e entrei numa alcova, que tinha portas cortinadas para uma saleta. A condutora afastou um todo-nada da cortina e mandou-me espreitar através da vidraça.

Vi D. Martinha despeitorada e reclinada sobre a otomana. Com os joelhos no estrado estava ele a calçar-lhe as meias nas pernas abandonadas aos seus carinhos. Ele, depois, estendeu-lhe os braços seio acima, cingiu-a pelo pescoço e apoiou a face na porção mais flácida do peito. Ele, depois... "Ele, quem?", pergunta quem isto ler.

Era o tio, que dava o vinho de Setúbal aos domingos.

Quando saí do observatório, inclinei o ouvido à mulata, que me dizia:

— É, ou não é, mais digna da sua compaixão do que nunca foi?

— E de nojo! — acrescentei.

Dois dias depois, tive de retirar da hospedaria, em razão de ter dito à Sra. D. Martinha que ela não valia as garrafas de Setúbal que lhe dava o incestuoso sexagenário.

A mulata... (agora me lembro que se chamava Tupinoyoyo — que nome tão amável!) ficou de me ir visitar todos os domingos; mas ao terceiro, depois da promessa, contou-me o aguadeiro que um ricaço, vindo do Brasil, se apaixonara por ela e a levara consigo para o Minho.

Não mentiu o galego. Três anos depois a vi eu na segunda ordem do Teatro de S. João do Porto, vestida ricamente, ao lado duma grande cabeça, que estava cotada na praça do Porto em dois milhões.

Viu-me, fitou-me; não sei se corou; o pudor naquela ordem de peles não sei a cor que toma. Para ouvir a opinião pública, perguntei a diferentes elegantes quem fosse a mulata, e todos, à uma, me responderam quem era filha dum titular brasileiro e que fora educada em Londres.

Não desmenti a opinião pública. Seria uma ingratidão à mulher que me ergueu dos seus pés, quando eu lhe pedia o seu amor com lágrimas. Se eu fosse opulento como o homem vindo do Brasil, talvez que ao lado dela, no camarote de S. João, estivesse eu, e não ele.

Falta-me falar da sétima mulher.

V

Eu tinha um amigo que se namorara duma modista francesa e me pedia que fosse o intérprete do seu coração, na língua de Vítor Hugo[14]. Não me pareceu custoso fingir a língua de Vítor Hugo, sendo a semelhança julgada pela modista. Parece-me que Vítor Hugo não entenderia as minhas cartas escritas no seu idioma; quero, porém, acreditar que a francesa não acharia mais poesia nem mais correção raciniana no poeta das *Orientais*.

As minhas cartas pertenciam ao sistema que os mestres em epistolografia amorosa determinaram para as modistas. Era o sistema da precipitação dos sucessos e da catástrofe. À oitava carta, convencionou-se o encontro do meu amigo com a francesa numa quinta em Carnide, indo ela acompanhada de uma sua amiga na carruagem, que devia esperá-las à porta oriental do Passeio Público.

— Como há-de ser isto?! — disse eu ao meu amigo. — Como te hás-de tu entender com ela?

Cibrão ficou um pouco enleado e respondeu:

— É verdade!... como hei-de eu entendê-la!... Há quinze dias que comprei um dicionário português-francês e uma guia de conversação; mas pouco ou nada sei...

— Como há-de ser isto? Eu acho ridícula a tua posição, se, às primeiras palavras da francesa, tens de lhe dizer, numa língua que ela não entende, que não percebes a língua que ela te fala. Vocês afinal acabam por se rirem francamente um do outro, e com o ridículo matam o amor.

— Vais tu comigo? — acudiu Cibrão, de golpe.

— Vou; mas, ainda assim, o que faço é aumentar com a minha ida os personagens da farsa. Como queres tu que a francesa me faça a língua do seu coração, se eu suponho que a sua vontade é dizer-te coisas que envergonham dois amantes na presença de terceira pessoa? E calculas tu quanto seria cômico estar eu entre ti e ela compondo para francês e traduzindo para português a linguagem intraduzível dos suspiros? A final rir-nos-íamos todos três. A minha opinião é que não vás. Inventa um pretexto, que dê em resultado uma outra entrevista, em que se dispense um longo prefácio de palestra e em que o silêncio seja necessário como recato e cautela. Não vás a sítios em que a natureza campestre te obrigue a discorrer acerca de flores e delícias das tardes estivas. Procura um encontro nas trevas, de modo que a tua inteligência de línguas fique também em trevas, dando-lhe tu em compensação as mais significativas provas de tua sensibilidade, sem alardo de espírito. Às frases responde suspirando. O *je vous aime* virá sempre a propósito. Aprende a conjugar bem o verbo *aimer*.

— Esse já eu sei.

— Já? *Eu amo?*

— *J'aime.*

— *Eu amarei.*

— *J'aimerai.*

— Bem. *Je t'aimerai pour la vie, par toujours, éternellement.* Entendes?

— Perfeitamente.

— O mais que pudesses dizer seria um pleonasmo. Cifra-te nisto. Adão amou Eva, sabendo dizer muito menos, se me não engana o juízo que eu formo da organização das línguas. Os irracionais também se amam sem diálogo, se não devemos chamar diálogo ao gorjeio dos passarinhos e aos bramidos da leoa sedenta de amor, quando o querido lhe ruge da vizinha selva. Imitemos os bichos para sermos naturais alguma vez.

— Mas afinal — interrompeu Cibrão — que dizes tu? Aconselhas-me que não vá a Carnide?

— Parecia-me imprudente...

— A boa hora me vens pregar prudências! Hei-de ir, e tu vais comigo. Prometo dispensar os teus conhecimentos para me fazer entender. Conjugarei o verbo desde o tempo presente do modo indicativo até ao imperativo. Eu darei o braço à francesa e tu ficarás com a outra. A quinta está ajardinada com sombrias grutas de murtas; nestas grutas mora o amor; o amor nos ensinará a falar.

— Sendo assim... vamos.

E fomos.

A sege das meninas chegou pouco depois da nossa. Saltaram com buliçosa graça; e, sem biocos de cerimônia ou pudor (pudor!... é o que faltava!), nos tomaram os braços.

"*Je vous aime*", disse Cibrão à risonha criatura, osculando-a na base do nariz. "*Je vous aimerai éternellement*", prosseguiu ele, levando-a consigo a doces repelões, com a impetuosa ternura que eu imagino em Júpiter, feito boi, para arrebatar a Europa.

E eu, para também me parecer com Júpiter, fiquei dizendo suavíssimas endeixas em prosa mélica, como aquele famoso cisne as cantava a Leda.

O meu amigo, com a sua flexível haste de tarlatanas e grinaldas artificiais no chapéu, desapareceu nos caramanchéis das murtas, onde o amor os esperava para lhes ensinar a vernácula linguagem.

A francesa, que me escutava as maravalhas amorosas em vasconço, era uma esbelta moça que devia de ter sido muito festejada no seu Paris, antes dos trinta anos, e viera naturalmente reflorir a estranhos climas, em país de tolos, como este nosso, tolos esquisitos que, até no amor, adoram o galicismo, ainda mesmo que, na boa linguagem francesa, ele já tenha caído em desuso por antiquado e de mau quilate. Mademoiselle Florence Carlin era termo obsoleto lá na sua terra. Cá entre nós, andava encarecida nas palestras dos peraltas e requestada com finezas pelos mais gentis moços da *roda* (como quem diz *enjeitados* da fortuna), e com promessa de grosso cabedal por alguns velhos ricos, velhos digo ao dizer do vulgo, que em Lisboa só se sabe que Fulano ou Sicrano era velho, quando morre, se a lista da *mortalidade* nos diz em que cemitério foi enterrado e os anos que tinha. Em Lisboa não há velho nenhum vivo. É frequente ouvir a gente esta pergunta feita a um moço de cinquenta anos: "Esteve em Sintra?" "Oh!", responde, anediando a estriga do bigode encapada em lúcido verniz, "estive em Sintra, minha senhora." "Estava muita gente no jantar da prima viscondessa?"

"Sim, minha querida senhora marquesa; damas eram trinta; rapazes *éramos* vinte e sete."

Tornando à francesa, coisa a que não pode chamar-se *vaca fria*:

Dei-lhe uma ideia da *minha alma*. Contei-lhe os meus sofrimentos em demanda da mulher, que a fantasia em sonhos me vestia com as roupas cândidas do anjo. Disse-lhe mais que a sua imagem como resplendor de lua instantâneo, na horrível cerração de noite borrascosa, *dans l'affreuse obscurité d'orageuse nuit*, me tinha transluzido nas trevas do meu viver.

A francesa ouviu-me pasmada, e assim a modo de medrosa, como pomba, que se teme da garrulice dum papagaio. A cada movimento melodramático de minhas mãos davam-lhe rebate os nervos, com menos alvoroço de pudor que o de Virgínia nos assaltos lúbricos do decênviro Appius Claudius[15], de desonesta memória.

Convencida da inocência da minha mímica, cobrou ânimo a dama e contou-me que era menina de boa família de Paris, e como tal se julgara digna consorte de um duque rementido, que a raptara e abandonara. À terceira tentativa inútil contra sua vida, resolveu a vítima do duque fugir de Paris para que a sua sociedade a não visse na perdição. Acaso soubera ela que uma notável modista francesa, estabelecida em Lisboa, mandara escriturar em Paris algumas oficiais. Mademoiselle Elise de la Sallete mudou o nome, escriturou-se, e veio expiar a sua culpa na honra do trabalho. Eis aqui a história, que eu ouvi com os olhos marejados de lágrimas.

Depois desta revelação, a minha linguagem baixou a prosa vil; mas o sentir da alma era mais íntimo e nobre. Tratei-a com o respeito que impõe a desgraça, mormente se a vítima caiu do altar das adorações à ara negra do holocausto de sua santa e virginal confiança. Ao entardecer, quando Cibrão voltava dos maciços de arbustos, pedi licença à nobre infeliz para lhe apertar a mão e dar-lhe o nome venerável e venerador de amigo.

Despedimo-nos.

Cibrão convenceu-me de que o amor estava nas murtas e saíra, ao vê-los, segregando a cada um a linguagem com que cabalmente, e *quantum satis*[16], se perceberam. Eu vinha pasmado do que ele me contou; e, se o não transmito, é que não quero ter os leitores em pasmo. Ora ele também vinha pasmado de mim. Eu a dizer-lhe, em pungimentos de ânimo, a sorte infausta de Mademoiselle Elise de la Sallete, e ele a rir, e clamar: "Que araras tu engoles! Leve o diabo a poesia, que faz um homem tolo!".

Entendi que o meu amigo era um estúpido feliz, e calei-me.

Escrevi muito nessa noite. Ainda tenho os dois primeiros capítulos dum romance, então começado, com o título: *Abismos do amor*. No primeiro descrevo Elisa *ab ovo*[17], quero dizer, na incubação dos anjos, que a tinham gerado. Isto orçava por parvoíce; mas era original — merecimento raro nas parvoíces que por aí se escrevem e dizem. No segundo capítulo deito-a em berço de ouro, rodeio-a de boas e más fadas, de anjos fiéis ao Senhor e de anjos despenhados no Inferno. Tencionava, no terceiro, dar o horóscopo da malfadada, em resultado da vitória alcançada por Lúcifer sobre o anjo custódio. Era uma coisa de muito trabalho e engenho.

Fora meu intento publicar o romance por assinaturas, em cadernetas de 15 réis, e dedicá-lo deste feitio:

AO ANJO
QUE CONSERVA SUA PUREZA NA DESGRAÇA
E QUE, ANTES DE SER MÁRTIR,
SE CHAMOU
MADEMOISELLE Elise de la Sallete,
E HOJE
SE CHAMA APENAS
A SANTA,
CONSAGRA O AUTOR
ESTA URNA DE SUAS LÁGRIMAS

Naqueles primeiros dias vi de relance a mártir, à hora da tarde em que despregava da costura.

Concentrava-me e dizia-lhe no verbo dum suspiro: "Ó santa do amor!, mal dirão as mulheres que hoje pompeiam nos salões com os vestidos que lhes fizeste quantas lágrimas verteste no estofo, que te estava insultando e escarnecendo no infortúnio!".

Uma tarde de julho, estava eu no Passeio Público, quando as duas francesas entraram. De longe e reverenciosamente as cortejei. Elisa respondeu-me com um gesto de imensa melancolia, como quem diz: "Oh!, não reveles a esses homens de pedra a desgraçada que aqui vai!".

Atrás de mim estava um grupo de homens, que falaram e riram, quando as modistas passaram. Apurei o ouvido e escutei, com preferência, a voz dum sujeito, entre os dizeres zombeteiros dos outros. Dizia assim:

"[...] Parece incrível! Quando eu a conheci, há quatro anos, estava ela com um estudante brasileiro, que estudava o Curso Superior de Letras. Encontrei-a nas *guinguettes*, a dançar o cancã com admirável mestria. Depois, o brasileiro endossou-a a um italiano; o italiano deu-a de mão beijada a um tenor; o tenor passou-a ao corifeu dos coristas, e daí começou a descer, e perdi-a de vista. Eis senão quando, dou com ela no armazém da *** com a mais pudica das caras e a mais mesurada das linguagens. Recordei-lhe em termos hábeis o passado, as *guinguettes*, o cancã, o brasileiro e a caterva magna das dinastias que lhe avassalaram o coração; e ela, com a mais marmórea das caras, disse-me que eu, se não estava enganado, era um infame. Mas o melhor de tudo é ela ter se encapado a um provinciano, que por aí anda, conhecido do Cibrão Taveira, a título de menina seduzida por um duque, e diz chamar-se, em Paris, *Elise de la Sallete!*"

Riram todos, e eu pus a mão no lado esquerdo, a rebater o coração que partia as costelas e rasgava as membranas. Fitei o homem, que falava ainda, e disse mentalmente: "Se mentes, pagarás a infâmia com a vida!".

Procurei o meu amigo Cibrão Taveira e contei-lhe o que ouvira. Cibrão, sem escarnecer a minha dor, respondeu com ar sisudo:

— É verdade o que esse homem disse. Não quis desmentir as tuas presunções, porque sabia que te fazia mal. Eu sei-o da outra, que ela tem na conta de amiga íntima. Ambas são da mesma farinha. Nenhuma delas serve para poetas, que andam no encalço dos anjos. Se te serve assim, dá louvores ao Céu por ela ser quem é. Se queres mulheres para romances e prosas, pede-as à tua imaginação e deixa o mundo real como ele está, que não pode ser melhor.

Nesse mesmo dia fui para Mafra com tenção de morrer de tédio: o sítio era azado; mas a minha robusta organização resistiu.

Quando voltei a Lisboa, em começo de setembro, tinha chegado a companhia lírica. Um dos figurantes escriturados era o tenor que em Paris sucedera ao pintor seu patrício. A francesa viu-o, reconheceram-se, amaram-se outra vez, e estavam de casa e pucarinho numa sobreloja na Rua do Outeiro.

Encontrei-me uma vez com eles em casa do Mata, no Cais do Sodré. Aproximei-me dela, que comia um pastel de camarões, e disse-lhe:

— Posso ter a honra de ser apresentado ao Sr. Duque?

Fitaram-me ambos, e a francesa parecia corrida.

Acrescentei:

— Vejo que o sedutor por fim cumpriu os deveres de cavalheiro, Sra. Duquesa! Bem sabe quanto me deve ser grata a sua ventura. Agora, em paga do que as suas desgraças me penalizaram, queira a Sra. Duquesa dar-me o prazer de a ver dançar o cancã.

O italiano ergueu-se de salto e arremesso; eu saí da sala devagarinho; e ele, enquanto a mim, tornou a sentar-se. Fez bem, que eu não era para graças.

Acabou assim a história das sete mulheres, número cabalístico, de cuja misteriosa influência me ficou a alma um pouco derrancada.

A MULHER QUE O MUNDO RESPEITA

I

A minha alma olhou para o que foi e viu que os sete amores que a tinham derrancado passageiramente eram ridículos e indignos de serem dados como explicação de um cinismo sobremaneira satânico em que eu me andava ensaiando.

Antes, porém, que eu tornasse em mim, estive seis meses a dizer ao mundo, em prosas chamadas *Meditações* e em versos denominados *gritos de alma*, que estava céptico, e cínico, e que havia de engolfar no lodo em que me atascaram o coração as virgens louras com o seu amor ingênuo, e quantas virgens de diversas cores a minha libertinagem atraísse às aras de sedenta vingança. Aqui vão as cópias dos principais poemas que então fiz...

Nota

Defendo a paciência do leitor dos duros golpes que lhe estão iminentes. Ainda assim, há-de levar-me a bem que eu lhe dê, à prova, uns relanços das poesias cépticas do meu amigo Silvestre. Entro pela mais filosófica:

> Ontem me riu o céu; milhões de estrelas
> Me falaram d'amor.
> Ontem flores a mil, e todas elas
> Me davam, dos seus dons, das urnas belas,
> Aroma à alma em flor!
>
> Hoje, ai!, hoje um céu de negro, e a terra
> De crepe funeral!
> Hoje um peito que em si peçonha encerra;
> E a alma em fogo, que precita erra
> Num regiro infernal.

As seguintes coisas são menos inocentes:

> Mulher!, em ânsias me esforço,
> Punge-me dentro o remorso
> De te não calcar aos pés!
> Tinha uma crença... mataste-a!
> Tinha uma luz... apagaste-a!...
> Mulher!, que monstro tu és!

Esta quadra da poesia LXIX é mais raivosa:

> Hei-de essa alma perversa estrinçar-te!
> Hei-de à fronte cuspir-te a peçonha

Que verteste em meu peito, e ferrete
Hei-de pôr-to de eterna vergonha!

Basta isto para terror das almas e amostra da poesia contemporânea de Silvestre.

Nestas minhas confissões hei-de ser modesto, e verdadeiro, como Santo Agostinho[18] e J.-J. Rousseau[19]; mas ainda assim mais honesto que o santo e que o filósofo. O pejo e a natural vaidade querem pôr-me mordaça; mas eu hei-de expiar as minhas parvoíces, confessando-as. Se, por miséria minha, me baralhei e confundi com tantos e tão graúdos tolos, farei agora minha distinção pondo, em letra redonda, que o era. Não me consta que algum dos meus amigos fizesse outro tanto.

Na minha qualidade de céptico, entendi que a desordem dos cabelos devia ser a imagem da minha alma. Comecei, pois, por dar à cabeça um ar fatal, que chamasse a atenção e aguçasse a curiosidade dum mundo já gasto em admirar cabeças não vulgares. A anarquia dos meus cabelos custava-me dinheiro e muito trabalho. Ia, todos os dias, ao cabeleireiro calamistrar os longos anéis que me ondeavam nas espáduas; depois desfazia as espirais, riçava-as em caprichosas ondulações, dava à fronte o máximo espaço e sacudia a cabeça para desmanchar as torcidas deletriadas da madeixa. Como quer, porém, que a testa fosse menos escampada que o preciso para significar "desordem e gênio", comecei a barbear a testa, fazendo recuar o domínio do cabelo, a pouco e pouco, até que me criei uma fronte dilatada, e umas bossas frontais, como a natureza as não dera a Shakespeare nem a Goethe.

A minha cara ajeitava-se pouco à expressão dum vivo tormento de alma, em virtude de ser uma cara sadia, avermelhada e bem fornida de fibra musculosa. Era-me necessário remediar o infortúnio de ter saúde, sem atacar os órgãos essenciais da vida, mediante o uso de beberagens. Aconselharam-me os charutos do contrato; fumei alguns dias, sem mais resultado que uma ameaça de tubérculos, uma formal estupidez de espírito e não sei que profundo dissabor até da farsa em que eu a mim próprio me estava dando em espetáculo. A cara mantinha-se na prosa ignóbil do escarlate, mais incendida ainda pelos acessos de tosse, provocados pelo fumo. Um médico da minha íntima amizade receitou-me uma essência roxa com a qual eu devia pintar o que vulgarmente se diz "olheiras". Ao deitar-me, corria levemente algumas pinceladas sobre a cútis, que desce da pálpebra inferior até às proeminências malares; ao erguer-me, tinha todo o cuidado em não lavar a porção arroxada pela tinta, e com uma maçaneta de algodão em rama desbastava a pintura nos pontos em que ela estivesse demasiadamente carregada. O artístico amor com que eu fazia isto deu em resultado uma tal perfeição no colorido que até o próprio médico chegou a persuadir-se, de longe, que o pisado dos meus olhos era natural, e eu mesmo também me parece que cheguei à persuasão do médico.

Fiz, pois, de mim uma cara entre o sentimental de Antony[20] e o trágico de Fausto[21]. Seria, no entanto, mais completa a minha satisfação se à raiz do cabelo, no ponto em que eu barbeava a cabeça para aumentar a testa, me não aparecesse um diadema azulado. Era a natureza a vingar-se. Cada vez que me eu via com aquele disco na testa, experimentava a dor do poeta de *Dom João*[22] contemplando o seu pé coxo, por causa do qual, e com o qual, tanto pontapé deu o raivoso lorde no gênero humano.

Assim amanhado de aspecto, saía de casa, à hora em que o sol dardejava a prumo, ou quando as nuvens se rompiam em torrentes. O meu cavalo era negro, negro o meu trajar, tudo em mim e de mim refletia a negridão da alma. Cheguei a enganar-me comigo mesmo, e a remirar-me a mim próprio, com certo compadecimento e simpatia! Os grupos dos meus conhecidos viam-me passar abstraído e diziam: "Foi uma mulher que o reduziu àquilo!" Eu sabia que era corrente nos círculos da juventude a seguinte história a meu respeito: "Que eu tinha amado uma neta de reis, filha dum titular, cujos avós já tinham os retratos de vinte gerações, antes de se inventar a pintura. Que, dementado pelo coração, ousara escrever à nobilíssima herdeira, pedindo-lhe um suspiro em troca da vida. Que a menina, fascinada pela minha mesma temeridade, descera, na hora da sesta, ao jardim, e me lançara uma flor, chamada *ai!*, na copa do chapéu. Que o jardineiro observava o ato e o delatara ao fidalgo. Que o fidalgo chamara a filha e, ouvida a resposta balbuciante dela, a fizera entrar no Mosteiro das Comendadeiras da Encarnação, onde se finava lentamente, e eu cá de fora lhe andava, a horas mortas, falando, mediante as estrelas do céu e os murmúrios misteriosos da noite, resolvido a morrer, logo que o anjo batesse as suas asas imortais no caminho da glória eterna. Amém".

Era isto o que se dizia; mas a verdade é outra.

II

É certo que eu, num dos meus passeios desabridos, quando o céu afuzilava relâmpagos, fui a caminho de Sintra, e vi na balaustrada de uma varanda, com os olhos postos no Ocidente tempestuoso, uma mulher, que se me afigurou a pomba da boa nova ao quadragésimo dia do dilúvio. Retive as rédeas do cavalo, sofreei a respiração, contemplei-a com petulante ternura, e ela foi-se embora.

Tornei no dia seguinte a Benfica, e vi a menina sentada na varanda a ler, com um papagaio pousado na espádua esquerda.

O papagaio tomou medo aos galões do meu cavalo, saltou-lhe do ombro para o regaço, sacudindo-lhe da mão o livro, o qual caiu à estrada por entre os balaústres. Descavalguei dum salto, apanhei o livro e esperei que um criado o viesse receber. Entretanto, abri-o, busquei o título na primeira página, e achei que era *O homem dos três calções*[23]. Inferi logo que a dama era uma altíssima cismadora de coisas etéreas.

Dei o livro ao criado de libré cor de canela, o qual, examinando o jarrete direito do meu cavalo, achou que ele tinha duas sobrecanas. Perguntei-lhe eu como se chamava a dona do livro, e ele respondeu que a fidalga se chamava Paula, que era morgada, que estava para casar, e dos costumes não disse nada.

Cavalguei, retrocedi depois dum curto passeio, e, ao passar-lhe à porta, vi Paula dando ginjas ao papagaio. Viu-me, e fez-se da cor nacarina das ginjas.

Eu carecia duma paixão que me sacudisse pelos cabelos, uma paixão que me levasse de inferno em inferno, que me impinasse ao apogeu da glória, ou me despenhasse na voragem da morte. Precisava disto, porque não tinha que fazer, e gozava robusta saúde, e alargava a testa há cinco meses, não sei para que destinos!

Amar uma menina herdeira; contratada para casar; galante; lida nos bons catecismos espirituais; criada com passarinhos e flores; rodeada dos mágicos rumores das florestas: tudo isto me pareceu talhado à minha ansiedade de lutar, de sofrer, de viver com glória, ou morrer com honra. Quando cismava nisto, e me assaltava ao mesmo tempo a cobiça de entrar num restaurante *à la carte*, e pedir um pastel de pombos, corria-me de vergonha da minha viloa natureza!

Encontrei, uma vez, o criado de D. Paula a passear os cavalos no Campo Pequeno. Dialogamos acerca de raças cavalares, e dos lamparões dos mesmos, que ele sabia curar com proficiência. Encaminhei a conversação até falarmos da fidalga, e obtive os seguintes esclarecimentos: perguntou-lhe a menina se eu dissera alguma coisa, quando entreguei o livro, e mostrara-se admiradíssima de eu querer saber o nome dela. Desejara muito saber se eu lera o título do livro: informação que o criado não soubera dar. Perguntara-lhe se me via algumas vezes na estrada, e ficara muito pensativa quando soube que eu ali parava, olhando para as janelas, quando o criado, à meia-noite, se erguia para aquietar os cavalos.

Estas relações animaram-me a pedir ao expansivo boleeiro que me aproximasse do coração de sua ama, por intermédio de uma carta respeitosa e digna dela. O criado, vencida a ficção dos escrúpulos, aceitou a carta, que eu escrevi numa mercearia do Campo Grande, a qual poderia entrar numa coleção de cartas para uso dos anjos, se os amores lá de cima carecessem do favor do estilo e prosperassem na razão direta do arredondado do período.

Ao outro dia, fui a Benfica. Vi o papagaio, que saltou da gaiola ao peitoril da varanda, quando eu passava, e disse: "Tó carocha!"[24]. Pareceu-me isto um ludíbrio do pássaro, ensinado pela dona; mas a Providência é tão boa para os tolos que os compensa com o engenho de imputarem ao acaso as caçoadas que racionalmente e acintemente os castigam.

Depois de muitas diligências malogradas, encontrei o criado, que me asseverou a entrega da carta e o rubor da menina quando a leu. Falei-lhe na resposta, e ele redarguiu que não ousava pedi-la por ser falta de respeito.

Nesta situação, tão dolorosa como ofensiva do meu orgulho, fui a um baile.

III

Não foi de todo despressentida a minha entrada nas salas. A juventude de ambos os sexos encarou em mim com afetuosa benquerença. Os cabelos iam fatais e as olheiras fatalíssimas.

Às onze horas, quando eu, no salão de espera, me atirava a uma almofada, como corpo que não pode com a alma, tangeu duas vezes a sineta do pátio, e em seguida entrou Paula, pelo braço dum moço bem figurado, com outras senhoras e cavalheiros idosos no préstito.

Creio que me não viu, e, se me viu, fez o que fazem as mais inocentes e desartifiosas senhoras quando não querem ver.

Segui-a. Avizinhei-a nas salas. Ouvi o som de sua voz. Tive indiretamente notícias do papagaio, pedidas por uma outra menina. Convidei-a para uma quadrilha. Vi-lhe um gesto de assentimento, e senti-me brutificar, pensando no que havia de dizer-lhe.

Destes apertos têm saído grandes tolices e grandes conceitos. Quer-me parecer que não fui infeliz falando-lhe deste teor:

— A providência dos infelizes encaminhou para aqui os meus passos. Eu não sabia que vinha aqui encontrar o anjo que fez da minha vida um suplício. Entrei nestas salas, como Dante[25], na região das lágrimas, como Trofônio[26] no seu antro, donde não há mais sair com um sorriso nos lábios. V. Exa. calca aos pés o mais devotado coração que ainda palpitou em peito de homem. Enganei-me, quando a vi, ao relumbrar dos relâmpagos, naquela tarde tempestuosa. Amei-a então, como o nauta suspiroso ama a cruz do adro da sua terra natal. Amei-a como o rouxinol à sombra dos sinceiros. Amei-a como o orvalho a flor e a aragem da tarde as asas iriadas da borboleta.

Paula fitou-me e coçou a testa com o leque.

Noutro intervalo da dança continuei:

— Por que não respondeu à minha carta?

— Era impossível. Eu já dei o meu coração. Por delicadeza lhe não devolvi a sua carta, e peço-lhe que me não escreva outra, que *me compromete* — respondeu ela.

Não me soou bem este galicismo dos lábios de Paula. Eu, em todas as situações da minha vida, quando vejo a língua dos Barros[27] e dos Lucenas[28] *comprometida*, dou razão ao filósofo francês que, à hora da morte, emendava um solicismo da criada, protestando defender até o último respiro os foros da língua. E com que admiração eu leio aquilo do gramático Dumarsais[29], que, em trances finais de vida, exclamava: "*Hélas! je m'en vais... ou je m'en vas... car je crois toujours que l'un et l'autre se dit ou se disent!*"*.

Tinha-se achegado de nós o sujeito que lhe dava o braço à entrada. No semblante de Paula conheci o receio de ter sido ouvida pelo cavalheiro, que a fitava com desconfiança.

Nunca mais tive oportunidade de lhe falar. Às três horas, saiu Paula, e eu fui para o meu quarto devorar o restante da

---

* Não suprimo este descabido incidente do filósofo e do gramático, posto que fútil e desgracioso. Silvestre ia muitas vezes derramado nestas divagações, que denotam pouca firmeza na composição e desleixada contextura nas ideias. Honra, porém, lhe seja pelo muito que ele amou a língua, a apuros de esfriar subitamente em paixões vulcânicas, por causa das incorreções gramaticais das cartas, que respondiam às suas, sempre castiças.

noite em repetir-me as palavras dela com tanto afeto que o próprio galicismo já me soava aos ouvidos como as vernaculidades do meu querido Castilho[30].

Eu tinha à mão a *Primavera* daquele autor. Abria-a ao acaso, quando os raios do sol, coados pelo transparente verde, me alumiavam alegremente o quarto. Em pouco está transfigurar-se o espírito do homem. Com a luz parece que entraram as esperanças: era o anjo delas que descera nos raios do sol. Abri à ventura a *Primavera*, e saíram-me como prenúncios de maiores alegrias estes versos:

> Sobre as aras de Amor todas of'recem:
> Os ais do adorador nenhuma ofendem,
> Comprazem-se de ouvir que as chamam belas...
> Se nos ouvem cruéis, se esquivas fogem,
> É por que insana lei de atroz costume
> Lhes ordena o fugir...
> A mãe universal, ou cedo ou tarde
> Vence, triunfa, e no triunfo leva
> O sexo encantador já manietado:
> Todas opõem sabida resistência;
> Mas cumpre não ceder: por nós combatem
> Seu mesmo coração, e a natureza...

Fui lendo os dulcíssimos preceitos com que o mimoso poeta aconselha os amantes desditosos, e, num arraiar de alegria louca, dei nestes versos:

> Começaremos ofertando às ninfas
> Sobre altares campestres, levantados
> Das árvores à sombra, ao pé das fontes,
> Ou nas grutas do fresco, ou sobre outeiros,
> Festões, grinaldas, passarinhos, frutos
> E capetas de búzios e de conchas...
>
> ....

O poeta ensina, nesta passagem, a amar as ninfas; e eu, afeito à nomenclatura da escola arcadiana, pensei que ninfa era um epíteto genérico para toda a mulher que se ama.

Com este errado juízo, entendi em mandar a Paula

> Festões, grinaldas, passarinhos, frutos,
> E capelas de búzios e de conchas.

Acorçoado pelo Ovídio português, comprei na Praça da Figueira muita flor, de que mandei tecer uma grinalda, muito de ver-se; num cabazinho de palha italiana dispus seis pêssegos aveludados, de cobiçável frescura; búzios não me foi possível arranjá-los, nem conchas; no tocante, porém, ao preceito dos passarinhos, fui muito feliz: comprei um lindo periquito na Rua do Arsenal.

Fiz mais.

Chamei à puridade uma jovem e sécia saloia de Benfica, brindei-a com uma saia escarlate listrada e um corpete de castorina amarela; enflorei-lhe os cabelos e enramalhetei-lhe o colo. Nunca vi coisa mais fresca, nem mais bucólica medianeira do amor dum sátiro urbano e uma ninfa saturada da lição de maviosos idílios, como é já notório.

Industriei a moça no modo de apresentar à fidalga

Festões, grinaldas, passarinhos, frutos.

Devia ser à hora em que ela descia ao jardim, que uma gradaria separava da estrada. Melhor do que eu antevira se ocasionou o ensejo da entrega. D. Paula reparou na esbelta saloia, que tinha em uma das mãos o cabaz e na outra a gaiola.

— Ai! um papagainho! — exclamou a menina. — Isso é para vender?

— Não, minha senhora — disse a saloia —, é para dar à senhora fidalga.

— A mim?! Quem me manda isto?!

— Vossa Excelência verá numas letrinhas que vêm aqui entre as flores.

— Letrinhas!! Quem é que me escreve? Você não sabe o nome da pessoa?

— Não, minha senhora: mas o senhor que me cá mandou disse-me que aceitasse Vossa Excelência o periquito, e as flores, e os pêssegos, e, se não quisesse a carta, que a rasgasse.

— Os pêssegos! — exclamou a fidalga. — Quem é que me manda pêssegos?!

— É ele — tornou a saloia.

— Leve, leve — acudiu D. Paula —, que não aceito nada.

— Pois eu tenho ordem de deixar ficar tudo — replicou a saloia, pousando sobre a padieira duma porta interposta na gradaria o cabaz e a gaiola.

A este tempo assomou numa janela o pai da menina, perguntando o que vinha a ser o cesto e o pássaro que estava sobre a porta. D. Paula, dominando rapidamente o sobressalto da surpresa, disse que fora a prima Piedade que lhe mandara aquele periquito e o cestinho das flores. O pai, que era amigo de periquitos, desceu ao jardim; e, no entanto, a filha escondeu a carta, que ia presa à grinalda com um laço de fita encarnada. O velho, examinada a ave, passou a espreitar o cabaz; e, como visse os convidativos pêssegos, que eram seis, comeu três com sôfrega delícia, deu um à filha, e guardou dois nas algibeiras do *robe de chambre*. Paula, para ler a carta, escondeu-se num caramanchel. A prosa vil seria descabida em cena tão eminentemente poética. Era, pois, em verso a minha carta, que, segundo os ditames da poética de Aristóteles[31] e Longino[32], devo chamar *epístola* e não carta. A qual epístola foi ainda o sonoroso Castilho que me induziu a escrevê-la com os seguintes ditames da citada *Primavera*:

> Formaremos cantigas, em que aos ecos
> Dos campos entre a lida repitamos
> As perfeições, os méritos, os nomes
> Das Napeias, etc.

E noutra passagem:

> Depois que pouco e pouco transformado
> Se houver em confiança o pejo, o susto,
> Mudaremos de estilo: em nossos versos,
> E só, e de contínuo a formusura
> Em fogo nos porá do estro as asas.
> Hão-de sorrir-se e comprazer-se, e muitas
> Suspenderão em seu caminho os passos.
> É a lei sem excepção;.domina em todas
> A sede, a glória, de chamar-se belas.

Não entendi à letra o primeiro aviso, que diz: *Formaremos cantigas*. Pareceu-me que eu seria estranhamente recebido, se me andasse por Benfica em serenatas, que este século de ferro moteja, com bazófia de ilustrado, ilustração oca e estéril, que funda toda em regalos corporais, despe o coração da sua poesia nativa e tira ao amante o suave desafogo de formar cantigas à mulher amada. Portanto, para me conformar ao século, em vez de cantigas, poetei em verso hendecassílabo, predominando no sáfico, alternando com o alexandrino, e intercalando tudo de estribilhos de redondilha menor. Era cataplasma para fazer supurar o coração mais cru!

IV

No dia imediato fui, purpureado de cândido pejo, passar em Benfica. Este pejo é o meu elogio. Um verdadeiro amor é segunda inocência. Tal máxima, que eu atiro à circulação, deve ser a defesa de muitas senhoras de certa idade e de certos costumes, que respondem com imprevistas esquivanças às audácias de amantes, que as assediam com ares de César[33], cuidando que chegar, ver e vencer é tudo o mesmo. O mundo chama matreiras a essas damas; e eu, que sei mais do coração humano que o trivial, digo e juro que é uma segunda inocência com os adoráveis sustos do pudor, que as torna esquivas. Eu tenho encontrado muito disto em peitos antigos. Se eu pudesse transfundir em corpos tenros os corações sensíveis que tenho conquistado em senhoras duma idade anticanônica, a felicidade não seria a sede de Tântalo[34]. O meu erro tem sido procurar a alma amante e sisuda na mulher dos vinte anos e a formosura e a graça na de cinquenta. A primeira é um mal que todos me cobiçam; a segunda é um bem que ninguém me questiona. Não me serve nenhuma, por isso.

Voltando ao conto:

D. Paula de Albuquerque viu-me através das vidraças e gesticulou amorosamente com a cabeça, em que eu divisei por entre as fitas algumas das flores da grinalda. Jubilei doidamente no secreto do meu coração e compreendi o porquê de chamarem aos poetas antigos *videntes*, que soa como profetas. Abendiçoei a *Primavera*, meu livro de alma, e a inspirada voz do vate, que me ensinara o filtro amoroso dos

Festões, grinaldas, passarinhos, frutos.

O periquito estava na sua gaiola pendurado na mesma janela. A avezinha de Paula bem pudera prender a atenção da posteridade como o decantado passarinho da Lésbia, do poeta romano. Se eu publicasse as poesias, que dedilhei no plectro, com referência ao periquito, o meu volume seria como um tratado ornitológico, em que os fenômenos dos amores das aves iriam desvendados discretamente aos olhos da juventude.

Estas delongas estão afligindo a curiosidade de quem me ler. Entro em matéria.

Paula respondeu, agradecendo a ave querida, as flores e a surpresa: só não mencionava os pêssegos, salvo se a surpresa eram os pêssegos.

Ateou-se à correspondência, e tão fervorosa de paixão, de parte a parte, que tarde voltarão a este globo degenerado duas pessoas com tanto amor e estilo, ao que parecia.

Este amor tinha assumido as dimensões honestas do matrimônio; mas semelhante palavra não ousava escrevê-la o meu pulso plebeu. Tive então ódio a meus avós, que viveram estupidamente lavradores honrados, citando com inofensiva soberba a consideração que lhes dera o Senhor Rei D. Dinis[35]. Nem um hábito de Cristo[36] na minha família! Nem sequer na invasão do Junot[37] eu tive um parente que matasse dois franceses, ao menos, e fosse depois ao Rio de Janeiro pedir um hábito de Cristo ao Senhor D. João VI[38], que dava dez hábitos à família que matasse dez franceses! Meu pai tinha tido a imoralidade de dar de comer e pensar as feridas a alguns soldados de Napoleão que lhe pediram abrigo! Nem sequer os deixou morrer!

Lembrei-me de arranjar uma comenda de Cristo, por me dizerem que era isso mais fácil do que descobrir quem a quisesse com os direitos de mercê. Andava eu na bem agourada solicitação desta graça, quando a minha desfortuna me pôs à prova de novas decepções.

Se medito no mau desfecho deste episódio da minha vida, caio sempre na triste opinião de que D. Paula caçoou comigo.

É o caso que, indo eu uma vez a Benfica, não para vê-la, que muito alta ia a noite, mas para adorar o santuário em que ela, a essas horas, devia estar sonhando com a minha imagem, vi encostado à parede fronteira de sua casa um vulto rebuçado, rebuçado[39] amargo ao meu suspeitoso coração! (comprazo-me de ter feito destes dois rebuçados uma elegância de estilo, que é minha, e, se alguma idêntica aparecer, sem a minha rubrica, será tida como furto, e os falsificadores serão perseguidos na conformidade das leis).

Perpassei pelo vulto humano e, lá ao longe, descavalguei, prendi as rédeas e retrocedi sutilmente a espreitar o escândalo, se escândalo era. Se era, leitores pios!...

O sino do mosteiro dominicano respirava pelos seus pulmões de bronze duas horas da manhã, quando uma janela do palacete se abriu com leve rumor, e a lua, sem velar de puro pejo a face, alumiou aos meus olhos o rosto de Paula.

O encapotado avizinhou-se da gradaria e ciciou palavras que eu não pude ouvir, porque as minhas orelhas estavam sendo como vestíbulos do inferno que me ia lá dentro na alma.

Este incomportável suplício durou uma hora, ao fim da qual era eu já um assassino programático daquele homem, que viera atravessar-se ao meu amor feroz de tigre.

"Oh!", exclamava eu no recôndito das arcadas do peito. "Oh!, para que vieste tu, desgraçado, assanhar a ira do homem que tem sede do teu sangue e fome das tuas carnes! Que demônio te lançou ao meu caminho, se eu hei-de pôr-te um pé no peito e sacudir-te de lá o coração à cara da perjura! Não tens velha mãe que te chore, nem pai velho, que em teus braços se ampare à borda do sepulcro? Não sabias que os teus dias estão contados, e que a aurora de amanhã te verá a face morta, e que, na tua fronte, e com teu sangue escrita, o mundo lerá a tremenda palavra: 'Vingança'? Oh!, tu não sabias que Paula era minha, minha como tu já agora és dos vermes, como nós três, ela, eu, e tu, todos, ai!, todos seremos do Inferno!"

Disse, e fui procurar o cavalo. Tinha-se desprendido e estava a espolinhar-se em regaladas cambalhotas. As cilhas do selim estavam partidas; as rédeas também; a cabeçada tinha apenas duas correias úteis.

Rugi de cólera, e o cavalo, espavorido, fugiu a desapoderado galope, caminho de Lisboa.

A providência é mestra do *ridículo*, quando quer. O meu rancor repartiu-se entre o amante de Paula e o quadrúpede fugitivo.

Depois, sentei-me esbofado num degrau de escada, olhei para a lua, olhei para mim, olhei para o selim que eu trouxera debaixo do braço, e ri-me.

E o meu riso era um espirro de ferocidade, uma destas coisas que sente o Lúcifer quando o sacode a vertigem da raiva impotente contra Deus.

Eram quatro horas da manhã quando emergi do meu letargo. Vi um padeiro, que me contemplava assustado: pedi-lhe que me levasse o selim entre a carga; e eu caminhei, admirando a impassibilidade da natureza, que parecia zombar de mim, pela voz dos seus rouxinóis, dos seus cochichos e das suas calhandras.

V

O meu cavalo, afrontando-se com a barreira, parou. Quando eu cheguei, estava ele amarrado com um cabresto às grades da porta, e os guardas escreviam um ofício ao respectivo comandante, participando a presa que haviam feito e pedindo ordens sobre o destino do vadio.

Convenci-os de que o cavalo oficiado era meu pelo testemunho convincente da sela e dos fragmentos da cabeçada; mas, como não quisessem perder o ofício, obrigaram-me a esperar a resposta da autoridade que houve a bem julgar-me o legal proprietário da besta. Receei que a lógica da sela não persuadisse o chefe daqueles sujeitos.

Estas miudezas podem enfastiar os espíritos frívolos; mas para mim tenho que os menores episódios das vidas, predestinadas a grandes destinos, são fatos ponderáveis nos ânimos reflexivos.

Recolhi-me ao meu quarto, sondei as profundezas da minha alma, e deste mergulho à consciência saí com má cara e ideias sinistras.

Eu tinha um par de pistolas de coldres, carregadas muitos meses antes. Para as carregar com a certeza de levar nelas a morte, desfechei-as contra o saguão da casa. A detonação fez grande estrondo e causou grande susto a uma senhora grávida, que perdeu os sentidos. O marido desta matrona era cunhado do regedor, e foi queixar-se de mim, como causa dum abalo que podia trazer as funestas consequências dum motivo e a perda do menino, em que ele fiava as alegrias da sua velhice. A dona do hotel, quando tal soube, disse que eu era muito feliz em ter contra mim as queixas de um só dos pais daquele menino possível. Parece-me que esta mulher, com tal juízo sobre paternidades, ia de encontro às ideias que tenho sobre o fenômeno da geração.

Ora o regedor, nesse mesmo dia, fez-me intimar para ir à sua presença, e interrogou-me; dali fui com um cabo e um ofício ao administrador, que me mandou com um ofício e um cabo ao governo civil. Aqui me foi pedida a licença de usar de pistolas; e, como eu não a tivesse, ia ser metido em processo, a não me valerem alguns amigos que podiam muito com a autoridade. Vejam que trabalhos!

O menino da mulher do meu vizinho vingou, segundo vi passados tempos. Na minha vida não há sequer o pesar dum infanticídio involuntário.

Carreguei as pistolas e fui na noite do seguinte dia a Benfica. A poucos passos distante do palacete de Paula apeei e fiz retroceder o criado com o cavalo a esperar-me em determinado ponto.

Soou meia-noite.

A folhagem dos álamos rumorejava nas asas das brisas. A lua, coada por entre os dosséis de trepadeiras, mosqueava a relva dos pradozinhos ajardinados de Paula. Lá do interior vinha uma toada suave de fonte que mais parecia um gemer de saudade.

A intervalos, as lufadas da viração rolavam as folhas secas, e a cigarra e o grilo pareciam calar-se para ouvi-las.

Este ouvir e sentir refrigerou-me a febre da alma. Contemplei-me em minhas ferozes intenções, no centro dum espetáculo tão majestoso de poesia e inspirador de pensamentos afetuosos. A razão, resgatada momentaneamente pelos bons instintos e moralizadora educação que meus pais me deram, sopesou os ímpetos do coração vingativo. Desceu o anjo da paz à minha alma, e renasceu-se lá a esperança de encontrar alguma vez mulher digna de mim, cuja posse me não custasse o sangue do meu semelhante.

Ergui-me no intuito de abandonar para sempre à vingança da providência a mulher fementida e o vitorioso rival; ao dar, porém, os primeiros passos, relanceei os olhos ao jardim e vi um vulto vestido de branco, branco do mármore das estátuas tumulares. Estaquei, e o vulto caminhou direito à grade. "É ela", disse o meu coração em ânsias. "Que veio aqui fazer Paula? Enganar-se-ia ela comigo?"

Retirei-me a um lado para ficar encoberto pelo muro. O vulto acelerou o passo; abriu sutilmente a grade, meteu fora a cabeça e murmurou:

— Já estão a dormir todos: podes entrar. Fiz-te esperar muito tempo?

Fiquei entre o palerma e o estupefato.

— Anda, Caetano — tornou ela —, que estou a arrefecer! Tu não te mexes? Estás amuado?

— Vossa Mercê engana-se — disse eu, quando conheci a cozinheira ao clarão da lua.

Mal proferidas estas palavras, o vulto deu um grito de surpresa e fugiu, deixando aberta a grade.

A este tempo, ouvi passos na entrada, e, sem refletir, entrei no jardim e sumi-me por entre a espessura dos arbustos. Pouco depois, vi entrar um vulto do homem no jardim, caminhar afoitamente, subir a um patim e empurrar de manso uma porta, que não se abriu. Mais tarde, correu-se uma janela superior à porta e travou-se este diálogo:

— Caetano!
— Eufêmia!
— És?
— Sou. Abres?
— Não; tenho medo.
— Ora!, ainda estão a pé?

— Não é isso... Estava ali à porta do jardim um homem. Cuidei que eras tu. Não o viste?

— Isso havia de ser para a fidalga: não vi ninguém.

— Não pode ser para a fidalga.

— Pois então quem era, senão o conde?

— Não era, que esse entrou às onze horas e está cá.

— Seja quem for; abre a porta.

— Hoje não: vai-te embora. Olha... tinha-te ali um franguinho assado... queres que to deite?

— Então é certo que não abres?

— Estou a tremer com medo. Será alguma espera para o Sr. Conde?

— Será...

— A fidalga é uma doidivanas... Será ele o do periquito?

— Lá se avenham... Então até amanhã.

— E o frango, quer-lo?

— Bota cá.

Pouco depois, o homem saiu, e eu, com o rosto entre as mãos, fiquei o tempo que pode gastar uma alma em descer ao Inferno e voltar ao mundo com uma brasa eterna nos seios.

Sai do jardim; fitei os olhos na lua: levei a mão convulsiva à testa e exclamei: "Anátema!".

Dito isto, vim para Lisboa.

VI

Decorreram três meses, durante os quais fui à província vender uma parte da minha legítima paterna. Cuidava minha extremosa mãe que eu, dois anos ausente dela, ia enfim adoçar-lhe os últimos anos e resgatar os empenhos a que sacrificara os bens. Não a desenganei logo por compaixão; mas o aspecto melancólico da minha aldeia, o silêncio, a quietação penosa do lar doméstico e a sensaboria das práticas monótonas de quatro clérigos das partidas da minha mãe tornaram-me as saudades de Lisboa em profundo tédio da minha terra.

Liquidada a venda de algumas propriedades, que minha boa mãe, com engenhosa compaixão de meus desatinos, fez comprar por terceira pessoa, voltei a Lisboa.

Como disse, tinham passado três meses sobre o meu coração. Aquela *eterna brasa* que eu, por amor da retórica, há pouco disse que trouxera do Inferno nos seios da alma, estava quase apagada, como todas as brasas que a gente inflama como assopros de estilo. Pelo modo como o homem e o amor estão feitos neste tempo, três meses de ausência correspondem àqueles dilatados anos dos amores da Idade Média, que traziam da Palestina à castelã saudosa o coração leal do seu cavaleiro. Peitos de ferro deviam albergar corações de férrea tenacidade. Agora, é mais íntimo e devorante o amor, mais combustível o coração; a chama, batida por variados ventos, ateia-se mais enfurecida e o elemento dos afetos volatiza-se rapidamente. A mais aumenta a versatilidade humana, quando o amor-próprio sai anavalhado destas lutas, em que é grande parte o orgulho. Assim se explica o quase esquecimento de Paula quando voltei a Lisboa; e, se de todo não a esquecera, fora a curiosidade de saber a conta em que o mundo a tinha que me levava a indagar os pormenores da sua vida.

O boleeiro, que já o não era da casa de Benfica, deu-me alguns, os mais agravantes à honra da menina; os outros comunicaram-mos as suas amigas, os seus turibulários, os poetas que a traziam em letra redonda nas décimas dos folhetins e os noticiaristas que a vinham sempre aclamando rainha dos bailes.

As minhas averiguações vieram aos seguintes resultados: Paula estava prometida a um fidalgo do Alentejo, seu primo segundo, e amava com quantas provas se justifica o amor, um conde. Este conde devia ser o sujeito mencionado no diálogo de Eufêmia e Caetano, aquele fino amante que levou o frango assado com recheio dos suspiros da cozinheira. O conde pensava que a dedicação de Paula sem reserva lhe assegurava um casamento rico; ela, porém, do sacrifício reservara o que não podia dar nem tinha para dar – o coração.

Um indivíduo que por nome não perca requestou Paula, quando o conde a julgava mais avassalada e perdida de amor. Não sei se a comoveu com

Festões, grinaldas, passarinhos, frutos.

O que afoitamente certifico é que o conde foi traído e caiu das nuvens quando viu escorregar por uma corda, das janelas de Benfica, um sujeito que era um dos seus quarenta amigos íntimos. O amante vilipendiado vingou-se divulgando o mais secreto da sua intimidade com Paula. A sociedade espantou-se no primeiro dia da nova e no segundo esqueceu-se a ponto de redobrarem os adoradores em redor de Paula e recrudescerem as invejas das damas, que ao mesmo tempo a denegriam.

Tudo isto se passou nos três meses da minha ausência.

Quando me narraram miudezas destes fatos, contados pela rama, estava eu em S. Carlos, e D. Paula numa frisa. Achei-a mais donosa. O Demônio triunfa às vezes, aformoseantando o vício. A candura nem sempre é bela. Há rostos angelicamente inocentes que dão ares de idiotismo. Tem o crime uns resplendores do Inferno que reverberam nas caras e as alindam. Assim o pensava eu de Paula, que seduzia diabolicamente com o seu gracioso despejo.

E o mais é que me fitava com magnética sobranceria, e eu a ela com ignóbil humildade. Todo o homem tem suas intercadências de parvo, de desprezível e de baixeza. A mim me quer parecer que lhe mandava outro periquito, se abro a *Primavera* do sedutor Castilho naquela noite! Entendam lá o homem!

É certo que dormi sobressaltado e acordei a pensar nela. É engraçada coisa o modo como eu me queria a mim mesmo explicar a renascença do antigo amor, para me não envergonhar da razão, que me arguia de homem sem brios. Dizia eu, entre mim, que era honorífico vingar-me da afronta e que a vingança devia ser simulada com aparências de amor. Planeava levá-la ao escândalo, exibi-la à irrisão pública e lançar pregão do meu despique; quando porém ideava estas sordícias, indignas do meu gênero brando, imaginava ao mesmo tempo que, chegado o lance da vingança, a comprimiria ao seio e me faria sacerdote da vítima.

Nestes e noutros pensamentos me correu o dia seguinte, e outro, até chegar a noite em que D. Paula tinha camarote. Namorei-a sem recato, sem biocos, sem velhacaria. Odiei os rapazes que vinham segredar-me os sabidos escândalos; cheguei a defendê-la por negação, e a benquistar a gargalhada dos tafuis, que a não contemplavam com menos arrebatamento que eu.

Ora, devo confessar que Paula encarava em mim com um sorrir tão desacostumado, e uns trejeitos tão esquisitos, que só a minha boa-fé, irmã gêmea da inépcia, era capaz de aceitá-los como benignos e amoráveis. Além de que, reparei algumas vezes que ela falava ao ouvido da prima Piedade, e riam ambas à socapa, sem olhar para mim, senão três minutos depois de espirrarem a risota. Agora é que eu penso circunspectamente na passagem.

D. Maria da Piedade era uma linguareira com graça sarcástica, um folhetim de gênio mordente, temida dos elegantes, a quem ela costumava crismar com epítetos truanescos. A mim sabia eu que ela me chamava *Periquito*, metendo a riso a dádiva sentimental, que seria minha glória aos olhos duma mulher sensível. Não duvido apostar que a leitora, se eu alguma vez tiver uma leitora, simpatizará com a minha memória por ter visto a candura e lhaneza de coração com que eu ofertei à ingrata a avezinha. Estas singelezas do amor são as que mais enternecem as boas almas. Dê-me a leitora uma lágrima, que eu não quero outra vingança das mulheres que me escarneceram a poética simplicidade, simbolizada naquele periquito.

À saída do teatro, notei que Paula me acenara com o leque de dentro da carruagem. Rarefez-se a nuvem negra da zombaria. Recolhi-me feliz ao Grêmio Literário, e fui nessa noite eloquente em teorias de amor.

Às duas horas do dia seguinte, quando eu estava escrevendo as comoções alegres da noite desvelada, recebi uma carta da posta interna. Conheci a letra de Paula. Parou-me o sangue no peito; tremiam-me as mãos como se as tomasse o horror de profanarem a missiva do anjo. Abri, e vi que eram versos. Versos! O idioma primitivo do coração! Os suspiros metrificados! A expressão suprema do amor que se envergonha de expandir-se em prosa!... Ó júbilo intumescente!

Li:

> Ao terno cantor, que n'alma
> Tem da amante o nome escrito,
> Solitária amante envia
> Saudades do periquito.

"Será isto escárnio?!", exclamei. Respondeu-me a seguinte quadra:

> Ao meigo vate, que eu amo
> Com amor casto e infinito,
> Manda um doce e ardente beijo
> O saudoso periquito.

Não tive alma para ler o terceiro insulto, que mais tarde pude ver:

> Na rocha alpestre
> Vaga Silvestre
> Todo aflito;
> Na grande testa
> O vento intesta
> Com rouco grito,
> E ele a gemer
> E o eco a dizer:
> "Ó periquito!"

A letra destes ignominiosos versos era de Maria da Piedade; mas nem por isso fica sendo menos criminosa Paula, que sobrescritara a carta.

A dor empedrou-me. Grande é a angústia do homem que de si próprio quer esconder o seu aviltamento!

VII

Este insulto foi providencial. Foi como mão-de-ferro, que me apertou o coração até esvurmar dele as fezes do vilipendioso amor. Saí de Lisboa, no mais agreste do inverno, e fui para Santarém, onde vi o santo milagre largamente contado no livro das viagens do adorável poeta da Joaninha do Vale[40].

Estava, naquela estação, desabrida em Santarém a natureza. Eu queria chorar sozinho em algum recanto daquelas frondosas encostas e dessedentar-me da sede de amor, dando o coração às maravilhas da Terra e do Céu. Esperava eu que a soledade e a contemplação me refrigerassem a alma e a depurassem das imundícies em que a pobrezinha caíra, como pomba que, fatigada de voejar, não achou outro poisadeiro. A estas esperanças me haviam induzido alguns filósofos, que tinham o mundo em ódio e acharam no ermo conforto e bem-aventurança. Neste pressuposto, fui dar o primeiro lance de olhos amoroso à natureza, subindo àquela empinada eminência que lá chamam a Porta do Sol. Apenas assomei ao alto, fiquei comovido das blandícias da natureza, que fez favor de me tirar o chapéu da cabeça e mo enviou para além-Tejo nas asas dum furacão. Retrocedi vexado da grosseria e sentei-me a recomendar à natureza de Santarém e ao Diabo os filósofos ecomiastas do campo. Rompeu-se uma nuvem, e eu abri o guarda-chuva contra a bátega do vento; uma refega contrária apanhou-mo por dentro em cheio e converteu-mo em roca. A fugir da trovoada desfeita, entrei por um portal. Um cão rafeiro, denominado pelos filósofos o *amigo do homem* por excelência, arremeteu contra mim e, covardemente, quando eu fugia, me arrancou a aba esquerda do fraque. Deste feitio me recolhi à estalagem da Sra. Felícia, pessoa de agradável sombra, que se condoeu sinceramente da minha angústia muda.

Mal me tinha eu apaziguado dos frenesins da minha irrisória raiva contra a natureza, quando o administrador do concelho mandou perguntar-me quem eu era e que vinha fazer a Santarém, caso não apresentasse passaporte. Respondi categoricamente que era viajante e que o meu passaporte era a minha inocência das coisas alheias ao coração e o desprezo em que tinha as futilidades com que a república era administrada.

A autoridade, maravilhada de tão farfalhuda resposta, quis conhecer pessoalmente o discípulo de Diógenes[41] que discreteava na estagem da Sra. Felícia, e foi procurar-me. Corremos aos braços um do outro. Tínhamos sido condiscípulos na Universidade, e cinco anos amigos. Fui ser seu hóspede, e resolvi demorar-me alguns meses em Santarém.

Uma tarde, recebeu o meu amigo, da mão de um oficial de diligências, um ofício do governador civil para imediatamente dar busca na estalagem da Sra. Felícia, onde se presumia estar uma menina nobre, fugida de Lisboa com um sedutor. Ordenava a autoridade superior que o raptor fosse enviado à cadeia e a menina recolhida, até novas ordens, num convento.

O meu amigo lera em voz alta o ofício e mentalmente a participação do governador civil de Lisboa conteúda no ofício. Observei que ele, depois dum trejeito de pasmo, abriu os beiços para me dizer alguma coisa, mas susteve-se, e sorriu com certa malícia.

– Queres tu vir na qualidade de aguazil acompanhar-me nesta diligência? – disse-me ele.

– Vou – respondi –; mas, se tu és homem de coração, como creio, dá escápula aos infelizes, que se amam: não queiras sobre o coração a responsabilidade de dois suicídios. Não achas horrível a prisão para ele e um convento para a pobre menina? Que lucro tira a moral pública de redobrar o escândalo e ajuntar à vergonha uma inútil barbaridade?!

— Mas que queres tu que eu faça?

— Que vás à estalagem, que finjas a busca e por portas travessas deixes fugir a mulher, que a lei chama *raptada*, e o rapaz, que bem pode ser que, em vez de roubador, seja ele o verdadeiramente roubado. As nossas leis são assim... Uma mulher foge pela porta ou pela janela da casa paterna; manda adiante as trouxas do seu fato; amua-se contra a frieza do amante, se ele lhe faz reflexões para a conter em casa; vai ter, afinal, com ele, dizendo que já não pode esconder aos olhos da mãe o caro penhor que lhe palpita no seio. O pobre moço, obrigado pela honra, pela compaixão e pelo amor dela e do caro penhor, foge também aos pais e vai caminho de Santarém ou doutra parte. Vem depois atrás deles a lei, e diz: "Esta menina foi roubada aos pais; este homem é o raptor desta inocente, que vai violentada como a Fátima de Gonçalo-Hermigues, o Traga-Mouros". E depois...

— Apanha as velas ao discurso, que não há tempo — atalhou o meu amigo. — Vamos à Felícia, e lá veremos. Se tiverem ares de se amarem como nos romances, a minha misericórdia administrativa velará o escândalo.

Fomos à estalagem. Eram nove horas da noite.

A Sra. Felícia, interrogada pela autoridade, revelou que tinha em sua casa, havia dois dias e duas noites, um sujeito e uma senhora, que se diziam casados e nunca saíam do seu quarto. Ordenou o administrador que os fosse chamar à sala, em observância duma ordem da autoridade.

Meia hora depois entrou na sala o sujeito e a dama. Céus! Expedi do peito involuntariamente um ai agudíssimo, levei as mãos aos olhos e caí numa cadeira, que ia caindo comigo.

Era Paula! Oh!... Paula!

Reinou profundo silêncio alguns minutos na sala. Quando me recobrei do espasmo, ergui-me e saí, sem encarar na desgraçada.

VIII

Na desgraçada – disse eu!... Que adjetivos tão tolos tem a nossa boa-fé para adaptar a certas mulheres que trazem a desgraça e a opinião pública sovada aos pés!

O meu amigo, voltando às onze horas da noite, achou-me febril, e assistiu-me até à madrugada com todos os recursos da medicina.

No dia seguinte, sossegando o pulso, contou-me assim o seguinte da diligência:

– Declarou Paula de Albuquerque que não era raptada e seguira de muito sua livre vontade aquele homem, que amava e com quem queria casar. O homem que ela seguia declarou ser irmão do padre-capelão da casa da menina e mestre-escola régio nos arrabaldes de Lisboa. Ajuntou mais o raptador, vertendo prantos caudais, que ele não queria de modo algum dar semelhante passo, mas que a fidalga fora ter com ele, dizendo que não havia outro meio de obterem consentimento para casarem e remediarem o malfeito. Acrescentou o meu amigo administrador que D. Paula, ouvindo tão ignóbil e covarde revelação do mestre-escola, rompera em vociferações contra ele, chamando-lhe miserável e pedindo que, sem demora, a enviassem a seu pai para não ver mais um homem indigno do sacrifício dela. O mestre-escola abundava no parecer de Paula e cuidava já em retirar-se, quando o administrador lhe disse que fosse esperar na cadeia que a inocência do seu passo fosse julgada. Em consequência do que o mestre de meninos desmaiou.

A autoridade oficiou daí ao governador civil, narrando-lhe os sucessos. Respondeu este que, visto ser tarde para entrar no convento, pernoitasse a fugitiva na estalagem, com vigias e sob a responsabilidade dos donos da casa, até virem de Lisboa novas ordens. O irmão do capelão foi para a cadeia e Paula, no dizer da Sra. Felícia, dormiu até ao dia com a serenidade dos anjos.

Três dias depois, o mestre-escola foi removido para Lisboa e encarcerado no Limoeiro. D. Paula desceu de Santarém ao Cartaxo, transpôs o Tejo e foi para uma quinta de seu pai em Azeitão.

Conclusão

Quando voltei a Lisboa, rara pessoa encontrei que me não contasse o sucesso com a hediondez natural das suas cores e com as outras exageradas, que a maledicência folga de carregar.

O mestre-escola, depois de alguns meses de prisão, foi mandado embora, sem ser julgado; mas da cadeia passou a bordo duma galera, que o desembarcou no Rio de Janeiro. É de crer que o fidalgo, para se forrar à vergonha dos debates no tribunal, perdoasse ao réu e conseguisse que o ministério público não achasse provas para a querela.

Pelo mesmo tempo, D. Paula casou com o primo que lhe fora destinado desde a puerícia e tornou para o palácio de Benfica, em companhia de seu marido e já com um menino robusto, não obstante ter nascido tão sem tempo que ninguém pensou que vingasse. Dizia a avó de Paula que semelhante prodígio não era novo na sua família, porque ouvia sempre dizer que os primogênitos da sua linhagem quase todos nasciam antes dos seis meses de incubação. Coisa notável!

Vi Paula no teatro: no seu camarote entravam as pessoas de mais brilho na sociedade lisbonense, e cortejavam-na com reverência igual à adoração.

Vi Paula no bailes, os grandes do reino, os milionários, os anciãos reputados modelos de honra e austeridade, honravam-se de lhe darem o braço e de se curvarem a apanhar-lhe o leque do chão.

Vi o nome de Paula inscrito na lista das damas que socorrem os aflitos, pelo amor de Deus, e se chamam, na linguagem dos localistas, as segundas providências na Terra.

Vi, finalmente, que D. Paula era a mulher que o mundo respeitava, sem embargo do conde, e dos amigos íntimos do conde, e do mestre-escola, único bode expiatório de tamanhas patifarias!

A MULHER QUE O MUNDO DESPREZA

I

Naquele tempo li eu que Alfredo de Musset[42] e Espronceda[43], poetas de altos espíritos, atordoavam as suas dores com a embriaguez, o primeiro porque amava uma literata anfíbia, o segundo porque o alanceavam remorsos de ter desgraçado uma Teresa, que morrera de paixão, por isso mesmo que não era literata.

Era então moda a violência, particularmente na academia universitária, onde os mancebos de mais poesia de alma e arremessos de "aspirações grandiosas", como então se dizia, protestavam contra a estreiteza do âmbito, em que o século lhes apertava as faculdades, dilatando os fictícios horizontes da vida, até onde o vinho da Bairrada, a genebra e o conhaque permitiam. Verdade é que nem sempre os ébrios podiam justificar a sua degradação com a necessidade de afogarem os desalentos e dissabores da existência nas copiosas libações. Uns embriagavam-se para darem em espetáculo de admiradores a capacidade do seu estômago, e bebiam por alguidares; outros contavam aos seus amigos uma história tenebrosa de amor, que lhes matara a esperança e os infernara para sempre: a história prefaciava de ordinário a emborcação de uma garrafeira. Os auditores do infausto moço levavam-no depois à cama, onde ele digeria o seu vinho e a sua angústia suprema.

Eu conheci um destes infelizes, que era meu conterrâneo e passava em Coimbra por ter sido ultrajado em sua nobre alma pela mulher de cujos lábios fementidos recebera a morte. Alguns poetas cantaram-no, praguejando a infame que lhe apunhalara o coração. Da história, que ele referia em tom cavo, a verdade nua era que ele viu a sobrinha de um abade numa romaria e ofereceu-lhe cavacas, que ela não aceitou, porque o abade lhes não tirava o olho de cima. Ajunte-se a isto que ele foi à aldeia da Sra. Joaninha com o propósito de lhe falar em fugirem para um deserto; mas a pequena, como andasse atarefada com a matança dos cevados, não lhe deu trela. Por último, o meu vizinho ainda lá tornou em uma noite de esfolhadas; porém, o abade, desconfiado, como pássaro bisnau que era, deu sobre o acadêmico com uma foice roçadoira, e o acadêmico fugiu com tanta pressa e felicidade que algum santo estava a pedir por ele. Em consequência disto é que o bacharel se embriagava, como Alfredo de Musset e Espronceda.

À imitação desta, podia eu contar a história de muitos bêbados ilustres da minha mocidade*. Conheci outros que eram

---

* A palavra é pouco urbana e civil para livro de tanta polpa e gravidade. *Bêbado* é o homem que se embebeda na taberna. Ao bebedor que se embriaga nos cafés e nas salas, a não se lhe dar nome de *espirituoso*, também não deve chamar-se *bêbado*. Os glossários que conheço carecem desta distinção, que se quer observada entre pessoas *que se tratam*.

poetas orientais. Escreviam do amor das mouras, das volúpias dos serralhos, das acesas paixões dos árabes. Claro é que num clima temperado, e com os costumes chãos e algum tanto lorpas e lerdos da nossa terra, a imaginativa carecia de espiritar-se com os boléus da embriaguez para sair-se dignamente com uma sestilha asiática. Vinham a fazer ditirambos, que intitulavam *Arrobos*, ou *Coriscos*.

NOTA

Entre as poesias de Silvestre, achamos uma, datada em 1855, que parece referir-se à época e aos poetas orientais de que vem falando nas suas memórias. Dela trasladamos um fragmento, que vem a ponto:

>...
> A esperançosa mocidade, a plêiade
> De génios do Marrare, que é feito dela?
> Pululavam em barda, enxame às nuvens
> De abelhas, que libavam mel do Himeto,
> Disfarçado em *cognac*; e, então, melífluos,
> Como diz não sei quem, que sabe a Língua,
> *Emelavam* a gente, isto é, *melavam!*
> E melaram os dulcíssonos meninos,
> Quando neles se estava embelezado
> O *Tejo de cristal* e a *Lua meiga*.

Que é deles? Onde o ninho destas aves,
Que implumavam, apenas, e já punham
O fito na montanha bipartida,
E as cândidas asinhas sacudindo,
Era um gosto comum, um brio pátrio,
Um gosto nacional perdê-los d'olho
E ouvi-los, lá do alto, em trinos destes:

> "Doce brisa,
> Que desliza,
> Pela junça
> Do paul,
> Traz perfume
> Como a aragem
> Da bafagem
> Duma virgem
> De Istambul."

À compita de cântico, responde
Dalém, doutro poleiro, em sons mais ternos,
Outro bardo, que tem na terra amores:

> "Minha Elisa, o teu segredo
>   Não no sei;
> Nem na voz do arvoredo
>   Adivinhei.
> Ai!, querida!, diz-mo cedo,

Diz-mo, querida,
Pela vida!
Se não dizes,
Morrerei!"

....

No número dos ébrios que inspiram compaixão às almas flexíveis estava eu. Quem tiver lido as minhas desventuras e pesado, nas cordas sensíveis do seu peito, as embaçadelas (por não dizer sempre desapontamentos) que apanhei na curta primavera da minha vida, decerto me desculpa do asqueroso vício de que me sinto assaz castigado pelas inflamações de vísceras que a miúdo me atormentam. A imagem de Paula não me aparecia como visão amada: mas figurava-se-me ela como o demônio sarcástico do ultraje à minha dignidade. Mil vezes mais atroz visão que a da mulher que nos abandonou enfastiada e talvez chorasse por não poder amar-nos! Deus sabe quanto dói à criatura que amaldiçoamos o tédio que as nossas meiguices, e lágrimas, e ciúmes, lhe causam!

Comecei por beber licor de hortelã-pimenta e acabei no absinto estreme. A minha embriaguez era pacífica e até certo ponto catedrática. Eu me explico. Se o auditório me favorecia, deixava-me ir em discursos sobre a filosofia da história, alternados com outros discursos sobre a história da filosofia. Estas matérias, que a todo o homem, em estado normal, se figuram áridas e insípidas, a mim pareciam-me deleitosas e lucidíssimas; e os ouvintes, salvo a lisonja, mostravam-se igualmente admirados que instruídos. Não poderemos inferir daqui o fato de que as ciências de certa transcendência as devemos à alucinação de certas cabeças?, e que o espírito humano, sem o complemento de outros espíritos, cuja imortalidade ninguém discute, há-de sentir sempre a estreiteza dos seus limites? Não discorro agora a este respeito, porque bebo água há dois anos.

Numa dessas noites de exorbitância intelectual, como o auditório me abandonasse, saí do Marrare das Sete Portas e fui ver a lua, que crispava de cintilantes escamas a superfície prateada do Tejo. Eram onze horas. Num dos bancos que adornam o Cais do Sodré vi sentada uma mulher, que trajava de escuro e apoiava a cabeça entre as mãos, que, ao revérbero dum candeeiro, pareciam de alabastro, amarelecido de anos.

Aproximei-me dela, parei com quanta firmeza as pernas me permitiam, e disse-lhe:

– Mulher!

E ela, voltando para mim a face pálida, encarou-me e não respondeu.

– Mulher! – tornei, encostando-me ao peitoril do cais para manter a dignidade e aprumo do discurso.

– Que quer? – respondeu ela.

– Que tens tu com as magnificências da noite? Que segredos vens tu dizer às estrelas, que o Criador fizera tuas irmãs na formosura do brilho? Se te despenhaste da tua inocência, que queres tu deste céu que só verte o orvalho consolador no seio das criaturas aflitas sem mancha, das padecentes sem culpa, ou das infames com dinheiro?

Pouco mais ou menos, foi isto o que lhe disse, que me lembre; o restante, a não ser discurso sobre a filosofia da história, devia ser discurso sobre a história da filosofia.

O mais que me lembra é que, às cinco horas da manhã desse dia de agosto, a mulher do Cais do Sodré ia comigo numa carruagem e respirava o ar balsâmico da estrada de Sintra.

II

— Conta-me a tua história, Marcolina, antes que eu perca a razão, para lhe dar valor. A embriaguez, quando não é insultuosa, é pouco persistente nos sentimentos generosos. Faz-me compadecer de ti e darás à minha vida rumo novo, ou pelo menos uma ideia útil e própria de homem que ainda tem intervalos de encontrar-se na consciência. Tu choraste, quando viste árvores e flores; pediste-me que te deixasse morrer lá em cima entre as fragas da serra; erraste uma vista, de quem se sente morrer de desalento, pela extensão do mar. Quem és tu?, donde caíste até encontrar o primeiro apoio na tua queda sobre o ombro dum homem perdido de razão, que tu recebeste como se encontrasses um teu irmão no despejo e na desgraça? Já sei o teu nome; vejo que foste bela: que a natureza te quer ainda vestir dumas galas que tu expeliste de ti, quando as rasgavas com pedaços do coração. Já tens outra cor; e as lágrimas, em que te nadam os olhos, parece que te querem lavar os estigmas da face. Voarão nesta atmosfera os anjos invisíveis que te conheceram, quando tu eras pura?

Marcolina abraçou-me sem a veemência convulsiva que os dramaturgos mandam nas rubricas. Foi um abraço senhoril, comedido e honesto como nossas avós os davam no jogo dos abraços, quando os anjos da guarda entravam naqueles jogos e saíam sempre sem vergonhas do mundo.

Marcolina sentou-se em uma cadeira defronte da minha otomana e disse:

"Nasci no dia em que meu pai morreu nas linhas de Lisboa. Tenho dezoito anos. Meu pai foi empregado na tesouraria, onde ganhava para levar a vida com abundância. Se algum desgosto sentia, era por não ter um filho. Morreu, como lhe disse, no dia em que eu nasci.

"Minha mãe ficou muito nova, e bonita; mas quase pobre. As economias que meu pai deixara dariam escassamente a subsistência dum ano. Ouvi dizer que a casa estava trastejada com luxo, em que meu pai se esmerava, por ter sido criado no paço, onde meu avô era cirurgião.

"A mãe teve muito quem a pretendesse, não tanto por ser bela como por correr fama que tinha dinheiro. Teria eu um ano quando ela casou com um empregado público, mais novo e mais pobre que ela.

"Lembro-me da minha infância dos seis anos em diante, e dos meus irmãos, que já eram dois, filhos do meu padrasto; e, quando eu tinha dez anos, já éramos seis irmãos, todos meninas.

"Não tenho memória nenhuma de viver em casa mobilada com limpeza. Minha mãe foi vendendo pouco e pouco algumas joias que tinha para ajudar às despesas, que aumentavam, e aos vícios de seu marido, que também cresciam com a pobreza. O que me lembra muito bem é a indigência, e a fome, e a nudez de minhas irmãs.

"Meu padrasto, por causa duma revolução, foi demitido do lugar; e, obrigado pela penúria, fez um roubo, e esteve preso alguns meses. Nunca mais o vi, e não sei ainda hoje se foi degredado, se foi para o Brasil, como minha mãe dizia.

"Quando eu tinha doze anos, vivíamos num último andar duma casa na Rua de S. Luís. Minha mãe saía à noite com três de minhas irmãs e recolhia-se muito tarde a fazer a ceia, que era muitas vezes o jantar. Creio que ela andava mendigando. Outras vezes fechava-nos todas na única alcova da casa, e ela ficava na saleta: creio que este fato era mais horrível que pedir esmola.

"Aos catorze anos, estando eu sozinha em casa uma noite, fazendo camisas para embarque, ouvi um rangido de botas nas escadas próximas e estremeci. A porta foi aberta de fora com a chave, e eu ergui-me, espavorida, correndo à janela que se abria sobre o telhado. Lembraram-me, naquele instante, palavras que a mãe me tinha dito, e julguei-me perdida.

"Quando lancei a vista à porta para me bem convencer da desgraça, vi um homem que caminhava para mim, dizendo que me não assustasse. Eu fui recuando até ao cantinho da casa e encolhi-me a tremer e a chorar.

"Parece que o homem teve piedade de mim. Esteve a olhar-me com ar melancólico, sentou-se e limpou o suor da testa.

"Perguntou-me quantos anos tinha; se minha mãe nada me tinha dito a respeito duma visita; se eu antipatizava com ele; se eu queria sair de tanta pobreza e da companhia de minha mãe, que me vendera e que tencionava viver do preço da minha honra.

"Eu respondi soluçando a tais perguntas. O homem, que se mostrava condoído, chegou a chamar-me para junto dele, oferecendo-me uma cadeira. Fui sentar-me com muito medo; mas tranquilizei-me algum tanto quando vi que me não lançava as mãos. Uma vez que ele se inclinou para mim, deitando-me o braço à cintura, ergui-me de salto e ajoelhei, pedindo que me deixasse. Ergueu-me com brandura e disse-me: 'Esteja sossegada, que eu não lhe faço mal' – e passados instantes continuou: 'A sua felicidade não é eu deixá-la; porque amanhã sua mãe a venderá a outro homem que se não compadeça da sua inocência e lhe desprezc as lágrimas. A sua posição, menina, é muito desgraçada nesta casa. Eu vinha preparado para encontrá-la bem-disposta a ceder ao destino que sua mãe lhe deu; vejo que não é fingida a sua dor. Quer, Marcolina, salvar-se das grandes vergonhas que a esperam? Saia já desta casa, aceite a minha amizade; venha para a minha companhia, e depois pensará no que melhor lhe convier para ser menos infeliz. Confesso-lhe que a sua beleza me encanta; mas já não serei capaz de a querer sem que o seu coração a leve a ser minha amiga'.

"Continuou a falar neste sentido longo tempo; e afinal, estando já de pé para sair, lançou-me ao regaço dinheiro em ouro e disse: 'Quando sua mãe vier, diga-lhe que está pura, peça-lhe que não a venda, e obrigue-se a sustentá-la com a condição de não a vender. Esse dinheiro é o necessário para um mês; no princípio do mês que vem receberá igual quantia'. E saiu, beijando-me na testa e murmurando, quando me viu estremecer ao contato da sua boca: 'Pobre menina!'."

— Era novo esse sujeito? — interrompi.

— Não, senhor. Teria cinquenta anos.

— Continua. Tua mãe quando chegou...

— Viu o ouro sobre a mesa e fez-se escarlate de infernal alegria. Olhou para mim e disse: "Não estás mal comigo?". Rompi num pranto, que me afogava. Quis ela abraçar-me, chamando-me tola com modos carinhosos, e eu fugi para a alcova onde as minhas irmãs estavam assentadas no enxergão.

— Das tuas irmãs, uma já devia ter treze anos nesse tempo.

— Essa não vivia conosco.

— Que destino tinha tido?

— O que minha mãe quisera dar-me. A mãe disse-me que ela estava na Casa Pia; mas, alguns meses depois, soube que ela estava na situação em que estou hoje.

— E está ainda?

— Não, senhor. Morreu de dezesseis anos.

— No hospital?

— Não, senhor, em minha casa.

— E as outras irmãs?

— Logo lhe direi.

III

— Minha mãe quis que eu lhe contasse o que se passara entre mim e o Sr. Barão.

— Ah!, era barão, o sujeito?!

— Era barão; mas não o maldiga, que tinha boas qualidades.

— Veremos... Por enquanto, não há razão de queixa. Ora diz o mais.

"Contei à mãe o sucedido; menos o modo como ele me falara dela. Ouviu-me com admiração e disse-me: "Se eu soubesse que ele tinha palavra e te dava a mesada, saíamos destas águas-furtadas e podíamos viver regaladamente". Acrescentou a estas palavras um plano vergonhoso que devia enriquecer-me em poucos anos. Faz-me horror o que lhe ouvi!

"No dia seguinte, minha mãe comprou-me um vestido de cassa, um mantelete em segunda mão, um chapéu de palha e outras miudezas. Mandou-me pentear, e vestir, para darmos um passeio. Atravessamos algumas ruas, que eu via pela primeira vez, e entramos no pátio dum palacete. 'Onde vamos?', disse eu. 'Aqui é que mora o Sr. Barão; é preciso sermos gratas.' O guarda-portão, que já a conhecia, tinha subido a dar parte ao amo, e voltou quando minha mãe me estava dizendo: 'Deves mostrar-te muito agradecida ao fidalgo e pede-lhe licença para mudares de casa e alugares outra onde ele possa entrar sem repugnância'.

"Fez-se uma mudança espantosa no meu espírito, quando tal ouvi. Não hesitei. Subi as escadas, e minha mãe sentou-se no banco do pátio. Entrei numa sala muito rica e sentei-me à espera. Tinha o rosto banhado de lágrimas. Chegou o barão, e veio ao pé de mim, com ar muito alegre e meigo. 'Quem a trouxe aqui, Marcolina?', disse ele. 'Foi minha mãe, com um recado; mas eu venho dizer-lhe outra coisa.'

"Faltou-me o ânimo para continuar; mas, instada pelo barão, e com a odiosa imagem de minha mãe a instigar-me, cobrei forças e pude dizer-lhe que me tirasse da companhia de minha mãe e se compadecesse do meu infortúnio. 'Agora mesmo', disse ele. E saiu da sala para entrar noutra, onde mandou chamar minha mãe. Soube, depois, que nessa ocasião se realizou o contrato, com muita generosidade da parte dele no pagamento e pronta anuência dela no separarmo-nos. Neste intervalo, chorei com saudades da minha irmãzinha mais nova, que tinha cinco anos e meio e era linda como um anjo.

"Passados quinze dias, a minha guarda-roupa estava cheia de cetins e veludos. Tinha brilhantes que faziam invejável a minha desonra. Tinha uma mestra, que me ensinava as atitudes senhoris nos camarotes e recebia dessa mesma lições para entrar na carruagem, apanhando a cauda dos vestidos com elegância, e saltando dela garbosamente para o banco almofadado que me oferecia o lacaio. Numa das minhas primeiras idas a S. Carlos, vi uma irmã num camarote com mais duas senhoras. Dei um grito de surpreendida e indiquei-a ao barão. 'Não olhes para lá', disse-me ele, 'tua irmã, se é aquela, deve ser o que são as companheiras: são três prostitutas que ali estão.' Baixei os olhos, como obrigados pelo uso das lágrimas e da vergonha. Vergonha e lágrimas! Que mais valia eu que minha irmã, e quem era mais digna de lágrimas que eu!

"Um dia recebi um bilhete de minha irmã, dando-me os parabéns da minha felicidade e pedindo-me que a não desprezasse por ter sido menos feliz que eu na carreira que a mãe nos dera a ambas. Mostrei esta carta ao barão, e ele, com soberba irritação, exclamou: 'Não lhe respondas; proíbo-to, sob pena de ficarmos mal'."

— Começa o barão... — atalhei eu.

— Começa o segundo ato da minha tragédia — disse Marcolina.

IV

"Fui um dia ao Campo Grande: ia sozinha na carruagem. Apeei para passear entre as árvores e vi ao longe duas senhoras correndo para mim. Conheci minha irmã e corri para ela. Abraçamo-nos a chorar. Contou-me em breves palavras a sua vida. Era a minha, com a diferença das pompas. Vivia com um mercador de panos, que aborrecia; mas sujeitava-se por não ver outro caminho por onde achasse mais honesto modo de vida. Praguejou contra a mãe, analisando ao mesmo tempo os meus anéis e pulseiras com olhos cobiçosos.

"Quando assim estávamos entretidas, apareceu de súbito o barão; encarou-me com desabrimento e disse-me: 'Já para casa!'. Não repliquei, nem mesmo olhei para minha irmã. O barão arguiu-me severamente; e, dizendo-lhe eu que a minha vida não era mais honesta que a da outra desgraçada, mostrou-se muito ofendido com ser comparado ao mercador de panos. Arrependi-me de dizer tal, porque ouvi insultos da sua vaidade ferida com tão pouco. Desde esse dia, comecei a sentir os espinhos da minha posição. Caí numa modorra de tristeza, mais dolorosa que a miséria. Se ia ao teatro, era violentada: se me vestia, a capricho do barão, fazia-o tão contrariada que ele rompia em desatinos contra mim, dizendo-me que eu já o não amava... como se eu o tivesse amado algum dia! O ódio a minha mãe recrescia, quanto mais eu entrava na consciência da minha perdição e no preço das galas com que eu insultava a virtude honesta. A minha grande desgraça, senhor, era eu não poder destruir os sentimentos da dignidade, talvez herdados de meu pai, que fora honrado. As mulheres na minha posição começam a ser felizes quando se enterram de todo no charco das torpezas.

"Um dia, estava eu à janela, e vi passar minha mãe com a filha mais nova. Retirei-me, quando ela me ia acenar com a mão; mas ficaram-me os olhos na criança, e escondi-me a chorar. O barão encontrou-me a enxugar as lágrimas; contei-lhe a causa; e ele, querendo consolar-me, disse que minha mãe e irmãs estavam vivendo fartas e com decência à minha sombra, e ajuntou que, enquanto eu me portasse bem, não lhes faltaria nada. Pedi-lhe que me deixasse ter na minha companhia a mais nova de minhas irmãs. Não quis, nem mesmo concedeu que ela me visitasse alguma vez. Ora isto, e muitas outras contradições que fazem o desgosto da vida íntima, conseguiram desvanecer pouco e pouco a amizade que eu cheguei a dar-lhe, mais por amor da piedade com que me tratou na minha pobre casa que pela opulência com que me tinha na sua. Entrei a pensar no modo de me resgatar do cativeiro; porém, não via nenhum que não fosse aumentar o meu infortúnio.

"Lembrei-me de ir para uma terra da província ensinar meninas; mas eu escrevia tão mal, e lia tão pouco, que decerto me rejeitariam. De prendas de costura, apenas sabia dar um ponto, visto que minha mãe não pudera nem quisera dar-me educação, nem tive mestra, senão quatro meses, enquanto se me não romperam os vestidinhos que me dera minha madrinha.

"Pedi ao barão que me desse uma mestra de escrita e de leitura e me mandasse ensinar algumas prendas para me entreter.

"Anuiu a tudo, menos ensinar-me a escrever, dizendo que o saber escrever era causa de muitas mulheres se perderem.

"Irritou-me muito esta objeção; mas aceitei o consentimento de aprender a marcar, bordar e talhar vestidos de senhoras. Felizmente a mestra escrevia sofrivelmente, e ensinou-me às escondidas, com grande aproveitamento.

"O barão tinha um guarda-livros, que raras vezes me via, e perdia a cor se acertava de encontrar-se comigo. Era novo como eu, tinha uma fisionomia agradável e um acanhamento que me fazia supor que eu, na minha situação, ainda impunha respeito. Conheci então o amor, à força de pensar que sentimento seria o que ele me causava. Era eu quem já o procurava ver de longe, e me retirava, se o guarda-livros me surpreendia a observá-lo duma janela por onde, através do pátio, se via o escritório.

"Alguém me denunciou ao barão, quando eu me julgava a resguardo da menor suspeita. O caixeiro foi despedido e a notícia deu-ma o barão com um riso sardônico e do mau intento. 'Já sei o fim para que tu querias saber escrever', disse ele. 'Qual era?', acudi eu. Não respondeu.

"Passados dias, achei uma carta no livro que andava lendo, emprestado pela mestra. Era do guarda-livros. Quem trouxera esta carta? Seria isto uma velhacaria traiçoeira do barão?! Não era. A mestra fora-me dada por informação do caixeiro e, a instâncias dele, me trouxe a carta, que não ousara entregar diretamente.

"Não me afligiu a temeridade do moço, que eu amava. Recebi a carta, agradeci-a à mestra, respondi-lhe sem artifício, dizendo-lhe sinceramente que o amava; mas que entre mim e ele estava uma eterna barreira, levantada pela minha vergonhosa posição. Mulher que não amasse com toda a candura e inexperiência do que são verdadeiras vergonhas não escreveria tal carta. A mulher experimentada na infâmia finge sempre que não a incomoda a consciência de que a tem e nega aos outros o direito de cuidarem que ela se imagina infame. Penso eu que é verdade isto, pelo que tenho aprendido de mim própria.

"O guarda-livros respondeu-me admirando-se que eu visse tal barreira entre nós, quando ele meditava em me fazer sua esposa. Desde que li esta segunda carta, senti-me doida de esperanças felizes; apaixonei-me pelo homem, que me não via as nódoas da desonra: não era já amá-lo, era adorá-lo na minha imaginação.

"E, ao mesmo tempo, tamanha aversão me fazia o outro de quem o meu corpo era escravo que já mal podia dissimulá-la.

"Conseguiu Augusto que eu lhe falasse, quando saísse a passeio. Mandei pôr os cavalos à sege quando o barão estava fora. Apeei-me em S. Pedro de Alcântara e desci ao jardim, onde Augusto me esperava. Balbuciou a repetição do que me tinha escrito, sem ousar tocar-me a trêmula mão, nem eu ousava oferecer-lha. Conheci que a minha riqueza o humilhava. Lembrei-me então que aquele rapaz, se me visse numa pobre casa com modestos trajos, havia de amar-me expansivamente! Que falsos juízos forma o coração que se não vendeu com o corpo. Que grande bem seria poder a mulher despojar-se da pureza da alma quando se desonra!

"O barão teve aviso de que eu me encontrara com o guarda-livros. Nada mais natural! Como cuidaria eu que os criados me não espreitassem! Cegava-me a razão, o amor e o desejo impetuoso da liberdade. Já se me não dava que ele o soubesse e me expulsasse. Jurara até comigo de lhe dizer a verdade, provocando-me o barão a dizê-la.

"Foi o que sucedeu. À primeira queixa do homem assanhado pelo ciúme respondi que certissimamente amava Augusto; que queria passar do crime faustoso para a virtude na pobreza; que era muito infeliz na vida que tinha; e que só com amor se podia suportar a vergonha de ser banida da sociedade.

"Espantou-se do meu desembaraço o barão e cobriu-me de injúrias; das injúrias passou às lágrimas; das lágrimas tornou aos insultos; e, quando eu menos podia esperar uma vilania sem nome, deu-me uma bofetada. Levei as mãos ao rosto e quase perdi os sentidos. Quando abri os olhos, desvairados de angústia, o barão estava ajoelhado aos meus pés e dizia: 'Eu não sou, há muito, teu marido porque não posso sê-lo, porque nunca te disse que sou casado e que tenho a mulher no Brasil. Espera que ela morra, e então serás minha mulher. A sociedade te respeitará então o título, a riqueza e a virtude de me teres sido fiel'.

"Não sei que mais lhe ouvi, que parecia aumentar o sentimento de abominação agravado pelas súplicas depois do insulto. Afastei-me e escrevi-lhe, a despedir-me. Devia de ser-lhe nova e aflitiva surpresa quando viu a minha carta escrita com boa letra e rancorosa eloquência com que eu lhe atirava ao rosto a desestima em que o tinha, já convertida em desprezo.

"Dum arremesso, entrou no meu quarto. Trazia um par de pistolas aperradas[44]: tive-lhe medo e horror quando ele gritou: 'Uma para te matar e outra para mim!' 'Que mal fiz eu para morrer?!', exclamei com a ânsia de quem quer e pede a vida.

V

"Menti-lhe para me livrar das baixezas suplicantes e das ameaças. Prometi deixar Augusto e ficar na companhia do barão. Pediu-me que escrevesse uma carta ao caixeiro, segundo ele ma ditasse. Recusei. Ameaçou-me de novo; vendo-me, porém, resistente e já disposta a morrer, tornou às branduras e desistiu da carta, como coisa inútil depois da minha promessa.

"No mesmo dia, brindou-me com um alfinete de diamantes e mandou-me preparar para irmos viajar. O meu plano estava formado: respondi a tudo que sim.

"Quando veio a mestra, dei-lhe uma carta para Augusto, avisando-o do meu projeto de fuga e pedindo-lhe que me recebesse assim pobre, que eu já sabia trabalhar e nunca lhe seria pesada.

"A mestra estava já vendida ao barão, que foi logo senhor da carta. Se eu fosse esperta, adivinhara a perfídia da medianeira na alteração de rosto com que me recebeu a carta. Estava se acusando a vil criatura; mas eu não podia julgá-la. Parece-me que só os infames podem julgar bem os infames.

"Vi entrar o barão no meu quarto com terrível contração de rosto. Sem me encarar, pediu-me uma a uma todas as minhas joias: dei-lhas. Pediu-me todos os meus vestidos, todos, nomeando-os um a um pelas suas cores e estofos: dei-lhos; e perguntei se devia despir o que tinha vestido. 'Veremos', disse ele. E, depois de atirar com os vestidos a pontapés para o interior do seu quarto e guardar as joias, acrescentou: 'Agora, vá quando quiser, que vai como veio'. 'Não vou como vim', respondi eu. 'Era pura quando entrei nesta casa, Sr. Barão.' Replicou-me com um insulto sem nome e saiu.

"Esperei que anoitecesse, e no entanto pensei para onde iria. O coração impelia-me para Augusto; mas eu ignorava a residência dele. Lembrou-me ir pedir agasalho a minha irmã, e da casa dela indagar a morada de Augusto. Lembrou-me de relance minha mãe; mas suposto me sorrissem as minhas irmãzinhas, fechei logo os olhos a esta horrorosa visão. Prevaleceu o único refúgio, que era minha irmã, muito menos desgraçada do que eu.

"Escureceu; saí do quarto e desci as escadas. Ia assim como estou agora. Não levava comigo cinco réis, nem valor algum além dum vestido de cassa que tinha no corpo. A meio das escadas, saiu-me o barão duma sobreloja, travou-me pelo braço com mais amor que força e disse-me: 'Onde vais, desgraçada?! Pensa bem no passo que vais dar. Contas com o caixeiro? Esse miserável é tão pobre como tu. Desde que saiu da minha casa, já me mandou pedir um empréstimo, que eu lhe dei como esmola. Nenhuma casa comercial o aceita sem as minhas informações; e eu, a quem mas pede, respondo que ele aniquilou a minha felicidade e desgraçou para sempre duas famílias. Serve-te assim o homem? Cuidas que o caixeiro irá pedir esmola para te sustentar? Irá; mas quem é que lha dá? E quando ele, cansado de humilhações e desonras, friamente olhar para ti e te julgar a causa de sua desgraça, há-de aborrecer-te, odiar-te, e abandonar-te, e fugir de ti como quem foge do maior inimigo. Medita nisto, Marcolina. Perdoo-te o mal que me fizeste, esqueço tudo, peço-te mesmo perdão do que fiz hoje, alucinado pelo amor que te tenho. Ficas, Marcolina?'.

"'Não fico', respondi, 'nem vou procurar Augusto. Para desgraça, basta a minha. Vou ter com minha irmã e de lá procurarei uma casa onde sirva.'

"Lançou-se-me aos pés o barão, abraçou-me pela cintura abafado pelos soluços; disse-me até, no seu desvario, que iríamos para França, e lá casaria comigo. Causou-me riso e compaixão este desatino!... Cedi, deixei-me ir quase nos braços dele até ao meu quarto. Parecia louco de alegria o pobre homem! Trouxe-me as joias, tirou do dedo um grande brilhante, que ele chamou anel de casamento, e quis à força que eu o pusesse entre outros, posto que podia abranger três dos meus dedos."

— Era uma pulseira! — interrompi eu com ambições de graça. — O barão, exceto os dedos, parece-me um bom sujeito!

— Era — tornou Marcolina —, era um coração como poucos. As ameaças das pistolas, os insultos, a requisição das joias e dos vestidos, tudo isto, que parece vilania, era nele uma sublime maneira de exprimir o seu muito ciúme e paixão.

"Nunca mais vi a mestra, nem tive pessoa que me falasse de Augusto. Naturalmente o fui esquecendo, o forçoso era esquecê-lo em Paris e Londres, para onde o barão me levou, sem me dar tempo a cismar uma hora no meu passado.

"De Londres fomos para Alemanha, e estávamos em Baden-Baden, quando o barão, no gozo de robusta saúde e felicidade que a cada hora me confessava, morreu subitamente dum ataque apoplético, quando se estava banhando.

"Não estou a moer-lhe a paciência com os pormenores das coisas sucedidas depois da morte do meu extremoso amigo. Basta dizer-lhe que eu fiquei apenas possuidora dos objetos valiosos que tinha para meu uso, e sem esses mesmos ficaria se um português que estava em Baden-Baden me não aconselhasse a sonegá-los às averiguações da justiça. A mulher do barão veio a Portugal e habilitou-se herdeira única da grande riqueza.

"Deliberei voltar para Lisboa."

VI

"As minhas joias valeriam quarenta mil cruzados.

"Coadjuvada pelo serviçal português, que me aconselhara, vendi em Londres as melhores peças do meu cofre e apurei uns doze contos de réis. Cheguei a Lisboa e aluguei uma casinha agradável em Buenos Aires. Procurei minha irmã e encontrei-a com muita dificuldade, reduzida ao extremo aviltamento. Em menos de um ano, a infeliz descera a escala da abjeção, que outras descem em muitos anos de libertinagem, com reveses de miséria e luxo. Se alguma vez passou numas ruas imundas da cidade alta, onde as mulheres competem em palavras obscenas com os marinheiros embriagados, já sabe onde eu encontrei a primogênita das segundas núpcias de minha mãe.

"E minha mãe onde estaria? E minhas irmãs a que destino seriam chamadas?

"Levei a desgraçada para a minha companhia. Chorei três dias a contemplá-la; e ela não chorava. Vestia-a com decência igual à minha; levei-a comigo a passeios ao campo; falava-lhe em tudo, menos no seu destino; queria ela contar-me a sua queda, e eu pretextava sempre uma distração para não lha ouvir.

"Passados quinze dias, conheci que minha irmã amava o vinho e bebia muito, e ria desentoadamente depois do jantar. Pouco tempo depois, começava a rir logo de manhã, e chegava ao jantar já completamente embriagada. Chamei o criado a perguntas, e soube que ela bebia genebra em grandes porções e a toda a hora. Aconselhei-a primeiro brandamente, e depois, baldados os bons modos, repreendi-a com severidade. O resultado foi querer ela sair de minha casa e voltar ao sítio donde viera. Estava irremediavelmente perdida. Consenti que se embriagasse e não saísse. Não bastou esta concessão. Um dia desapareceu-me. Fui procurá-la às paragens mais prováveis e não pude achá-la. Só depois de um mês, com auxílio da polícia, pude descobri-la... no Hospital de S. José.

"Fui ao hospital. Falei-lhe, e vi que estava de todo desfigurada. Consultei o facultativo[45] da enfermaria e soube que minha irmã estava mortalmente doente de tubérculos pulmonares. Fi-la transportar para minha casa, por me lembrar que, no hospital, a religião não poderia dar-lhe esperanças de melhor vida, agonizando ela entre as suas companheiras de desgraça, que continuamente vociferavam torpezas, ou praguejavam contra Deus, enfrenesiadas pelas dores.

"Ao sair do hospital, encontrei Augusto. Senti um abalo, como se visse ressuscitado um amigo morto e quase esquecido. Adiantou-se ele para mim, cumprimentou-me, e disse-me que andava estudando Medicina e estava no seu segundo ano, modo de vida que abraçara por ter parentes que o protegiam, conhecedores da malvadez com que o barão o perseguia.

"Minha irmã morreu: já não podia vencer a morte. Prestei-lhe quantos auxílios cabiam em forças da amizade e da compaixão. Os paroxismos da infeliz foram tranquilos; e, se as lágrimas valem na presença de Deus, pode ser que o seu inferno fosse o deste mundo somente."

VII

"Foi Augusto visitar-me.

"Falou-me do passado, e eu contei-lhe tudo que decorrera desde a sua última carta.

"Não lhe ocultei os haveres, que eu tinha em inscrições, compradas com o produto das joias. Respondi com amizade às reminiscências do seu amor. Pedi-lhe que fosse meu amigo, simplesmente meu amigo, e que não quisesse acordar um sentimento que por pouco nos não fizera a ambos desgraçados sem refúgio.

"Encarreguei-o de indagar a sorte de minha mãe. Soube que ela, desde a morte do barão, estava vendendo os móveis para se sustentar e que, em breve, na opinião dos informadores, teria as filhas em conta de móveis. Augusto, industriado por mim, pôde falar às meninas, na ausência da mãe, e persuadiu-as a fugirem para a minha companhia; o que elas prontamente fizeram. Ao mesmo tempo, mandei dar a minha mãe uma mesada, com a certeza de que suas filhas estavam em companhia de Marcolina, que as faria educar e preparar para um virtuoso destino.

"Parece que o senhor às vezes se mostra espantado desta linguagem na boca da mulher que ontem encontrou às onze horas da noite!..."

— Dizes bem, Marcolina; às vezes espanto-me. Tenho-te ouvido falar em *virtude* não sei quantas vezes!

— Uma.

— Só uma?! Será; mas tens tido raptos de eloquência religiosa que cabiam muito bem num livro espiritual.

— E daí que conclui? Que sou hipócrita?

— Não: concluo apenas que és mulher, mistério, enigma, absurdo, paradoxo, mescla de luz do Céu e lavareda do Inferno, demônio e anjo etc. Continua, que eu enquanto te não vir desfalecida de falar, não te lembro que devemos jantar hoje.

— Pois então jantemos, que eu não posso mais. Parte-se-me o peito com dores; preciso descansar, porque há seis anos que não falo tanto, meu amigo. Estou admirada do bem que me faz o ar do campo. Ainda não tossi desde que cheguei a Sintra.

— Pois tu tens tosse?

— Tenho a tosse da tísica.

— Estás tísica?

— Parece-me que sim... Não falemos em moléstias. Vamos jantar, que eu tenho sincera fome. Depois iremos conversar debaixo das árvores: pode ser que eu chore, e o Sr. Silvestre também. Felizes os que choram... É a única felicidade que eu posso dar-lhe.

Estava o jantar na mesa.

Entre parênteses do editor

Há-de muita gente pensar que Silvestre da Silva, nesta parte de suas memórias, anda apegado às muletas literárias dos modernos regeneradores das mulheres degeneradas. Arguição injusta! A Margarida Gauthier[46] é muito mais nova que a Marcolina; e reparem, além disso, que o processo da reabilitação moral desta mulher é muito diverso do da outra, se é que há aqui processo de reabilitação. Eu estou em acreditar que Marcolina, longe de exibir a fibra pura do seu coração, pedindo que lhe aceitem a virgindade moral que lá se refugiou das paixões infames e infrenes, há-de esconder os bons sentimentos com pejo de os denunciar, e fará que as fivelas da mordaça lhe apertem atrozmente os lábios, quando a palavra "amor" lhe rebentar da abundância do coração. A meu ver, Marcolina está dando lições de moralidade, quando muita gente cuida que ela está pedindo lágrimas e perdão dos agravos que fez à moral pública. Veremos.

Como quer que seja, aqui não há *damas de camélias*, nem Armandos. Silvestre não quer que o romanceiem nem dramatizem. Conta as coisas em escrito como mas disse a mim conversando, e eu agora as dou em estampa ao universo quais as achei nos seus manuscritos. Da moral do conto, o universo que decida, e os localistas.

VIII

Marcolina fingiu que comia e que se alegrava. Quis ter graça para responder à provocação das minhas facécias: mas era senhoril demais nos chistes, que saíam obrigados pelo desejo de fazer-me boa companhia. Tomou algumas chávenas de café e não provou nenhuma bebida espirituosa. À quarta ou quinta chávena, teve um acesso violento de tosse, que terminou com um golfo de sangue. Saiu do quebranto em que ficara com as faces emaciadas e lívidas. Pediu-me perdão do dissabor da sua doença e prontificou-se, se eu queria, a ir contar-me o restante da sua vida, à sombra das árvores. Desisti da minha curiosidade, dispensando-a de falar naquele dia em coisas que a fizessem chorar e me comovessem a mim. Não quis. Aceitou-me o braço e saímos. À sombra da primeira árvore, distante dos grupos que a viram passar e nos olhavam com um sorriso de escárnio ou de piedade da minha libertinagem, sentou-se Marcolina, e recomeçou com as últimas palavras que dissera antes de jantar:

"Felizes os que choram... É a única felicidade que eu posso dar-lhe." E prosseguiu, depois de recordar o fato em que ficara suspensa a história:

"Augusto, apesar das minhas instâncias, pouco sinceras, falou-me do seu amor incessantemente; com tanto respeito, porém, o fazia, quer eu estivesse sozinha, quer com as minhas irmãs, que me cativou a gratidão. Mal sabe o mundo quanto a mulher indigna de respeito sabe ser agradecida a quem teve com ela a comiseração do recato nas palavras e nos gestos!... A infeliz passa da estranheza à alegria de se ver ainda tratada com delicadeza, quando a consciência, o seu verdugo, lhe está dizendo que não merece inspirar sentimento algum, que não seja aviltante ou desonesto. Foi assim que me prendeu Augusto, sem me despertar o amor doutro tempo. Sentia que o não amava e mentia-lhe, querendo retribuir a sua generosidade cavalheirosa. O desapego de meu coração era incompreensível. Na minha vida só se tinham dado os infortúnios que lhe contei. Não gastara a sensibilidade; amara-o apenas a ele; e, sem ter sido enganada pela sedução dalgum homem, sinceramente lhe digo que me inclinava a odiá-los todos. Creio que me levaram a isto as desgraças de minha irmã falecida. Cuidei que todos os sentimentos de dignidade lhos tinham matado os homens, reduzindo-a à hediondez de corpo e alma em que a vi.

"As conversações de Augusto tendiam todas ao casamento. Contrariei-as com simulada repugnância; mas em minha alma antevia a felicidade de ter um marido, que nunca me havia de pedir contas do meu passado. Além disso, meditando nos costumes de Augusto, no seu viver, na sua aplicação aos estudos, e no plano que tinha de se retirar para uma província logo que estivesse formado, achava-o mais perfeito do que eu podia merecê-lo: parecia-me que qualquer menina sem mancha na sua reputação e com um bom dote se devia dar por bem-aventurada com tal marido.

"Casei.

"Acredite que eu não tive um mês de contentamento. Sou obrigada a crer que há em mim desgraça contagiosa. Augusto transfigurou-se, se não era hipócrita; ou o demônio do destino lhe entrou no espírito para me atormentar sem tréguas, nem fim. Eu não posso demorar-me a contar-lhe pelo miúdo o desconcerto em que vivemos. Augusto era libertino, dissipador, jogador, e até embriagado o vi muitas vezes. Como se explica esta mudança, a não ser pela precisão de mudar-se tão espantosamente um homem que devia ser o meu flagelo?! Mas por quê? Em que era eu criminosa para tal castigo? Que mal fizera eu a Deus ou à sociedade? Não fui causa a que o barão deixasse a mulher, porque já a tinha abandonado quando me levou para si. Fui boa com a minha mãe e com minhas irmãs. Lembra-me agora se o meu crime era possuir alguns contos de réis das joias que me tinham sido dadas, e que eu escondi aos direitos da herdeira. Mas a minha desonra e repulsão dentre as pessoas virtuosas não valia alguma coisa?

"Seriam as joias, seriam, meu amigo... É certo que meu marido em dois anos dissipou tudo, tudo. As inscrições vendeu-as; o resto dos braceletes, anéis, cadeias, relógios, tudo com razão ou sem ela, com violência ou brandura, me levou de casa. Restavam-me os móveis, quando, depois de esperar três dias por Augusto, recebi dele uma carta em que me dizia adeus para sempre. Não sei se saiu do país, se se matou. Há três anos que o não vi, nem os seus condiscípulos tiveram novas dele.

"Ficaram comigo três irmãs, e minha mãe em sua casa, vivendo da mesada que eu lhe dera até ao fim, já quando a furtava à boca e à decência do vestir. Chamei minhas irmãs, que eram já mulheres, e disse-lhes que era necessário morrermos todas. Ouviram-me espavoridas. Disse-lhes que a morte era simples e rápida se acendêssemos dois fogareiros num quarto e fechássemos portas e janelas. Lançaram-se a mim a chorar. Não queriam morrer.

"Fui vendendo a roupa e os móveis. Perto estava já o dia da fome irremediável, quando fui convidada a procurar em determinada casa um homem que desejava tirar-me da miséria. A encarregada deste convite era uma mulher que tinha estabelecimento público de infâmia. Fui?... Fui... meu amigo, porque minhas irmãs tinham vendido na véspera as suas camisas e minha mãe já três vezes tinha vindo à minha porta pedir esmola com um ar de zombaria que me espedaçava. Apenas conheci a casa em que estava, quis fugir; mas fui estorvada pelo homem que me chamara. Era um amigo do barão.

"Voltei a casa com uma peça de ouro e escondi de minhas irmãs a ignomínia daquele dinheiro. Inventei uma história, fiz o elogio da generosidade dum benfeitor, e minhas irmãs, erguendo as mãos a Deus, pediram-lhe a saúde dele. Então ri-me... riso atroz!... creio que me ri da Providência... e, a falar a verdade, não sei bem do que me ri..."

Calou-se Marcolina, obrigada pela tosse e pelo vômito de sangue. Amparei-lhe a fronte nas minhas mãos; esperei que sossegasse e disse-lhe:

— E as lágrimas?... Tinhas-me dito que chorarias, infeliz!...
— Pois não vê as lágrimas no sangue? — disse ela, sorrindo. — Os olhos já não as têm.
— Não quero ouvir mais — tornei eu.
— Não tem mais que ouvir... O que falta é...
— A duração da desgraça com um só meio de remediá-la...
— Decerto...
— Que fazias ontem no Cais do Sodré?
— Pedia coragem ao meu demônio para me matar; mas vi minhas irmãs, ou o demônio mas mostrava, para que o meu inferno se não acabasse.
— Basta. Esta noite partiremos para Lisboa. Confias de mim o teu destino e o de tuas irmãs? — disse-lhe eu, sem calcular o car-

go que me impunha e pensando apenas na quantia que podia dispor.

Marcolina sorriu-se e disse:

— Que generosa alma a sua! Não sabe em que mundo está!...

IX

Poucos dias depois da minha volta de Sintra, as três irmãs de Marcolina entraram num recolhimento, a título de minhas parentas.

Marcolina saiu de Lisboa comigo e entrou em minha casa na província. Era já morta minha mãe. Os meus vizinhos escandalizaram-se de me verem em concubinagem, e o pároco da freguesia deixou de me visitar, e o boticário proibiu as filhas de me falarem, e o regedor recomendou à mulher que não fizesse conhecimento com a lisboeta, que tinha cara de pecado.

A minha aldeia é penhascosa, feia e triste. Marcolina amava os rochedos, e as sombras das matas, e ajoelhava às cruzes que encontrava nas veredas por onde andava sozinha, e dobrava-se rente com o chão para beber das fontes térreas em que borbulhava a água. Retingiram-se-lhe as faces e cessou algum tempo a tosse. Já subia comigo aos píncaros das serras, quando eu caçava; trazia ao tiracolo a saca de malha com a merenda, e por lá, naqueles vales, onde os medronheiros e avelãzeiras vinham à terra com frutos, era de ver as delícias com que ela comia, por igual comigo, as grosseiras iguarias que levávamos.

Entrou o outono, e logo notei a desmedrança e abatimento de Marcolina. A decomposição parece que se via, como se os vermes lhe andassem roendo já perto da epiderme. Quis voltar com ela a Lisboa; mas achei-a pertinaz em não sair da aldeia. Dizia-me que fosse eu distrair-me e que a deixasse ali acabar os seus dias.

Poucos tinha ela já de vida, quando a mais velha das irmãs lhe escreveu contando que o pai voltara rico de África e pusera anúncios nos jornais indagando notícias de sua mulher e filhas. Dizia mais que ele fora ao recolhimento e chorara de alegria vendo-as; mas logo se enfurecera quando elas lhe falaram da mãe. Acrescentava que ele, sabendo que devia à enteada o refúgio de suas irmãs, estava ansioso por vê-la, e pedia-lhe que voltasse imediatamente a Lisboa.

Esta carta deu delírios de júbilo a Marcolina. Fez por vigorizar-se para a jornada, não tanto para testemunhar a felicidade das irmãs como para pedir ao padrasto que não desamparasse sua mulher. A esperança apagou-se súbita, quando preparávamos a partida. Fui, uma tarde, à vila próxima comprar alguns aprestos para a jornada, e quando voltei estava Marcolina nos últimos arrancos. Agitou-se vertiginosamente quando me viu: apertou-me ansiosa contra o coração e murmurou:

— Agora... e só agora me atrevo a dizer-te que te amei... Deixo-te a eterna lembrança da desgraçada que só à hora da morte se julga digna de ti...

Morreu.

Não posso bem dizer o que senti nessa hora. Morrera uma grande parte do meu ser. Senti o vácuo; era no peito que o sentia. Devia ser o coração, o que vulgarmente se diz coração, que morrera.

É, pois, certo que eu amei aquela mulher?

Ó meu Deus e minha consciência! Vós bem vedes com que orgulho e saudade eu digo que sim, que amei!

Amei-a porque era mais pura, mais virgem e mais santa que a outra respeitada do mundo; e porque, em ódio à sociedade, que a desprezava, não posso vingá-la senão amando-a com eterna saudade.

PARTE II

Cabeça

JORNALISTA

I

O homem não se deve somente à sua felicidade – primeira máxima.

O principal egoísta é aquele que se desvela em explorar o coração alheio para opulentar o próprio com as deleitações do amor – segunda máxima.

Como a felicidade do egoísta é um paradoxo, a felicidade pelo amor é impossível – terceira máxima.

Quarta – o bem particular é resultado do bem geral.

Quem quiser ser feliz há-de convencer-se de que sacrificou ao bem geral uma parte dos seus prazeres individuais – quinta máxima.

O amor, considerado fonte de contentamentos ideais, é o sonho dum doido sublime – sexta.

Sétima – a mulher é uma contingência: quem quiser constituí-la essência de sua vida aleija-se na alma e cairá setenta vezes sete vezes das muletas a que se ampare do chão mal gradado e barrancoso do seu falso caminho.

Estas sete máximas fui eu que as compus, depois de ler a antiguidade e alguns almanaques que tratavam do amor.

Entrei a cogitar no modo de ser útil à humanidade com a minha experiência e inteligência do coração humano. Ofereceu-se-me logo azo de exercitar as minhas benévolas disposições. Escrevi para o *Periódico dos Pobres*, do Porto, uma correspondência contra o regedor da minha freguesia, acusando-o de me prender um criado para recruta. Nesta correspondência discorri largamente acerca dos direitos do homem. Examinei o que foi a liberdade em Grécia e Roma. Procurei-a no berço do cristianismo e vim com ela, através dos séculos, até à Revolução Francesa, que eu denominei o último verbo da sociabilidade humana: tudo isto por causa do recruta e contra o regedor da minha freguesia, que eu cobri de epípetos tais como *ominoso* e *paxá de três caudas*.

O regedor respondeu-me e eu repliquei. Seguiu-se uma série de correspondências, que podiam formar um livro importante para a história dos costumes dos regedores em Portugal no século XIX.

O prurido de escrever correspondências a respeito doutras muitas coisas, e mormente da dotação do clero – matéria que veio a ponto, quando eu tive uma questão com o meu pároco por causa da côngrua[1] e pé-de-altar –, insinuou-me a persuasão de que havia em mim pronunciadas tendências para escritor político. Discutia-se naquele tempo o Sr. Conde de Tomar[2], a quem uns chamavam Barba-Roxa e outros marquês de Pombal. Decidi-me a favor dos segundos, que tinham incontestável razão.

Escrevi uma série de artigos, com muito suco, em grande parte copiados do *Dicionário Político* da Garnier-Pagés; e, na parte de minha lavra, havia ali uma verdura de ideias que ninguém lhe metia dente. Por essa ocasião recebi de vários pontos do país diferentes cartas, umas insultadoras, capitulando-me de besta; outras, no mais moderado de seus encômios, profetizavam em mim o Girardin português. De Mirandela recebi a lisonjeira nova de se andarem quotizando alguns amigos da ordem para me oferecerem uma pena. Veio a pena, passado algum tempo; mas era uma pena de galinhola, uma zombaria que eu repeli com todas as potências do meu desprezo.

Como as minhas doutrinas andassem encontradas com as do regedor e do pároco – afeiçoados à revolução militar de 1844[3] –, maquinaram eles contra mim ciladas, que me iam sendo fatais, sob pretexto de eu ser partidário do Sr. Costa Cabral. As sevícias do rancor chegaram ao extremo de me matarem uma cabra, que pastava no passal do vigário, e aleijaram-me uma égua, que num ímpeto de castidade, escoiceara um garrano do regedor. Estas prepotências eram indicadas dalgum grande atentado contra a minha vida. Saí, portanto, da minha aldeia e fui para o Porto expor com desassombro ao sol da civilização os meus talentos em matéria de governação pública.

Fiquei grandemente surpreendido e embaçado quando cheguei ao Porto e dei fé que ninguém se ocupava a falar de mim! À mesa-redonda do hotel onde me hospedei tratou-se o assunto da política; e, como era essa a feliz conjunção de eu divulgar o meu nome, encaminhei habilmente a controvérsia, até me declarar Silvestre da Silva, autor dos artigos epigrafados "Os portugueses na balança do mundo"[4].

Ninguém me conheceu o nome, a não ser um literato localista, que teve a audácia de me dizer que os meus artigos tresandavam ao montezinho e que as minhas ideias entouriam o estômago intelectual como se fossem castanhas cozidas. Donde ele concluía que a minha literatura tinha a cor local dos meus alimentos e denunciava a morosidade das minhas digestões.

Devo a este lorpa a popularidade que alcancei logo aos primeiros dias da minha chegada. Àqueles sarcasmos respondi com um murro de consistência provinciana, murro que devia também ter a cor local da pesada digestão das castanhas. O literato desafiou-me e teve a bravura de me propor um duelo à pistola à ponta de lenço. Responderam os meus padrinhos que eu optava pelo murro à ponta do nariz. Com esta pequena modificação à sua proposta, o localista retirou a honra da peleja e desafogou na seção das locais, chamando-me onagro e vários outros adjetivos, cujo período eu lhe arredondei com um puxão de orelhas na primeira ocasião.

Assim, pois, inaugurei a minha entrada no Porto.

II

Naquele tempo, a cidade heroica estava muito mais adiantada em policiamento[5] que hoje. Uma dúzia das principais famílias abriam frequentemente os seus salões e rivalizavam na profusão do serviço. Comia-se muito.

Posto que os dissabores fundos da minha vida passada me fizessem ver com tédio os regalos da sociedade, fui obrigado pela minha posição nas letras a comparecer nos focos da civilização. Escrevi alguns folhetins, historiando os prazeres fictícios daquelas noitadas, e mediante eles granjeei a estima das donas da casa; e quer-me parecer que, se eu tivesse coração naquela época, as virtudes da cidade da virgem seriam hoje uma coisa muito equívoca.

Como detesto a fatuidade, inibo-me de contar as demonstrações mais ou menos recatadas que recebi de singular afeto.

Não intento desdourar as demais senhoras de Portugal dizendo que as há no Porto que se avantajam em formosura a quantas conheço, exceto a leitora.

A mulher do Porto, como ela era há quinze anos, estava por adelgaçar, gozava-se de cores ricas de bom sangue; era redonda e brunida em todas as suas formas; o ofegar do seu peito comprimido pelas barbas do colete era como a oscilação duma cratera que vai romper à superfície; dardejava com os olhos; ria francamente com os lábios inteiros; deixava ver o esmalte dos dentes e o rosado das gengivas; meneava os braços com toda a pujança dos seus músculos reforçados; pisava com gentil desenvoltura; dizia com toda a lisura as suas primeiras impressões; ria-se com os chistes dos galãs que tinham graça; ouvia sentimentalmente as tristezas dos cépticos; doidejava nas vertigens da valsa; bebia o seu cálice de Porto; comia com angélico despejo uma dezena de sanduíches; tornava para as danças com redobrado ardor; e, ao repontar da manhã, quando as flores da cabeça lhe caíam murchas e as trancinhas da madeixa se empastavam com o suor na testa, a mulher do Porto era ainda formosa, mais formosa ainda pelo cansaço, a disputar lindeza à aurora, que nascera para lhe disputar a beleza.

E eu, vendo-as, pensava nisto e sentia não ter coração para elas!

Ai!, dez anos depois, a mulher do Porto já não era assim, não!

Tinha passado por elas o bafo pestilencial do romance. Liam e morriam para a verdade e para a natureza legítima. Invejavam a palidez das pálidas e a espiritualidade das magras. Tal menina houve que bebeu vinagre com pó de telha; e outras, mais suspirosas e avessas ao vinagre, desvelavam as noites emaciando o rosto à claridade doentia da Lua. Algumas tossiam constipadas e queriam da sua tosse catarrosa fingir debilidade do peito, que não pode com o coração. Muitas, à força de jejuns, desmedravam a olhos vistos e amolgavam as costelas entre as compressas de aço do colete.

Estas não são já as mulheres que eu vi, sadias e frescas, como se saíssem do paraíso terreal, antes que o autor da vida as condenasse às dores e à morte.

Foi o romance que degenerou as raças, porque lá de França todas as heroínas, em 8º. e a 200 réis ao franco, vêm definhadas, tísicas, em jejum natural, tresnoitadas, levadas da breca. Nunca se dá que os romancistas nos digam o que elas comem, quantas horas dormem, quantos cozimentos de quássia tomam para dessaburrar o estômago, qual gênero de alimento preferem, que doutrinas de higiene adotaram, quantos amantes afagam para cicatrizarem os golpes da perfídia com o pelo do mesmo cão. Mal haja uma literatura que transtorna fundamentalmente a digestão e o sono, estes dois poderosos esteios da saúde, da graça, da formosura e de tudo que é poesia e gozo neste mundo! Se alguma vez o romancista nos dá, no primeiro capítulo, uma menina bem fornida de carnes e rosada e espanejada como as belas dos campos, é contar que, no terceiro capítulo, ali a temos prostrada numa otomana, com olheiras a revelar o cavado do rosto, com a cintura a desarticular-se dos seus engonços, com as mãos translúcidas de magreza, os braços em osso nu e os olhos apagados nas órbitas, orvalhadas de lágrimas.

Pouca gente alcança os limites do desarranjo que estes envenenadores impunes causam nos costumes e na transmissão da espécie.

Estas mulheres desassisadas, que se imolam aos caprichos duma literatura, por não terem coisa séria em que empreguem a imensa energia do seu espírito, quando tornam a si, e se correm da sua inépcia, tarde vem o arrependimento, que, nos melhores anos, deram cabo das melhores forças. Obrigadas a viverem nos limites da razão, casam-se, e curam de reconstruir o edifício desconjuntado da saúde, comendo e bebendo e dormindo regularmente; mas as molas digestivas já têm então perdido as suas forças; os glóbulos cruóricos do sangue não se retingem jamais; as pulsações batem frouxas; o ar filtra ao pulmão por canais obstruídos; e não há contrapor à segunda natureza, formada por molestos artifícios, cuidados medicinais, que vinguem a antiga compleição deteriorada. Que frutos quereis que desentranhem estas árvores meladas e desmeduladas? Frutos pecos e outoniços, filhos enervados, e como flores mimosas fenecidas ao ardor do sol, que lhes cai a prumo em plena vida.

Estas meninas de quinze anos, que eu hoje conheço no Porto, são as filhas das robustas donzelas, que me enchiam de satisfação os olhos na minha mocidade. Que degeneração! Vê-las numa sala é ver as virgens lagrimosas e lívidas, que se pintam nas criptas dos mosteiros góticos. Que tristeza de olhar e que dengoso fastio no falar! Quando se reclinam nas almofadas dum sofá parece que desmaiam narcotizadas; quando polcam, e se deixam ir arrebatadas nos braços dos parceiros, afigura-se-me que de sua parte não há mais ação nem movimento que o das asas, do ar que lhe agita a orla do vestido, volátil e vaporoso como éter. Que degeneração!

Ó mulheres do Porto, ó virgens saudosas da minha mocidade, ó santas da natureza como Deus as fizera, que é feito de vós, que fizeram de vós os romances, e o vinagre, e a lua, e o pó de telha, e as barbas do colete, e os jejuns, e a ausência completa do boi cozido, que vossas mães antepuseram às mais legítimas e respeitáveis inclinações do coração?!

III

Naquele tempo, as minhas cogitações eram todas dirigidas por cálculos e raciocínios. O meu alvo mais remoto era ser ministro da Coroa. Estavam as minhas faculdades regidas pela cabeça. As cabeças de alguns ministros, quando não tivessem outro préstimo, nem provassem outra coisa, muito puderam, convencendo-me da minha aptidão para os cargos superiores da república. Eu conhecia na intimidade uns homens de inteligência espalmada e cabeça escura como o cano duma bota; homens sem ciência nem consciência; rebotalhos da humanidade, arremessados à margem pela torrente caudal das transformações sociais; espíritos tolhidos de gota, sem saudades, sem crenças, nem aspirações; entulhos de má morte, que atravancavam todo o progresso e escarneciam com gosmento sorriso as expansões atrevidas da geração nova que a cada passo queria arvorar um marco de adiantamento. Conheci estes homens, e conheci-os ministros da Coroa, sopesando debaixo dos pés chumbados à terra, que ameaçava engoli-los, a explosão das ideias e o peito da mocidade que se afrontava com o possante atleta da rotina.

Comecei a publicar uma série de artigos contra os velhos, e disse mesmo que era necessário matá-los, como na Índia os filhos faziam aos pais inválidos para o trabalho. Estes artigos criaram os meus créditos de estadista, e muitas simpatias. Escrevi o panegírico da geração nova, se bem que a geração nova não tinha feito coisa nenhuma. Disse que a mocidade estava a rebentar de cometimentos grandiosos em serviço dos interesses materiais do país. Todos os meus artigos falavam em cometimentos grandiosos e interesses materiais do país.

Neste tempo fui convidado a alistar-me na maçonaria, e, depois de prestar os juramentos terríveis sobre uma bainha de espada, único objeto do ritual que então apareceu, fui proposto para orador da loja, e aí fiz os meus ensaios de eloquência sanguinária, pedindo diferentes cabeças, como quem pede confeitos pela Semana Santa. Os meus irmãos ouvintes, que tinham todos uns nomes de guerra medonhos, tais como Átila[6], Gengiscão[7] e Alarico[8], tomaram-me tamanho medo que me foram denunciar à polícia como demagogo e me exautoraram das funções da palavra.

Assanhado pelos estorvos, que me embargavam o passo, escrevi contra a estupidez de geração nova, que não valia mais que a velha, e chamei os povos às armas. O ministério público deu querela por abuso de liberdade de imprensa contra o jornal, cujo redator principal era eu. O jornal foi condenado e os assinantes não pagaram no fim do segundo trimestre.

Empenhei a minha casa para sustentar a gazeta, que três vezes foi condenada na multa e custas. Afinal, quando me vi exaurido de recursos e cansado de lutar com a indiferença pública, achei em mim terrível analogia de destino com todos os redentores intempestivos da humanidade, e bebi o meu cálice até às fezes, as quais fezes eram pagar à fábrica de papel as últimas cinquenta resmas, que eu fizera gratuitamente distribuir por esta raça de ingratos portugueses que, de três em três meses, mandavam vender o jornal às tendas.

Compenetrei-me da estolidez das minhas aspirações a desencharcar da lama um povo aviltado e cego de sua estupidez. Foi uma terrível decepção esta que me deu à cabeça os tratos que as mulheres de Lisboa me tinham infligido ao coração. Vi que o homem grande, neste país, no mesmo ponto em que hasteia o estandarte da redenção, aí, de força, há-de amargurar as torturas do seu Gólgota. Achei-me extemporâneo neste século e cobri com as mãos o rosto envergonhado, como os mártires da liberdade romana, que velavam com a túnica o rosto e diziam aos pretorianos: "Matai, escravos!".

Após alguns meses de devorantes cogitações sobre o futuro desta terra, fui à minha aldeia vender uma tapada, e o milho de três colheitas, e tornei para o Porto, elaborando projetos que já não tinham que ver com o bem da sociedade. O egoísmo da cabeça, mil vezes mais odioso que o do coração, esporeava-me a falsificar os mais sagrados sentimentos, mascarando-os de modo que a sociedade me desse a desforra das agonias com que remunerara a minha dedicação e o custeamento do jornal, um ano e tantos meses.

O meu pensamento era casar-me rico e fechar os olhos temporariamente ao horizonte onde o desejo via uma pasta de ministro e onde a realidade me mostrava aquela terrível *coisíssima nenhuma* do Sr. Júlio Gomes da Silva Sanches, admirável em seus dizeres.

PÁGINAS SÉRIAS DA MINHA VIDA

I

Vi no baile do barão de Bouças as três herdeiras mais ricas da sociedade portuense. Das três, a mais velha e rica era viúva e regularmente feia. A mais nova tinha uns longes sedutores: mas, examinada ao pé, era uma cara sem vida, coisa muito parecida com a alvura de leite, encarnada nas maçãs do rosto, como as bonecas de olhos de vidro, e beiços purpurinos de malagueta. A terceira era uma verdadeira mulher, trigueira como as prediletas de Salomão[9] e gentil e desenvolta como as prediletas de toda a gente.

Consultei a minha cabeça, e a cabeça me disse que requestasse a viúva. Senti que o coração punha embargos; mas a veleidade foi de momentos. Caiu-lhe em cima a cabeça com todo o peso da razão; e o pobrezinho, que já não servia para mais que centro das funções sanguíneas, gemeu, contorceu-se e amuou.

À roda da viúva giravam os mais graúdos peraltas do Porto, sujeitos que andavam sempre de esporas e que se frisavam todas as manhãs para irem passar as tardes em casa do seu alfaiate, discutindo as belezas de uma lapela de fraque e a lista mais ou menos enflorada das pantalonas.

Eram estes os terríveis açambarcadores das almas das senhoras do Porto; mas com as almas se contentavam, como convinha a pessoas puramente espirituais.

Pedi que me apresentassem à viúva. O elegante de quem solicitei este favor, antes de me apresentar, disse-me:

— Fala-lhe de mim, a ver o que ela te diz.

— Vê-se que a amas... — atalhei eu.

— Amo deveras; mas não lhe amo a fortuna.

— A *fortuna* é galicismo — interrompi com azedume. — Diz antes os haveres. Morra o homem de paixão, sendo necessário, mas salve-se a língua dos Lucenas, dos Sousas[10] e dos Bernardes[11].

Este meu amigo incorreto foi depois dizer a outro que eu era tolo. A ignorância é muito atrevida!

Falei com D. Justina Mendes, e para logo adivinhei que dentro daquele peito não havia senão membranas, tecidos adiposos e ossos com as respectivas cartilagens. Fez-me doer a cabeça com três palermas respostas que me deu. Perguntando-lhe eu se tinha saudades do seu tempo de casada, respondeu-me:

— O boi solto lambe-se todo.

Devia dizer vaca, se gostava do anexim[12].

Perguntei-lhe se amava os bailes. Resposta:

— Bons bailes é cada um em sua casa.

A terceira pergunta:

— Que juízo faz Vossa Excelência do cavalheiro a quem eu devo o favor de lhe ser apresentado?

— Não é feio; mas eu não gosto — respondeu.
— Então de quem gosta, minha senhora?
— De ninguém: tomara eu que me deixem.
— Vossa Excelência há-de necessariamente gostar de caldo de repolho com feijão-branco — repliquei.

Esta facécia de mau gosto foi ouvida, repetida e lançada à circulação por duas senhoras que nos ouviam atentas.

D. Justina envesgou-me os olhos e murmurou:
— Não acho graça nenhuma ao seu atrevimento. — E, voltando a cara, sentou-se de esguelha.

Tornando ao apresentante, disse-lhe que a viúva o achava bonito.

Pedi que me apresentassem à mulher trigueira, e logo me disseram que não gastasse o meu tempo com um coração rendido aos encantos de Josino.

Este Josino, esta criatura que eu cantei em oitava-rima[13], era um homem de *biscuit*[14], engelhado de refegos[15] na cara como a frontaria da Batalha[16], velho dengoso, que tinha amado as mães solteiras das meninas casadoiras que requestava. Mas que terrível homem!... Era amado, e casou com ela.

Nota

Diz Silvestre que cantara Josino em oitava-rima. O leitor decerto me agradece a reprodução do poema, que passou despressentido e sem assinatura num jornal literário daquele tempo. Foi ele escrito na véspera do matrimônio de Josino com a formosa trigueirinha. Não louvo semelhante desafogo de despeito, nem encareço o quilate da poesia. Reza assim a coisa, depois de ter resumido em estiradas oitavas o epítome da sua vida e a resolução de se casar:

> ....
> Josino, amigo meu, velho incontrito
> Há trinta anos conheço em cata duma,
> Que tenha coração, e algum saquito
> Daquilo com que a vida mais se arruma.
> É velho o meu Josino; mas bonito,
> E bem conservadinho; inda se apruma
> Quando vê na janela da vizinha
> A travessa criada da cozinha.
>
> Nos bailes, faz-me inveja o seu meneio,
> E os trejeitos, que faz coa perna fina,
> E o garbo, que lhe empresta o bom recheio
> Do túmido algodão com que fascina.
> Do cume de gravata, em doce enleio,
> Contempla as graças da gentil menina,
> Já neta duma avó, que foi deveras
> Namoro de Josino em priscas eras.
>
> Já tem um pouco os olhos desvidrados;
> Porém, não sei que graça tem, se os pisca!
> Eu, se fosse mulher... ai!, meus pecados!,

Caía neste anzol de antiga isca.
Há homens tão fatais e endiabrados,
Que mal sabe a mulher ao que se arrisca,
Se palestra lhes dá! Ai!, pobrezinha!
É a história do sapo e da doninha!

Mas que importa o poder que tens no peito
Das cândidas donzelas, velho audaz!
Tu consegues fazer com manha e jeito
O que a natureza pérfida desfaz.
Já consta por aí que tu és feito
De pródigo algodão, múmia falaz!
Suspeita-se também ser de algodão
A coisa a que tu chamas coração.

Josino, ainda assim, jamais fraqueia:
Ousa dar-se o valor duma antigalha,
Camafeu de Herculanum ou de Pompeia,
Que no mundo não tem mulher que o valha.
Isto diz muita vez, à boca cheia,
À criada Jacinta, quando ralha,
Porque a pobre, mulher de sã lisura,
Se ri quando ele encaixa a dentadura.

Josino tem caleche[17] e tem cavalo,
Que aos triunfos d'amor lhe presta ajuda.
Quando silva da pita o agudo estalo

Donzelinha não há que não sacuda
A ceroula do pai, para espreitá-lo,
Tingida do pudor, que o gesto muda;
Enquanto ele lhe mostra o dente amante,
Que outrora adorno foi dum elefante.

Nestes meses de Inverno, o reumatismo
Costuma apoquentá-lo; e ele afeta
Que está numa sazão de cepticismo,
E rebate do amor a doce seta.
Diz que o seu coração é fundo abismo,
Onde entesoura imagem predileta
Da mulher que há-de vir; e, à vista disto,
Presume-se que vem co Anticristo.

Mas, apenas repinta a Primavera
Espargindo matiz de lindas flores,
Josino sai da cama, onde gemera,
E remoça nutrindo outros amores.
Ludíbrio miserando da quimera,
Que o mangara no leito d'agras dores,
Ei-lo, de novo, em coração repoisa
De menina, que pese alguma coisa.

Não cuida que perdeu do seu quilate
Enquanto pode as rugas rebocar.
Diz sempre que lá dentro inda lhe bate

Coração, cabeça e estômago

O quer que seja, que precisa amar.
Assim, como quem diz um disparate,
Pergunta se será néscio em casar:
Conta os logros, que fez, nunca sabidos,
E teme a previdência dos maridos.

Sem embargo, porém, deste palpite
Josino vai pedir a mão de esposa
A formosa menina, das do *élite*,
Que a detração abocanhar não ousa.
Assente o pai ao digo convite,
Que é pássaro bisnau, velha raposa,
E vira um vulto de homem presumível
Sair do quarto dela (ó vista horrível)*

Josino, alfim[18], casou, e partiu logo
(Ah!, que não sei de nojo como o conte!)
Todo ânsia, paixão, ardor e fogo,
Com ela para o Bom Jesus do Monte.
Ai!, que lua de mel, que desafogo
De candente paixão ao pé da fonte,
Que trépida repete em magno anelo
As falas que murmura o *Esganarello***[19].

---

* Estamos autorizados a declarar que este verso, sobre ser mau, é calunioso. No manuscrito do autor leio à margem desta oitava as seguintes palavras: "Menti por amor da rima: as meninas em prosa é que não são perdoáveis, salvo quando é preciso arredondar o período, se a verdade se não presta."
** Outra calúnia por amor da rima.

Esganarello... sim!... (Se saber quer
Alguém, que o não conhece, aquele herói,
Procure-o, que há-de achá-lo em Molière[20],
Ou lá na vizinhança.) O caso foi
Que, extinta a Lua incasta do prazer,
A esposa diz que já n'alma lhe dói
Saudades do teatro italiano,
E do primo doutor... grande magano*[21].

....

II

Acabo de demonstrar que é difícil, se não impossível, armar romance com as meninas do Porto. Pode ser que este aranzel[22] de coisas nunca faça gemer os prelos do meu país; porém, quem me diz a mim que eu não tenha o póstumo regalo de ser impresso e lido? Nesta hipótese, com que a minha vaidade se in-

---

* A existência deste primo bacharel é que não é ficção; se o fosse acudiria eu logo pela honestidade da família, cuja honra tenho em mais veneração que as aleivosias dum verso hendecassílabo. Este primo era pessoa de costumes derrancados e poeta, sem a delicadeza que pelo ordinário é inerente e congenial da verdadeira poesia. Daí vinha mofar ele da dentadura do marido de sua prima e jogar a péla com as almofadinhas de algodão, se Josino, extremamente fiado em si, o deixava a sós com ela. Ora, posto que a desgostosa senhora andasse mui duvidosa de suas forças e muito se temesse de fraquear em luta com as tentações, o primo conseguiu tornar-se-lhe odioso, porque nenhuma mulher perdoa à irrisão com que os ineptos pensam aviltar o marido aos olhos dela. Foi isto que a salvou. Salva ainda a vaidade, quando a dignidade falece! Muito é que o amor-próprio pondere mais no ânimo da mulher que o temor da difamação! Admirável em sua sabedoria foi a Providência, que dotou a mulher de índoles contraditórias, que nós chamamos defeitos, em razão de nos deixarmos induzir pelos mil absurdos em que se firma o chamado senso público.

cha, quisera eu vestir a nudez dos meus contos, enfeitá-los com as joias do estilo, que dão realce aos assuntos frívolos, e recompor mais literariamente com embelecos de imaginação as securas da verdade, dura de engolir neste tempo, se o engenho não a arrebica de pechisbeques[23] e desvarios da natureza.

A viúva, bem aproveitada, podia dar alguns capítulos. Tolice tinha ela demais para saciar o espírito público, sempre faminto de ver em letra redonda as tolices próprias às costas alheias. Se eu tivesse sido mais moderado na minha linguagem, a criatura dava um livro; mas a minha razão, inconciliável com as parvoiçadas[24] da milionária, saiu com aquela pergunta do caldo de repolho, mais para castigar os seus admiradores que para chasquear[25] a tola. Bem pode ser que esta senhora, se fosse pobre, tivesse o siso comum, que o dinheiro produz milagres de variados feitios: a certas pessoas pule-as, espiritualiza-as, dá-lhes estilo sentencioso e inspiração para falarem de tudo com público aplauso; a outras pessoas despoetiza-as, materializa-as e embrutece-as. Conheço exemplos de tudo, e o leitor também.

A viúva, segundo me consta, antes de casar, era uma menina como são todas as meninas. Tinha os seus namoros, a quem respondia com bonita letra, e pensamentos, se não engenhosos, pudibundos. Casou com um riquíssimo velho por escolha de seus pais e condescendência sua. Fez as delícias do esposo, e as próprias, comendo e dormindo para ter sempre as faculdades do coração em torpor. Enviuvou ao sétimo ano de casada, quando de sua primeira natureza já não tinha vislumbres. Soube então que era riquíssima e requerida pelos homens notáveis da terra, e continuou a comer e a dormir. Porém, como os pés lhe inchassem por falta de exercício, e os médicos a mandassem passear e agitar-se, a viúva apareceu de repente nos passeios, nos bailes e nos teatros, onde adormecia do segundo ato em diante. Dispararam-lhe à queima-roupa as mais incendiárias declarações, e ela ouviu-as a dormir, enquanto a não incomodaram. Depois, como a pusessem em cerco e não a deixassem tomar fôlego, a mulher despegou em despropósitos e rusticarias[26], que a tornaram mais amável aos concorrentes. Aqui está o que era a viúva.

Assestei o fito à terceira, à menina que tinha aspecto de serafim de tribuna de igreja. Disseram-me logo que o Dr. Anselmo Sanches a requestava traiçoeiramente. Ora, o Dr. Anselmo Sanches era um *homem honesto*.

Convém saber que em toda a parte do mundo sublunar a *honestidade* é sinônimo de "decoro, compostura, pejo e decência". No Porto, a palavra *honestidade* soa como *hipocrisia velhaca*.

O homem honesto dali é o que logra embair a opinião pública; recatar a impudência com o exterior sisudo da catadura; acentuar a expressão no tom sentencioso do preceito; contar com a mobilidade do globo visual para o revirar ao céu, quando o ânimo afeta confrangir-me com a notícia dum escândalo; franzir os beiços e avincar a testa, se é forçoso chancelar com voto cominativo a pena de alguma imoralidade a retalho.

Conheci alguns *homens honestos* no Porto. Custou-me muito. Venci, para vê-los ao pé, estorvos desanimadores. Fez-se mister iniciar-me nos arcanos da desonestidade para entrar no segredo de certas existências que, dantes, me pareciam bem fadadas da virtude, ou dotadas de compleição refratária ao vício. Quando me avistei com eles na mesma zona, senti-me corrompido, escorria-me do coração o pus tábido das chagas; dei como impossível o regenerar-me diante do meu próprio senso íntimo; estava ou devia estar perdido, porque julguei necessária à vida a hipocrisia cínica.

É que, sem ter descido as escaleiras todas da protérvia[27] e do opróbrio, não se devassa o latíbulo[28] em que se encovam os *homens honestos*.

A corrupção periódica das almas, empestadas pelo exemplo, ou impelidas pelo instinto, não tem que ver com a corrupção por grosso, que o acaso ou o ardil vos depara no secreto viver dessa cabilda de beduínos, salteadores da honra alheia, e nojentíssimos farsistas da sua*.

O mundo é péssimo; há, porém, providência nesta péssima organização.

---

* Aqui está uma amostra das desordenadas imprecações de Silvestre contra a sociedade. Escreveu-as provavelmente durante a passagem da cabeça ao estômago. A trovoadas tais de estilo é que andavam sacrificados todos os jornais em que ele escrevia. Era impossível que o assinante, no fim do trimestre, não recebesse o cobrador do jornal como a última palavra do insulto. Por minha vontade, podava muito destas páginas; mas, sobre ser deslealdade à memória do autor, seria supor que os homens sinceramente honestos do Porto se ofendem da sátira que verbera os velhacos. O que eu quisera concertar é o desmancho de ideias deste capítulo; não posso, nem sei o que ele pensava, nem por que estava assim assanhado contra a sociedade portuense. Devia de ser escrita esta objurgatória no fim de algum trimestre, quando o proprietário do jornal lhe intimou silêncio.

A hora certa, dentre as flores da vida, cultivadas por mão ilesa de espinhos, salta a víbora, que a morde.

Não há felicidade completa para a verdadeira honra: menos a haverá para a falsa.

A virtude, conquanto escudada por si própria, é vulnerável, porque se dói aos golpes da injustiça.

Ora, a hipocrisia, estribada na manha e na fraudulência, há-de, em desaire da justiça de Deus, rebater os tiros da indignação? É impossível. Embora o látego não fira uma fibra sensível nas espáduas do fariseu abroquelado pela impostura; embora a sátira recue espavorida dessas almas impermeáveis à vergonha, é preciso que se escreva um livro, ou se delineiem os traços desse livro, o único, o urgente, o possível, o capitalíssimo para o Porto.

Cansei-me de ouvir dizer que a segunda cidade de Portugal é um enxame de moedeiros falsos, de contrabandistas, de mercadores de negros, de exportadores de escravos e de magistrados de alquilaria[29]. Venalidade, crueza e latrocínio são os três eixos capitais sobre que roda, no entender da crítica mordente, o maquinismo social de cem mil almas.

A minha análise aprofunda mais o espírito vital do Porto.

Ali, o viver íntimo tem faces desconhecidas ao olho da polícia e da economia social. Conhecem-se as librés dos chatins[30] de negros; discrimina-se pelo brasão o fabricante de notas falsas do outro seu colega heráldico, opulentado em roubos ao fisco; ignora-se, todavia, o mais observável e ponderoso da biografia desses vultos, que a fortuna estúpida colocou à frente dos destinos e da civilização do Porto.

Ó cidade dos livros, que é da liberdade dos teus escritores? Se aí há homem de alma, que sacode os sapatos na testeira da riqueza bruta, que testemunho nos dá da sua independência?

O jornalismo do Porto está acorrentado às ucharias[31] dos ricos. O jornalista por via de regra é um pobre homem, que vive do estipêndio cobrado com franciscana humildade à porta do assinante. Para os festins do fidalgo de raça era chamado o versista com as consoantes[32] prévias do soneto na algibeira, onde não havia outra coisa. Nos tumulentos jantares do fidalgo de indústria há talher para o gazeteiro, que já deixou na estante dos caixotins a local[33] sumarenta, inspirada pelo antegosto das viandas, que lhe arrastam na torrente a alma para o estômago.

Nota

Perdoe-me a memória de Silvestre. A calúnia, conquanto escrita em palavras cultas e penteadas, é sempre calúnia. Elegâncias da linguagem, por mais que valham na retórica, valem nada para o desconceito de quem injustamente difamam. O jornalismo do Porto teve e tem admiráveis e valentes mantenedores da honra contra classes poderosas pela infâmia nobilitada. À conta de muitos poderia escrever-se o que o finado Silvestre disse de um, nestes termos, que trasladamos dos seus manuscritos:

Havia aí uma forte alma e audaciosa inteligência, que levou a mão à máscara de alguns para lhes estampar o ferrete na testa.

O jornal brioso, que a tanto ousara, expirou à míngua de subscritores, porque os afrontados por ele iam, de porta em porta, mandar uns e pedir a outros que retirassem as moedas de cobre à receita do escritor, que as não queria para si.

O heroico moço, rodeado de inimigos e até ameaçado na vida, cruzou os braços, descorçoado, e disse: "É impossível! Cuidei que teria por mim os incorruptos; mas a peste não respeitou consciência alguma".

Num país em que o Governo atalaiasse os interesses do Estado, e o renome honrado da cidade, aquele jornal seria sustentado a expensas do tesouro; aquele jornalista seria acrescentado em bens e honras; aqueles réprobos, indigitados pelo órgão da voz pública — que é sempre a voz dos fracos e dos inermes —, seriam por seu mesmo decoro e dos poderes que os nobilitaram, obrigados a refutarem a detração ou a despirem nas praças os arminhos com que escondem o pescoço à corda de esparto.

Doces e nobre quimeras!

O jornalista austero será sempre um ente malsinado e odioso para todos os governos. Hão-de expulsá-lo sempre do sacrário poluto das mercês, onde reina o ladrão laureado, que tem o segredo de abater ministros erguidos e exaltar ministros despenhados.

E acrescenta Silvestre da Silva:

> Que outro homem há aí que se aventure a entrar na trilha daquele, que esmoreceu, afinal, diante das *conveniências sociais?* Serei eu...

Fez bem! Partiu o braço, querendo parar o movimento da roda. Desbaratou a melhor parte do seu patrimônio em publicações panfletárias, que não rasgaram sulco algum para as searas do futuro progresso da humanidade. Criou inimigos, que nem sequer lhe tinham lido as diatribes, nem lhe podiam perdoar pelas graças do estilo – inimigos que não sabiam ler, os piores de quantos há. É o que ele fez!

III

Tornando ao Dr. Anselmo Sanches.

Dois meses depois que fui ao baile, planeando casar-me com uma das três representantes de ações bancárias no valor de trezentos contos para cima, vi uma senhora, que devia ter sido formosa, encostada ao braço de seu marido.

Trinta e quatro anos teria ou menos; mas os precoces vincos da velhice denunciavam quarenta anos ou mais. Lá estava o fulgor dos olhos para desmentir a denúncia das rugas, fulgor embaciado de lágrimas, mas ainda vívido como clarão crepuscular quando uma barra de púrpura e ouro tinge a orla do céu. De feito, era aquela uma vida em crepúsculo da tarde; já tudo para além-túmulo era escuridade e pavor para a triste senhora.

Chamava-se Rita e era brasileira, pura carioca, linda como todas as cariocas que não têm mais de dezoito anos.

Francisco José de Sousa, marido dela, era um português que enriquecera no Brasil. Tinham viajado longo tempo; e, como Francisco José de Sousa tivesse ido do Minho e as saudades da pátria o não deixassem nunca, escolhera o Porto para residência.

O fino trato, aliado à opulência, estimulou invejas, caprichos, competências e ódios mesmo na sociedade portuense. De todas estas más paixões surdiu um bom resultado: aumentou o número dos bailes, entraram em emulação as equipagens, enriqueceram as modistas, acudiram os jornalistas a fazer ata, qual delas mais encomiástica, dos bailes profusos e luxuosos; o Porto, enfim, poliu-se mais em dois anos que nos nove séculos de vida que a mitologia, vulgarmente chamada história portuguesa, lhe dá.

Estava designada a noite dum baile em casa de Rita Emília, quando os convidados receberam aviso da súbita doença de Francisco José de Sousa.

Correram amigos e indiferentes a visitar o enfermo. Fui entre os segundos: achei-o prostrado e taciturno; e não vi a esposa ao pé do leito, nem na antecâmera. Perguntavam por ela as pessoas mais familiares; mas a brasileira não recebia sequer as amigas íntimas.

Grande mistério, grande burburinho, a curiosidade em ânsias, a maledicência espionando, a calúnia imaginosa a segregar por praças, e salas, e botequins, desaforadas conjecturas. Andou pois a difamação explicando às cegas, por vários modos, a enfermidade moral de Francisco de Sousa e a misteriosa ausência de D. Rita.

Quinze dias depois fecharam-se as portas e janelas da casa do brasileiro, e os criados, quase todos despedidos, disseram que os amos tinham ido viajar.

Aqui é que a curiosidade ia dando um estouro. Houve aí bisbilhotaria ilustre que se encanzinou de raiva por não poder esquadrinhar o segredo desta saída, a qual, de força, devia ter um escândalo por causa, escândalo que a hipocrisia pudera abafar ardilosamente.

Havia nesta casa uma menina de dezesseis anos, órfã, muito rica, pupila do brasileiro e filha doutro, que morrera no Brasil, quando andava em liquidação.

Mariana acompanhara-os na misteriosa saída do Porto: soube-se, porém, que, ao passarem em Braga, a órfã entrara nas Ursulinas, mosteiro de educação.

Esta menina era a terceira mulher rica do baile.

Sabido isto, respirou um pouco a maledicência. Já os arpéus[34] da hipótese achavam duro onde morder. Acordaram, portanto, em conciliábulo, algumas famílias honestas, que Mariana fora encontrada em flagrante desprezo do seu pudor e, por isso, enclausurada no mosteiro bracarense.

Toda a gente se ia ter com o Dr. Anselmo Sanches para evidenciar a conjectura.

IV

Era o doutor amigo íntimo da família, pertencia ao conselho tutelar da órfã, curava dos negócios litigiosos do brasileiro e podia muito na casa, dominando a vontade do dono, que se fiava dele, mais seguro que em si próprio. Trinta e oito anos teria Anselmo. Em conta o haviam de homem exemplar em todas as qualidades boas, exceto na jurisprudência, em que era ignorante mais que o ordinário. Isso, porém, não lhe danificava o bom nome. Os seus muitos apologistas, se duvidavam dar-lhe procuração para os representar no foro, sobejamente o indenizavam, confiando-lhes mulheres, filhas e — o que mais é no Porto — o dinheiro.

Tinha o Dr. Sanches uma cara mais que feliz para se fazer benquisto. Nunca fechava a boca. O queixo inferior, pendido sempre, servia-o às maravilhas, quando parecia escutar com dor os escândalos que os oradores encartados da Assembleia Portuense* expectavam do peito sujo, onde a asma senil desafoga-

---

* Ao tempo que Silvestre da Silva escrevia esta impertinência contra a Assembleia Portuense, tinha esta sociedade uma sala privativa de alguns indivíduos, que se divertiam contando passagens da vida alheia, em linguagem acomodada aos assuntos. Os sócios desta congregação, chamada "Palheiro", eram pessoas respeitáveis, maiores de cinquenta anos, qualificadas na jerarquia[34a] eclesiástica, no comércio nobilitado e na magistratura, sendo o principal elemento do Palheiro negociantes aposentados, vindos do Brasil. A razão de chamar-se "Palheiro" àquela reunião não a sei. Conjecturalmente diziam alguns etimologistas que *palheiro* derivava de *palha*, querendo concluir que o pensamento de quem dera o nome à coisa fora significar o alimento natural dos sócios reunidos naquele ponto do edifício. Acho muito violenta e sobremaneira desatenciosa a hipótese. Os cavalheiros, ofendidos com tal interpretação, eram pessoas que tinham boas lembranças, propósitos salgados e instrução variada para enfeitar as desgraciosidades da maledicência. Estas qualidades intelectivas não se nutrem com palha, penso eu.

Conquanto não fosse extremamente agradável ouvir um sexagenário a discorrer em termos lúbricos acerca das suas libertinagens de rapaz, eu tenho mais que muito para mim que o sal ático[34b] dos eufemismos havia de encobrir a impudicícia da ideia.

O que havia de menos louvável nas sessões daqueles cavalheiros era a obrigação que reciprocamente se impunham de esmiuçarem os pormenores das desonras meio veladas para os contarem de modo que a difamação pudesse dali sair a desenrolar o sudário das chagas sociais à luz do sol. Quando os relatores não tinham que expender, era permitida a calúnia para gastar o tempo: quer-me parecer que este artigo dos estatutos do Palheiro não merece louvores. Homens a escorregarem à sepultura, uns va pela detração injuriosa. Se a vítima era senhora casada, o doutor abanava um pouco a cabeça, punha os olhos no teto, e dizia: "Vão-se os costumes...". Se o escândalo recitava as gargalhadas gosmentas do auditório, Anselmo sorria por complacência e murmurava: "É remarcável o deboche em que está o grande mundo!". (O celerado conspurcava a língua pátria!) Não consentia ele que se erguesse a voz a desculpar imoralidades, se raro sucedia algum confrade, por sestro[35] de contradição, indulgenciar fraquezas ordinárias, em verdura de anos, ou obrigadas por circunstâncias especiais.

Era para ver como o inexorável Sanches se enfuriava em invectivas contra Pedro, que passava diariamente duas vezes em tal rua, para inquietar a moça incauta! Chegava a chorar no apuro do sentimental, que prodigamente consumia, descrevendo os funestos resultados da sedução. Menos perdoaria a Martinho, que, impudico e sacrílego, ousava ir aos domingos, à missa do meio-dia, aos congregados ou clérigos, para ver pelas costas a mulher do seu vizinho Januário, depois de ter suja-

---

entrajados com as severas vestes da religião de Cristo, outros com o peito honrado por cruzes e crachás, outros com numerosa posteridade de filhos e netos, não davam de si boa prova indo para ali afiar a linguagem do impudor, decretar a publicidade de desgraças, que não precisavam da infâmia pública para o serem, e inventar escândalos para aligeirar os tédios da noite.

O que tinham de mais humano aqueles sujeitos era comerem muito biscoito de Valongo e forragearem nos tabuleiros às mãos-cheias para levarem à família. Isto, que não parece bonito, era a coisa de mais sainete[35a] e folia que os velhinhos faziam na assembleia.

O tempo foi matando uns e espalhando os outros, de modo que o Palheiro, à falta de concorrentes dignos, ficou devoluto, à espera que a geração nova passe da torpeza militante para as pacíficas recordações de suas façanhas.

do a fama da mulher do seu vizinho Timóteo! E, em seguida, punha em miúdos a história do descrédito daquelas senhoras, casadas com os seus amigos, e havia risadas à conta dos maridos, e ficavam todos sabendo o que até então ignoravam. Momentos depois, se lhe pediam novidades, o doutor respondia que não só se abstinha de indagar a vida alheia, mas até quisera, se pudesse, cerrar ouvidos às histórias torpes que todos os dias germinavam da corrupção do corpo social.

Francisco José de Sousa prezava no doutor o que muitos chamavam sobejidão de escrúpulos. Parecia-lhe, a ele, brasileiro, vilã e torpe a incessante detração em que entretinham os saraus algumas dezenas de velhos, de cuja língua a palavra licenciosa dos bordéis saía mais nojenta do que é em si. Anselmo, para não cair no desagrado do seu amo, dizia que o mal não era a sátira, mas sim o estragamento dos costumes que a autorizava. Escusando os velhos, acrescentava que as cãs eram um pouco intolerantes; porém, inofensivas.

Simpatize o leitor com o Dr. Anselmo, para que se não diga que a virtude é malvista como a verdade nua.

V

No espaço de três meses, a contar da violenta introdução de Mariana nas Ursulinas de Braga, saiu a lume o tenebroso mistério; mas sem estrondo, porque andava muita gente apostada a encobrir Anselmo Sanches para não ter de proclamar a infâmia do apostólico varão, que tinham santificado.

Eu hei-de abreviar em poucas páginas o que sei. Não me posso ver muito tempo encharcado nesta lama, onde me atirou um dos empurrões da sorte. Lama por toda a parte onde me impeliu o coração e a cabeça! Toda a gente se goza dalgumas paragens risonhas; a todo o peregrino da vida é dado assomar de barrancos resvaladiços às chãs pitorescas, e descansar, e esforçar-se aí para se afrontar de novo com as fadigas da jornada. Eu, de mim, não tive o que têm todos. Onde quer que parei, resvalei num atascadeiro[36]. Quando os acicates do amor me arremessavam às aventuras do coração, ia-me esbarrar com tolas ou devassas, ou desgraçadas tais como Marcolina. Se era a razão que me induzia com os seus cálculos egoístas a tomar o meu quinhão daquilo que o vulgo chama senso comum, já sabem que consequências eu vou tirando das minhas racionais primícias. Vi três mulheres à luz serena do raciocínio. Saiu-me parva a primeira, a ponto de me obrigar, sendo eu em extremo delicado, a perguntar-lhe se gostava de caldo de repolho. A segunda, para me humilhar e abater o orgulho, deu-me em Josino um rival preferido. Esta terceira, a Mariana dos olhos doces e jeitos de inocência lorpa, vão agora saber no que deu.

VI

Grandes considerações!

Entendem cordatos fisiologistas que o amor, em certos casos, é uma depravação do nervo óptico. A imagem objetiva, que fere o órgão visual no estado patológico, adquire atributos fictícios. A alma recebe a impressão quimérica tal como sensório lha transmite, e com ela se identifica a ponto de revesti-la de qualidades e excelências que a mais esmerada natureza denega às suas criaturas diletas. Os *certos casos* em que acima se modifica a generalidade da definição vêm a ser aqueles em que o bom senso não pode atinar com o porquê dalgumas simpatias esquisitas, extravagantes e estúpidas que nos enchem de espanto, quando nos não fazem estoirar de inveja.

E tanto mais se prova a referida depravação do nervo que preside às funções da vista quanto a alma da pessoa enferma, vítima de sua ilusão, nos parece propensa ao belo, talhada para o sublime e opulentada de dons e méritos que o mais digno homem requestaria com orgulho.

Se me desarmam deste convencimento, cimentado em doze anos de experiência e observações, não sei como hei-de explicar o amor de D. Rita Emília ao Dr. Anselmo Sanches.

Defendo-a desta vergonha como defenderia o réu dum crime extremamente execrável. A alucinação, a doença dos nervos, a demência, enfim, explicam o crime, e deviam no máximo das vezes absolver a mãe que mata seu filho, o filho que mata seu pai e a mulher que se dá em alma e corpo aos Anselmos Sanches.

Posto isto, dispensam a história das repugnantes conjecturas, que então fiz, sobre o inarrável mistério dos amores de Rita e Anselmo. Indulte-se a infeliz em nome da depravação do nervo óptico, em nome da física e da patologia, em nome da caridade evangélica, em nome de tudo que move à lástima, à piedade e ao perdão.

Rita amava Sanches: aceitem o fato consumado. Ora Francisco José de Sousa, ileso da enfermidade visual de sua mulher, via o doutor, qual a natureza o fabricara, feio, canhestro, mazorral, abrutado, refratário aos dardos do deus de Gnido[37]. Embalde se cansaria a malquerença insinuando ao brasileiro com cartas anônimas — expediente em voga, e creio mesmo que inventado no Porto — a suspeita de que sua mulher encarava no doutor com olhos menos ajuizados que os dele marido.

E a suspeita era já de si tão absurda que não houve no Porto alma de sobra danada que denegrisse, até rebentar o escândalo, a virtude conjugal de Rita.

D. Margarida Carvalhosa disse-me um dia*:

— Vou contar-lhe uma enjoativa novidade, Sr. Silvestre. Prepare-se para rebater um ataque de inveja.

— De inveja, minha querida senhora? Vai Vossa Excelência dizer-me que mimoseou o mais feliz dos mortais com o seu coração?... Invejo, realmente invejo...

— Cale-se. Não se trata de mim: é um escândalo.

— Ah!... dissesse-me Vossa Excelência logo que era um escândalo: ser-me-ia impossível associar o nome de Vossa Excelência a um escândalo. Trata-se de Guilherme do Amaral? Do barão de Bouças? De Cecília? De João José Dias?

---

* Esta D. Margarida e outros personagens mencionados em seguida pode o leitor conhecê-los em diferentes romances do editor.

— Não, senhor. Trata-se daquela Rita brasileira de quem o Sr. Silvestre disse que andavam enamorados os anjos.

— E os demônios, minha senhora! Diga, diga, que eu interesso-me em aspirar todos os aromas que rescendem das essências angélicas.

Margarida Carvalhosa descompôs-se a rir e continuou:

— Pois o aroma da tal essência angélica está sendo um aroma de arruda, meu caro poeta.

— Arruda, minha senhora?! Queira explicar-se.

— Rita deixou de ser a cara-metade de seu marido e passou inteira para o Dr. Anselmo Sanches.

— Calúnia torpe! — exclamei com sincero espanto.

Margarida Carvalhosa tange a campainha, sorrindo com irônica piedade da minha boa-fé.

— Venha cá, Josefa — disse ela à criada, que entrava. — Repare se a mamã está por aqui perto...

A criada disse que a senhora baronesa estava no jardim.

— Conte — prosseguiu Margarida — diante deste senhor, sem acanhamento nem receio, o que me contou a respeito da brasileira.

E, voltando-se para mim, ajuntou:

— Esta criada saiu de casa quando os brasileiros saíram para Braga. Escute-a.

A criada hesitava; mas, animada pela ama, disse com visível repugnância:

— A brasileira... Então que quer Vossa Excelência que eu conte?

— Como se chamava o amante da sua ama? — disse Margarida.

— Era o Sr. Dr. Anselmo.

— Como soube você que ela amava o Dr. Anselmo?

— Como soube? Soube-o porque eu era a criada do quarto da senhora.

— Aquilo é muito significativo, Sr. Silvestre — disse, sorrindo com gentil malícia, a filha do barão, e acrescentou voltada para a moça: — E como tem você a certeza?

— Ora essa! A senhora não sabe?! Eu sabia tudo. De mim só se escondia ele. Até ela, quando o doutor começava a querer seduzir a pupila do Sr. Sousa, chorava muito e desabafava só comigo.

— Conte lá essa história da sedução da pupila. Como era isso? — disse eu.

— O Sr. Doutor sabia que a Sra. D. Marianazinha era rica, e disse à Sra. D. Rita que o melhor modo de continuarem a viver de perto sem que o mundo botasse fel era ela fazer com que o marido consentisse no casamento dele com a menina. Depois, a minha ama deu-lhe um desmaio, e esteve às portas da morte. Quando melhorou, abraçou-se à menina e perguntou-lhe se o doutor já lhe tinha dito alguma palavra a respeito de casar com ela. A menina pegou a chorar e não disse uma nem duas. Isto mais apoquentava a minha ama, e desesperava-se que metia medo. Tanto fez que a menina confessou que o doutor a perseguira quatro meses todas as vezes que a senhora não estivesse ao pé, e que, vindo uma vez com ela de Guimarães, onde a menina tinha ido visitar umas parentas...

A criada, neste ponto, levou o avental ao rosto para encobrir que não corava; e no entanto, Margarida, relanceando os olhos dela para mim, e de mim para ela, com um brilho de alegria só compreensível às mulheres despenhadas, que folgam a cada vítima abismada com elas, disse com império:

— Acabe a história, Josefa.

— A história está acabada, Sra. D. Margarida — disse eu.

— Faltam os comentários, que tanta gente faz por sua conta. Esta D. Rita, Sr. Silvestre, quando me estendia a mão e os lábios numa sala, fazia-o com um ar de soberania que me incomodava. Ouvi-lhe muitas vezes, falando de Cecília, dizer com virtuosas caretas: "Vergonha das mulheres!". Rejeitou convites para casa de certas senhoras que não aspiravam a santas. A mim me disse com pedantesco ar maternal: "Menina, as exterioridades, por muito francas e inocentes que sejam, bastam para condenar. Coíba-se de todas as ações que possam dar pasto à maledicência. Olhe que a honestidade não está somente no coração: um olhar e uma palavra irrefletida bastam a depor contra as mais sisudas intenções".

E continuou com rancorosa satisfação:

— De Mariana só lhe direi que ainda há quinze dias a vi com o seu ar virginal voltar-se à brasileira, que estava ao pé de mim na missa dos clérigos, e murmurar a meu respeito palavras que eu não pude compreender. Esta criada, que estava ao pé delas, ouviu-as: "Aquela Margarida Carvalhosa tem modos tão desenvoltos e impróprios de menina solteira!". Ora, isto dito por quem oito dias antes, vindo de Guimarães, aceitara uma catástrofe tão imprópria de menina solteira, não me parece crítica muito frisante aos meus costumes. (Eu ri-me por dentro, quando ela disse "meus costumes"...)

"Enquanto ao Dr. Anselmo Sanches – continuou D. Margarida, cortando as palavras com frouxos de riso –, esse deixo eu à perspicácia do Sr. Silvestre avaliá-lo... Retire-se, Josefa, que vem aí a mamã.

VII
A POLÍCIA CORRECIONAL

Escrevi um artigo contra Anselmo Sanches, cuidando que assim vingava o gênero humano. Saiu o artigo na seção dos *comunicados*: o proprietário do jornal declinou a responsabilidade moral e legal da ofensa ao doutor. Rompeu-me assim das entranhas o ódio que as queimava:

> *Sr. Redator:*
> Há casos em que o silêncio é um crime! À vista de infâmias que sobreexcedem e trasbordam a paciência humana, não há aí peito de ferro que se contenha!
>
> ....Nam quis iniquae
> Tam patiens urbis, tam ferreus, ut teneat se...[38]?

Aqui é o caso de dizer como o cantor de Camões[39]:

> Ergo-me a delatar tamanho crime
> E eterna a voz me gelará nos lábios.

Vinde a mim, hipócritas!
Vinde ao sevo do escândalo, celerados que andais nas encruzilhadas assalteando a honra dos infelizes descautelosos!
Aqui tendes charco para vos rebalsardes[40], cerdos!
Aqui está um dos vossos, que apunhalou a alma dum marido, crucificou uma esposa ao madeiro de eterno opróbrio e sovou aos pés uma coroa virginal.

Isto era o exórdio, que os meus inimigos chamaram *farfalhada*. Seguia-se depois a exposição chã da protérvia[41] de Anselmo Sanches, arranjada em três capítulos, cada um com uma epígrafe. A primeira era: *Quousque tandem, Catilina?*...[42] Achou toda a gente literata muita novidade nesta passagem de Cícero[43] a propósito de Anselmo. A segunda epígrafe era *Proh pudor, proh dolor!*[44] — também nova. O terceiro capítulo rompia com o *Me, me adsum qui feci, in me convertite ferrum*[45]. O todo era broslado de passagens latinas, que tornavam o meu artigo um parto de indignação e outro parto de sapiência.

Guardava eu as justas conveniências em embuçar os nomes das duas mulheres, que figuravam no quadro infesto à dignidade humana; mas abstive-me de cerimônias com o doutor.

O meu artigo levantou contra mim celeuma de *pessoas honestas*, e até jornais honestos me saíram de revés, acoimando-me de indiscreto, licencioso e causa ocasional de escândalo. É boa tolice esta! Uma gazeta sisuda, maravilhando-se de que eu fizesse queixumes, não sendo sequer marido da dama, aplicou-me os sabidos versos de Nicolau Tolentino[46]:

> Apóstolo impertinente,
> Pra que hás-de tu suar,
> Se não sua o padecente?

Anselmo, como visse que a imprensa e a opinião pública estavam com ele, deu querela contra o jornal, por abuso. O responsável declinou sobre mim, e eu fui sentar-me no banco dos réus em polícia correcional.

O advogado da acusação era um jurisperito de grande nomeada e uma gravidade de colarinhos assustadora. O meu patrono foi nomeado *ex officio*: era um bacharel verde em anos e sorvado em inteligência.

A acusação fez o panegírico dos séculos áureos em que não havia imprensa, nem as vidas das famílias estavam expostas aos enxovalhos de escrevinhadores devassos.

> "Sr. Dr. Juiz de Direito!", exclama ele, "o santuário da família não pode continuar à mercê destes esfoladores de reputações! A mulher casada treme no pedestal da sua virtude; o esposo honrado, num país de imprensa livre, anda como ovos em peneira; a virgem honesta é estrangulada no seu decoro, quando se embala no inocente ber-

ço das suas afetuosas aspirações aos sacratíssimos direitos da maternidade." (*Neste ponto, o escrivão do processo limpou as lágrimas ao lenço vermelho do tabaco.*) "Sr. Dr. Juiz de Direito", prossegue o Demóstenes, com os braços em arco e o semblante em lavaredas de transporte. "Todos temos mulher e filhas, filhas estremecidas e esposas ternas. Que importa a inviolabilidade destas santas afeições, se a pena do foliculário[47], estilando o negro fel da calúnia, nos verte no coração a peçonha da desordem doméstica e nos expõe às vaias públicas?! Um marido vive em boa paz com sua mulher: vem um refalsado escritor e diz-lhe: 'Tua mulher é desleal!, tua mulher roubou-te os doces mimos!'. Horrível, Sr. Dr. Juiz de Direito!, horrível! Desde este momento a paz da família é como se não tivesse sido *fuissem quasi non essem*, como diz Job; o esposo tornou-se a fábula do povo; e a esposa, maculada sem mácula, aí fica infamada em si e na sua posteridade, por todos os séculos dos séculos! O cidadão probo e laborioso, se cuida que a honradez de sua vida o há-de escoar dos tiros da calúnia, engana-se."

"Aqui está o exemplo palpitante da atualidade. O Dr. Anselmo Sanches alcançou o quadragésimo ano de sua existência, sem que o ódio ou a inveja lho denegrisse com a baba pestilente da aleivosia. Todas as famílias se honraram de o terem na sua confiança. Em todas as casas honestas ele tem tido acesso como amigo, como irmão e como brasão das virtudes familiares em que ele é conselheiro, e baluarte, sem rebuço o digo, e baluarte — perdoai-me a modéstia do meu honrosíssimo cliente —, hei-de chamar-

> lhe sem lisonja baluarte, paládio[48] *sancta sanctorum*[49], das virtudes das famílias suas relacionadas. Pois ei-lo aqui pedindo às leis que o justifiquem perante o mundo e impondo ao fel cuspido por infamadora boca que volte ao negro peito donde saiu!..."

Esqueceu-me o restante do discurso, que não precisava deter-se mais para ganhar o bom êxito. Os espectadores, os escrivães, o juiz, os esbirros, as testemunhas de acusação, todos estavam comovidos, quando o meu advogado tomou a palavra e disse que eu escrevera um romance sem intenção de ofender designadamente pessoa nenhuma. Anselmo Sanches é um nome — argumentava o causídico — que eu inventara, sem talvez saber que ele já estivesse inventado, e tanto assim era que o seu cliente ficara pasmado de se ver citado aos tribunais para responder pelos involuntários devaneios da sua imaginação opulenta e já provada noutros muitos contos de que ninguém se queixara.

Isto fez sensação.

O doutor pediu licença para dizer que, se era verdade eu não o querer ofender, declarasse que todas as alusões, julgadas pela opinião pública em descrédito dele autor, eram um mero composto de fantasia.

O juiz voltou-se para mim e disse:

— Declara, pois, o Sr. Silvestre da Silva que é romance o seu artigo?

— Nada, não declaro.

— Como?! — tornou o juiz.

— O meu Anselmo Sanches é aquele — redargui apontando a grão-besta.

Este gesto, se fosse visto por gente fina, devia de produzir a comoção que faz nos espectadores o "Ninguém!" de D. João de Portugal[50] apontando o seu retrato na tragédia de Garrett.

— Pois o Sr. Silvestre insiste em caluniar o cavalheiro que generosamente lhe perdoa?!

— Rejeito o perdão de quem o deve pedir a Deus, e à sociedade, e ao seu amigo que atraiçoou, à mulher do seu amigo que cobriu de ignomínia, à pupila do seu amigo, que debalde quer lavar nas lágrimas a nódoa eterna.

— Mas que testemunhas dá o senhor da verdade das suas acusações?

— Três — respondi.

— Quais?! Do processo não consta alguma, nem o senhor aduziu alguma em sua defesa.

— As minhas testemunhas depõem em silêncio.

— Isso é absurdo.

— Pois, Sr. Dr. Juiz, creia Vossa Senhoria no absurdo, como Tertuliano[51]: "*Quod absurdum, credo*"[52].

— Não tenho que ver com Tertuliano; provas da arguição é do que a lei conhece aqui. Quem são as três testemunhas?

— É um marido que está prostrado de vergonha e de aflição num leito. É a mulher deste marido, que está doida. É uma órfã, recolhida nas Ursulinas de Braga, que está... prostituída. São estas as três testemunhas.

Anselmo Sanches pôs os olhos no teto e exclamou:

— Ó céus!

— É a repetição da calúnia, que o Sr. Silvestre nos está dando? — interpelou o juiz.

O juiz recolheu-se ao santuário da sua consciência. Reinou profundo sossego de meia hora, finda a qual ou autos passaram à mão do escrivão, que leu a sentença.

Fui condenado em cinquenta mil-réis de multa, três meses de prisão e custas do processo.

Bati, como Galileu, o chão com o pé e disse: "Seja como for, o Sr. Sanches é um infame".

Paguei a multa e custas e remi o tempo de prisão a dinheiro.

Anselmo Sanches recebeu os emboras dos seus numerosos amigos.

A mim deram-me o epíteto de caluniador convicto. Os jornais acharam cordata a sentença e lamentaram que as aberrações do bom senso comprometessem a imprensa em semelhantes derrotas, desprestigiando-a e armando contra ela os inimigos.

Olhei em derredor de mim, procurando amigos que me roborassem a consciência da minha justiça, esmagada a coices de seus sacerdotes. Fugiam das minhas declamações os que me haviam excitado a verberar o doutor.

Tive então nojo mortal da sociedade e de mim, que Deus fizera dum barro menos vil, mas amassado no fel e vinagre do que se chama força de alma e desprezo do martírio.

Entendi que devia corrigir a obra do Criador. A minha primeira operação de reforma foi renunciar para sempre às manifestações da inteligência, e jurei comigo de nunca mais dar na estampa escrito que não abonasse uma conscienciosa parvoíce, talismã de tantos que aí correm, e à conta dos quais muitos meus colegas na imprensa se afortunaram e benquistaram com o mundo.

Acabou, pois, aqui, a minha vida intelectual.

Nem já coração, nem cabeça. Principia agora o meu auspicioso reinado do estômago.

Nota

O autor remata aqui o período da sua vida de escritor, omitindo fases importantes e subsídios preciosos para a história literária das províncias do Norte. Em romance dispensam-se bem certas miudezas, que não deleitam, nem fazem chorar nem rir; é porém minha opinião que as menores coisas, na vida dum homem extremado do vulgo, são fatos significativos.

Silvestre estudou conscienciosamente o viver íntimo da cidade heroica e enfeixou as suas observações sob o título *O mundo patarata*[53], que, no seu modo de sentir, era sinônimo de *mundo elegante*.

No vigésimo oitavo caderno dos seus manuscritos li as seguintes páginas, que merecem entrar no templo da imortal memória com seu autor:

Se o mundo elegante no Porto será o mundo patarata de toda a parte?

O mundo elegante é a sociedade polida, lustrada, envernizada no corpo e no pensamento, na ação e na palavra, na intenção e na obra.

Patarata quer dizer *ostentação vã*.

Elegância quer dizer *escolha*.

Poderão as duas coisas emparceirar-se num mesmo indivíduo, numa mesma classe?

É onde bate o ponto.

Demonstrado que ostentação vã é a máxima pataratice, o mundo elegante geme sob a pressão racionalíssima da lógica.

Por outro lado, evidenciada a urgência da patarata na vida real, como as visualidades na ilusão teatral, a pataratice é incremento da civilização.

É o luxo o estímulo das artes e da circulação do numerário – dizem os economistas infalíveis. A pataratice é a arte amestrada pelo aguilhão do luxo. Ora, se o mundo elegante é o consumidor das espécies, que constituem o luxo, e o fomentador da prosperidade das artes, segue-se que o mundo elegante é o mundo patarata.

Crê nisto toda a pessoa que já ouviu dizer que há uma coisa chamada lógica pela qual se prova que o mundo cabe num cesto, se o cesto for maior que o mundo.

A *elegância* também é sinónimo de beleza.

A sociedade elegante não pode ser substancial e formalmente a sociedade bela.

A tomarmo-la assim, fumigaríamos com incenso derrancado olfatos modestos que espirrariam contra a lisonja.

A lisonja é a assa-fétida[54] das boas almas, das almas escolhidas, ou elegantes.

Na sociedade escolhida há pessoas que têm a consciência de serem feias.

Aí se compreendem todas as caras possíveis desde a malaia até à georgiana.

Todas as inteligências imagináveis.

Todas as progênies admissíveis na ordem da propagação.

Todas as virtudes, ainda as mais hipotéticas.

Há uma sociedade que não tem obrigação de ser outra coisa, logo que é *elegante*.

A sua missão é andar à tona do mar revolto da vida como as alforrecas.

O pássaro é um animal volátil, o peixe é um animal nadador, o réptil é um animal rasteiro, o *elegante* é um animal... elegante.

Diz A. Karr que Deus fizera a *fêmea* e o homem fizera a *mulher*.

Ora, a mulher não se limitou a fazer do *macho* um *homem*: fez uma brochura dependente do engenho do encadernador.

O espírito subiu da glândula pineal para o frisado; o entendimento desceu a reluzir no polimento das botas; o coração entumecido enfunou os bofes[55] da camisa; as aspirações grandiosas acolchetaram-se à abotoadura dos diamantes; os apertos de alma atribulada passaram para o atesamento[56] da luva.

A alma, conquanto seja um ser imponderável, veste tafetás e lemistes, calça verniz, enluva-se de pelica, bamboa-se em coxins; e, se exercita algumas operações intelectuais e filosóficas, é quando se mete no estômago, como Diógenes na cuba.

Do mundo elegante são excluídas as pessoas de todos os sexos possíveis as quais não provarem que despendem como se tivessem para mais de doze mil cruzados de renda.

Se os têm ou não, essa averiguação incumbe aos lançadores da décima, impostos anexos e quinto para a amortização das notas.

Cá, o essencial e condicional é parecer que os tem; porquanto:

A benigna lei econômica da circulação monetária aceita como

fatos legitimamente consumados todos os fatos do dinheiro;

Porque a modista, o alfaiate, sapateiro, luveiro, boleeiro, camaroteiro, e os demais satélites do orbe elegante, são entes de índole tão sincera, que nem por pensamento suspeitam da má natureza dos mananciais donde a moeda deriva pelos meandros da sociedade escolhida.

Como quer que seja, a sociedade honesta não fica desairada encasando-se no mundo elegante. A pataratice de alguns *raios* postiços da boa *roda* não tem que ver com o eixo – a parte sã e legitimamente escolhida da *alta sociedade*.

O mundo elegante, na segunda cidade de Portugal, denota civilização muito adiantada.

Aqui é tudo asiático, menos o espírito que se ala quase nada às idealizações do Oriente.

Regalias materiais, fausto, cortesania, gentileza, puritanismo de raça, bizarria, donaire, feitiço de gestos e maneiras, é um pasmar o que por aí vai disso!

Não se explica a celeridade com que as camadas se desbastaram nestes últimos vinte anos. A que estava então no topo da jerarquia social ficou fazendo as mesuras solenes das velhas açafatas, por se não mesclar com o gracioso despejo da sociedade média. Esta, porém, com toda a pujança de um sangue novo, surgiu de salto, feita, e composta, como se o bom-tom lhe fosse herança de séculos.

É pasmoso!

As damas portuenses são muito mais iluminadas que os homens portuenses.

Entra-se num salão e admira-se o desembaraço das senhoras e o encolhimento canhestro dos galãs. O mais audaz encosta-se ao batente da porta e não ousa transpor o limiar sem que a rebecada do coro, núncia da primeira contradança, autorize a entrada em gorgolões[57], como a dos rapazes pela escola dentro.

Este acabamento, porém, é de bom agouro.

Homens de talento e espírito são os que mais se acovardam diante de senhoras. No Porto há muito talento e espírito por força.

Os patetas, os lorpas, os atiradiços, são por via de regra os mais festeiros e festejados na sociedade, umas vezes com a cristã virtude da indulgência, outras com o riso zombeteiro da ironia.

Há por cá de tudo, Deus louvado!

E bom é que haja para que os tédios da uniformidade não volvam o mundo elegante às fórmulas dorminhocas da sociedade velha, em que o casquilho[58] tomava a quinta chávena de chá, a pedido da dona da casa, e torcia um tendão a dançar o minuete, enquanto a menina fazia tossir ao cravo notas roufenhas, com grande aplauso e grandes abrimentos de boca, de seis velhas entendidas em cravo. Etc.

Não é menos valioso elemento, para quem se der a escrever a filosofia do Porto, um artigo de Silvestre, que trasladamos dum jornal coevo. Dedica ele o seu escrito.

ÀS PESSOAS MELANCÓLICAS

Eureka!

Arquimedes[59]

Pela primeira vez, em minha vida, sinto a legítima vaidade de ser útil à humanidade padecente.

Por imprevisto acaso, entrei no grêmio dos "humanitários", como agora se diz.

Oferece-se mais uma cabeça às bênçãos da humanidade por entre as cabeças do Hollowe[60] dos unguentos, do inventor da Revalenta[61], do inspirado manipulador da pílula de família, do mirífico engenho que espremeu do fígado do bacalhau o óleo restaurador dos pulmões.

Declaro desde já que não inventei o remédio para a epizootia, nem os pós inseticidas, nem a cura do mormo real.

Os meus estudos patológicos atuam todos sobre a raça humana, posto que as enfermidades do gado vacum e suíno chamem de preferência a atenção do homem, animal carnívoro, que come o boi, porque o boi se não emancipou ainda e está dois séculos mais atrasado que o jumento, cuja emancipação é hoje indisputável.

De passagem direi que me espanta e indigna o desvelo que os governos empregam no exame das moléstias, que dizimam os animais prestantes para a cozinha.

É uma questão de estômago e não há aí questão de estômago que não avulte as proporções de uma questão nacional.

Se acontece grassar uma febre que devora centenares de pessoas, os conselhos de saúde descuram de averiguar os sintomas do andaço, não delegam visitadores às farmácias homicidas de província, nem alvitram os melhoramentos higiênicos de que depende a salubridade pública.

Adoece, porém, o boi, e para logo surgem os Hipócrates[62] bovinos escrevendo aforismos e as corporações medicatrizes instauram congressos de sanidade e destacam membros científicos a vencerem tanto por dia.

Não se cura tão pressurosamente de valer ao homem, porque o homem não é comestível. Pois indivíduos há que comem o boi, e são por isso mais antropófagos que se comessem o homem.

Fecha-se a digressão impertinente.

No que eu trazia há muito empenhadas as minhas vigílias era no descobrimento dum antídoto contra a melancolia.

A medicina conhece uma doença moral chamada "hipocondria". Os sintomas desta enfermidade são as desordens digestivas, as flatulências, os espasmos, a exaltação da sensibilidade, os terrores pânicos, a impermanência dos sentimentos morais etc. Os indivíduos mais inteligentes e mais imaginativos, quando irritados pelas paixões, ou fatigados pelo trabalho de espírito, são mais sujeitos a estes sucessos incuráveis, quando as influências morais os não curam.

Não era esta enfermidade, de origem corpórea, a que me preocupava. A melancolia, sem flatulências nem perturbações estomacais, a que tanto ataca os inteligentes como os idiotas, era esse o meu fito.

Horas e dias terríveis passam por nós como períodos negros da existência.

Cai-nos a fronte para o seio, onde o coração nos dói premido por mão de ferro. Não há lembrança feliz que possa estrelar-nos o caos da imaginação: não há raio de sol que faça abrir flor de esperança em nossa alma arada pelo desconforto.

Esta situação é comum a muitas pessoas: só não a conhecem aquelas que travaram aliança ofensiva e defensiva com a estúpida alegria, contra as intermitências dolorosas do espírito.

O amador ditoso tem horas de melancolia terna: essas são as melhores da sua vida. Ai dele quando o murmúrio do regato, e a cruz do ermo, e a Lua espelhada nas águas, lhe não umedecer os olhos de dulcíssimas lágrimas!

O amante infeliz tem sezões aflitivas que o excruciam e desesperam. Para esses dois, tão diferentes no padecer, há uma só panaceia: é o coração da mulher, essa divina botica de todos os bálsamos para todas as feridas, abertas na refrega das paixões nobres.

Mas, afora a melancolia do amor, há uma outra sem causa, sem preexistência dolorosa, sem antecedentes que possam indicar ao médico da alma os meios terapêuticos.

Sentem-na aqueles mesmos que a fortuna acaricia com todos os mimos deste mundo.

É a que mata os ricaços da Grã-Bretanha e a que tortura os ricos ociosos de todas as nações, onde há Sol e Lua, onde o céu é azul e a atmosfera diáfana.

Não é costume nosso matarmo-nos quando o aborrecimento da vida nos enoja.

Em país algum seria maior a estatística dos suicídios do que em Portugal, se o tédio nos vencesse.

E no Porto?

Deus nos livre disso!

O vestíbulo do teatro lírico seria em cada noite um cemitério; nos bailes, a cada instante, se ouviria a detonação dum tiro;

as senhoras levariam cristais de ácido prússico para se matarem ao cabo da tediosa parolice do par dançante; do Jardim de S. Lázaro, aos domingos, iria o pároco levantar algumas dezenas de cadáveres; os próprios templos onde há organistas seriam borrifados de sangue suicida.

Aqui no teatro não se morre de tédio; mas abre-se a boca e buzina-se um vagido sonolento.

No baile ninguém se mata; mas devoram-se gelados para apagar o vulcão da ideia suicida, ou abarrota-se o estômago de sanduíches para que a alma bruta predomine sobre a outra, ou tresfega-se a garrafeira do dono da casa para alucinar e entreter o espírito, como coisa exótica, do ar artificial de uma estufa.

Mas estes remédios não passam de paliativos. A reação, depois, é pior. Falecida a vida de empréstimo, o espírito fica letárgico, marasmado e até inábil para exercer as funções da presidência de uma câmara municipal.

Depois do artigo de fundo, a coisa que mais brutaliza a alma é a melancolia.

O poeta, que vos encampa as suas amarguras em redondilha maior, escreveu as trovas, com ânimo folgado, no intervalo de duas orgias.

A melancolia é sorna e estéril. Camões escreveu a sua epopeia nos dias da esperança.

Quando a tristeza desanimadora o entrou, já não pôde escrever para o fidalgo, que lha pedia, uma paráfrase dos salmos.

Uma inteligência em quietismo não danifica os interesses materiais dum país, e até certo ponto pode considerar-se providencial o pousio; mas um cidadão analfabeto, embrutecido pela melancolia, se a sua qualidade civil é importante como deve ser, pode prejudicar gravemente os interesses da cidade.

Ainda bem que a melancolia raro se atreve a perturbar o funcionalismo intelectivo de certas cabeças, cuja organização é maravilha. Daí provém a traça metódica e auspiciosa com que o homem supinamente ignorante regula os seus negócios. Há nessa cabeça a perene claridade dum fundo de garrafa de cristal. As ideias impendem-lhe congeladas da abóbada craniana como as estalactites duma caverna. Dessa imobilidade imperturbável de cérebro resulta a fixidez da mira posta num alvo, a pertinácia das empresas e o conseguimento dos bons efeitos.

Ainda não vi tão cabal e logicamente explicado o fortunoso êxito de algumas riquezas granjeadas pela inépcia.

Não obstante, o número dos bastardos da fortuna é muito maior. O leitor é decerto um dos que tem em cada dia uma hora de enojo, de quebranto, de melancolia, de concentração dolorosa, de desapego à vida, de misantropia e de diálogo terrível com o fantasma da aniquilação.

É para esse que eu vim, à hora decretada pela providência dos descobrimentos, com o coração a trasbordar de filantrópico júbilo, anunciar o antídoto contra a melancolia.

Bem pudera eu, à imitação de famigerados varões, apresentar, como de engenho meu, o invento da receita, que um obscuro químico deixou como legado de penosas lucubrações. Quem ele fosse não posso eu dizê-lo, porque o modesto inventor julgou-se um átomo da humanidade e, doando-lhe o seu óbolo de talento, não quis glorificar-se de um tesouro que não era mais que transitório depósito em suas mãos.

Eis aqui a receita:

Junco cheiroso – onça e meia.
Íris-de-florença – uma onça.
Pau sândalo ⎱ onça e meia.
Pau de roseira ⎰
Casca de laranja e limão – onça e meia.
Cravo-da-índia – uma oitava.
Vinagre rosado – quatro onças.

Estes ingredientes lançam-se numa vasilha, que se coloca ao fogo. A pessoa melancólica aspira-lhe o perfume por alguns segundos. A primeira sensação é deliciosa para o olfato. Segue-se um geral sentimento de bem-estar físico, de desopressão cerebral, de transporte e contentamento de espírito.

Resta fazer uma reflexão toda pessoal que intende com o desinteresse do signatário do artigo. Não vão pensar que se tem de olho uma daquelas medalhas com que a Real Sociedade Humanitária galardoa os que socorrem o próximo em aflição. Por enquanto o instituto desta munificentíssima sociedade não premeia os socorros prestados à alma: a caridade destes bons tempos de máxima ilustração verte os seus bálsamos somente sobre o corpo. Quando, porém, retrogradarmos ao ponto de se considerarem beneméritos da Real Sociedade Humanitária os propagadores de receitas contra a melancolia, hipocondria e outras enfermidades espirituais, então, não só as medalhas humanitárias, mas até os hábitos de Cristo que a munificência régia dá aos pianistas virão galardoar os obreiros do espírito que se dedicam a melhorar a alma do seu semelhante.

PARTE III

Estômago

DE COMO ME CASEI

I

Procurei o refúgio dos penates, o lar em que derivaram bem-aventuradas as gerações dos meus passados. Saboreei-me nas delícias do repouso, posto que em volta de mim só visse as imagens da numerosa família que descansava no pavimento da pequenina igreja. Lá estavam todos, como operários, que findaram sua jeira e, ao entardecer, encostaram a face ao pedestal da cruz e adormeceram.

Meditei no suave viver de meus pais e comparei-o às dores, umas lastimáveis e outras ridículas, que me tinham delido o coração, e desconcertado o aparelho de pensamento. Viver segundo a razão, alvitre que os filósofos pregam, é bom de dizer-se e desejar-se; mas enquanto os filósofos não derem uma razão a cada homem, e essa razão igual à de todos os homens, o apostolado é de todo inútil.

Melhor avisados andam os moralistas religiosos, subordinando a humanidade aos ditames de uma mesma fé; todavia —

e sem menoscabo dos preceitos evangélicos que altamente venero –, parece-me que o homem, sincero crente, e devotado cristão, no meio destes mouros, que vivem à luz do século, e meneiam os negócios temporais a seu sabor, tal homem, se pedir a seu bom juízo religioso a norma dos deveres a respeitar, e dos direitos a reclamar, ganha créditos de parvo, e morre sequestrado dos prazeres da vida, se quiser poupar-se ao desgosto de ser apupado, procurando-os.

Como sabem, eu nunca andei em boas avenças com a religião de meus pais; e por isso me abstenho de lhes imputar a responsabilidade das minhas quedas, seja dos pináculos aéreos onde o coração me alçou, seja do raso da razão, onde as quedas, bem que baixas, são mais ignominiosas. Eu comparo o cair das alturas do coração à queda que se dá dum garboso cavalo: quem nos vê cair pode ser que nos deplore; mas decerto nos não acha ridículos. Ora, o cair da baixeza dos cálculos racionais é coisa que faz riso aos outros, e por isso muito comparável ao tombo que damos dum ignóbil burro. O cavalo despenha-nos e, com as crinas eriçadas, resfolga e arqueia-se com gentis corcovos. O burro, depois que nos sacode pelas orelhas, não é raro escoicear-nos. É o mesmo, se a comparação vos quadra, nas quedas do amor e nas quedas do raciocínio. Das primeiras erguemo-nos sacudindo as folhas secas de umas ilusões, enquanto outros gomos vêm já desabrolhando na alma para mais tarde reflorirem. Das segundas não há senão lama a sacudir e muita pisadura a curar com o bálsamo do tempo e duma vida brutalmente desapegada de tudo que ultrapassa o momento da sensação.

A este viver assim de convalescença é que eu, por não sei que simpatia com a víscera essencial das nobilíssimas funções animais e espirituais, denominei o estômago.

Não cuidem, porém, que eu hei-de consumir o restante da minha individualidade em comer. Há faculdades que não se obliteram imolando-as a uma única manifestação da vida orgânica: o mais que pode fazer o espírito é impulsioná-las, concentrá-las e convergi-las todas para um ponto. De maneira que todas as minhas faculdades de ora em diante em volta do estômago se movem, o estômago as rege, e não há-de alguma ideia preocupar-me sem sair elaborada nas mesmas cinco horas que os fisiologistas assinam às funções digestivas.

II

Logo que me aposentei para largo tempo na minha casa, curei de remover e prevenir todos os empeços ao sossego das minhas digestões.

Quando esta providência falta, nenhum cálculo vinga. Nenhuma semente vos desabrocha bem prosperada, se descurais o amanho da terra. Antes sair com as mãos feridas do arroteamento de carrascais[1] e silvedos que ver abafados os renovos entre o mato. Notem já que a minha linguagem vai adquirindo um corpo e cor e uma certa consistência que não tinha. Os entendidos hão-de achar que esta gravidade sentenciosa só pode dá-la uma inteligência algum tanto espalmada pela pressão do estômago. E assim é que se explicam os adiposos bacamartes do frade, cujo intelecto se nutria e inflava nas roscas do cachaço, pedestal digno daquelas grandes e repletas cabeças. A ciência do frade, pois, era a ciência das funções alimentícias. Todo o estômago, bem regulado, produz um gênio.

Convinha-me, pois, vassourar da minha testada uma influência odiosa: era o regedor da freguesia que nunca me havia perdoado os artigos em que lhe excruciei a estúpida ferocidade contra recrutas. A segunda vítima, destinada ao sacrifício da minha pachorrenta paz, era o vigário.

Enquanto ao regedor, as dificuldades deviam ser enormes, visto que todos os governos tinham achado nele um galopim[2], que vingava trezentos e vinte sufrágios.

Era preciso contaminar-lhe os créditos com a broca da retórica. Acerquei-me de três lavradores influentes da freguesia, expus-lhes a decadência do país e a inevitável perda da independência nacional, se continuássemos a dar o nosso voto irracionalmente a deputados da confiança do regedor.

Dei em minha casa preleções de direito constitucional a estes e outros lavradores levados pelos primeiros. Feri faíscas naquelas cabeças tapadas como pedreiras de mármore negro, e posso afoitamente asseverar que nunca a eloquência fez maiores milagres. Falei-lhes em nome do estômago, como Menênio Agripa[3], no monte sagrado, aos romanos fugidiços de Roma. Compreenderam o apólogo melhor que eu mesmo, e pediam-me com entusiasmo a repetição da história. O meu fito, remedando o meu ilustre predecessor no doutrinamento da plebe, mirava a convencê-la de que o regedor da freguesia era o cancro do estômago social. Fato admirável do instinto! Quando eu disse isto, levaram todos a mão à barriga. E assim se prova que o órgão mais sensível à eloquência é ela, e que a humanidade sofredora é um estômago desconcertado, e bem assim se prova que todos os regedores facciosos podem ser banidos da confiança popular mediante o argumento do cancro, que eu ofereço a todas as oposições.

Acertou de estar próxima a luta eleitoral. O regedor bateu às portas dos eleitores com o macete das listas, e encontrou em cada lavrador um doutrinário, um cidadão que falava da liberdade do sufrágio com muito menos parvoiçadas que a maior parte dos jornalistas. Enraivecido contra as minhas sugestões, o funcionário oficiou ao governador civil pedindo-lhe autorização para me prender. O governador civil deu a ordem pedida, mandando ao secretário que a lavrasse, e citou a lei do código eleitoral que me aplicava a captura. Ora, como quer que o secretário folheasse o código e não encontrasse o artigo, a autoridade superior do distrito oficiou ao regedor lamentando com ele a impossibilidade da minha prisão.

Seguiu-se perder o governo as eleições e o regedor adoeceu de maleitas.

Passados meses, caiu o Ministério, caíram as autoridades, e eu fui nomeado regedor.

Eis aqui o meu primeiro pulo na carreira política.

O meu velho inimigo, quando recebeu o ofício da demissão, tremia como Marino Faliero[4] ouvindo as fatais baladas de S.

Marcos. Um meu criado – para nada faltar à comparação com o desastre do infausto doge – foi ao campanário da igreja e repenicou o sino. Ao mesmo tempo, o meu vizinho Joaquim do Quinchoso atirou aos astros dois foguetes de lágrimas, que tinha sisado ao mordomo da festa do orago[5]. Na aldeia próxima saiu à rua o tio Manuel da Bouça com o lombo, e o meu compadre João da Fonte, que fora músico das milícias de Mirandela, acordou os ecos das serras com o seu trompão.

O ex-regedor, escorrendo o suor glacial da morte, ergueu-se sobre os joelhos no seu catre, inteiriçou os braços descarnados; e, quando ia morrer nos braços do vigário, comeu uma perna de galinha, e salvou-se.

Mais um argumento da capacidade do estômago para afogar em si as decepções da política!

Como a câmara eletiva fosse dissolvida, decretou o Poder Executivo novas eleições. Deram-se contra mim os pés o vigário e o ex-regedor. A influência do primeiro era temível. Para contrariar-lha nas vésperas do sufrágio, industriei o meu fiel criado a prender a consciência política do padre com o cabresto do garrano[6] do mesmo. O leitor acha dura de entender esta metáfora. Foi assim: o meu criado entrou numa bouça, onde pastava o garrano; tirou-o para o monte; desceu com ele a garganta de duas montanhas, e foi prendê-lo num recôncavo de matagal onde o vigário só pudesse encontrá-lo com tardias informações dalgum pastor desgarrado por aquelas brenhas. Cumpre, porém, dizer, em pró da minha equidade, que o garrano, indigno de ser castigado com o amo, recebia todas as noites porção de feno e bebia do arroio límpido que lhe banhava os pés.

O vigário, azoado com a perda, e tolhido de ir arengar aos paroquianos das aldeias vizinhas, sentiu-se baldo de entusiasmo e patriotismo e deixou o seu correligionário em campo.

Venci as eleições por espantosa maioria. Disse-o o sino a reboar por aquelas quebradas; disseram-no as violas e zabumbas de sete aldeias: o ar incendiou-se de foguetes de três estalos, e eu fiz subir às nuvens um balão, feito de jornais em que eu fora redator.

O garrano voltou, nesse mesmo dia, à porta do vigário, que o estreitou ao peito em fervoroso amplexo e exclamou:

— Fizeste-me perder a eleição; mas para outra vez a ganharemos! Vem, filho pródigo!

III

Dois meses depois recebi o hábito de Cristo, solicitado pelo governador civil.

Seguiu-se a romaria de S. João, e eu levei o hábito. O ex-regedor, quando me viu a cruz e a fitinha escarlate, estava encostado a uma pipa bebendo o seu quartilho e discorrendo acerca do real-d'água[7] e quinto[8] para a amortização das notas, que ele chamava uma ladroeira. De repente, dá de cara comigo. Cai-lhe da mão convulsa o copo, encosta a fronte pálida ao ombro da taverneira, que tinha boas espáduas para suportar aquela esfera de granito, e ia desmaiar, quando, ao chegarem-lhe aos beiços uma caneca de água, ele disse que o mais acertado era chegarem-lhe vinho. E, bebendo, recobrou-se de cores, ganhou o aprumo e, para disfarce, deu um piparote no nariz da moça.

Deixá-lo lá com as suas foscas[9], o infeliz! Come-lhe as entranhas o rancor político. Um dia virá em que ele, descoroçoado de apanhar a regedoria, veja a pátria pelos olhos de Bruto[10] e, com *b* pequeno, se deixe morrer duma fartadela de rojões de porco, sem alguma esperança de renome entre as vítimas do patriotismo. Não!, pobre tolo que tinhas em ti uma alma tal e qual, *ceteris paribus*[11], como a dos grandes estadistas, que se hão-de rir de tuas agonias: não, meu êmulo desditoso, a posteridade falará de ti, as gerações provindouras lerão nesta página, mais durável que o bronze das estátuas, o teu infortúnio e a minha generosidade. *Vae perennius victis*[12]*!*

O hábito de Cristo foi causa a episódios não despiciendos nestas memórias.

No arraial de S. João andava o sargento-mor de Soutelo com sua filha única, Tomásia.

Tomásia era mulher de carne e osso mais que o ordinário. Vestia de amazona: mas ficava um pouco aquém dos limites da elegância, porque era mais larga na cintura que nos ombros – visível defeito do vestido. Tinha uns longes de cara admiráveis: figurava-se-me uma flor de magnólia entre duas rocas de cerejas.

O sargento-mor, que também era cavaleiro de Cristo, desde 1812, pensava desde muito casar Tomásia com cavaleiro da mesma ordem. Conhecia-me ele de nome e formava de mim opinião desvantajosa: não assim a moça que me tinha visto anos antes, numa festa de Endoenças, e gostara de me ver com a opa verde de irmão das almas, funcionando nas cerimónias da igreja.

A casa do sargento-mor rendia quinhentas medidas de centeio, meia pipa de azeite e vinte carros de castanha; sustentava três juntas de bois e quatro irmãos padres.

O leitor ignora, talvez, a jerarquia dum sargento-mor. Pensa que é uma patente destas que enchem a cobiça do coração de uma costureira ou criada de sala, a quem o sargento oferece sua alma e oito vinténs diários de pré?

O sargento-mor das antigas milícias era um potentado, imediato na jerarquia ao capitão-mor, com quem por igual se repartiam os lombos e os respeitos sociais. O baque da monarquia absoluta, esmagando com os privilégios o acatamento que os privilegiados incutiam, respeitou o sargento-mor de Soutelo. Os povos reverenciavam-no no teor antigo e testemunhavam seu acatamento presenteando-o com os lombos dos cevados, tal e qual como nas ominosas eras em que o sargento e o capitão-mores representavam, no aparelho gástrico do absolutismo, um dos intestinos mais importantes – o reto, se quiserem.

Tomásia era uma rapariga desempenada e com olhares derretidos. De entendimento era escura, como quem não sabia ler, nem tivera, alguma hora, desgosto de sua ignorância. Tinha vinte e seis anos e nunca estivera doente. Nunca tomara chá nem café. Almoçava caldo de ovos com talhadas de chouriço[13]. O sol, ao nascer, nunca a surpreendeu em jejum. Trabalhava de portas adentro com as criadas: fazia as barrelas[14], fabricava o pão, administrava a salgadeira e vendia os cereais e as castanhas. Regularmente calçava soquinhas[15] debruadas de escarlate e sarapintadas de verde. As meias eram de lã ou algodão azuis; mas não usava ligas, de jeito que as meias caíam em refegos à roda do tornozelo – o que não era feio. Nas romarias, calçava sapato de fitas e trazia chapéu desabado com plumas brancas. Os pulsos eram duma cana só, como lá dizem para exprimirem a força. Cada palma de mão parecia uma lixa; e elogiar-lhe o cuidado das unhas seria adulação indigna da minha sinceridade. Dentes nunca os vi mais ricos de esmalte. Limpava-os com uma erva do monte, que lá chamam mentrasto; e as pomadas das suas opulentas tranças louras eram a água cristalina do tanque em que ela mergulhava a cabeça todas as manhãs. Sentava-se depois à sombra dum castanheiro, nos dias festivos, a pentear-se, e era belo vê-la então coberta de seus cabelos até à cintura, que moura mais linda a não sonharam poetas, em orvalhadas de S. João, alisando as madeixas com pente de ouro.

Assim foi que eu a vi quando cheguei à janela do quarto em que pernoitara na casa do sargento-mor, descendo eu duma feira onde fora de vender um macho e comprar bezerros para criação.

IV

O pai de Tomásia, erguida a toalha da mesa, onde almoçamos, às sete horas da manhã, sopa de ovos, salpicão, batatas ensopadas com toucinho e toucinho cozido com batatas, disse-me que sua filha estava casadeira e ele disposto a casá-la comigo, se eu quisesse. Antes que eu respondesse, inventariou os seus cabedais, o valor do patrimônio dos seus quatro irmãos padres, os quais estavam presentes e unanimemente disseram que tudo deixavam por escritura a sua sobrinha.

Pedi espera de alguns dias para responder; e a instâncias de todos, passei aquele dia em Soutelo.

Tomásia, que tinha almoçado na cozinha, segundo o seu costume, quando havia hóspedes em casa, apareceu-me, meia hora depois do almoço, perguntando-me se queria comer uma tigela de requeijão e beber um pichel[16] de vinho verde.

Gostei desta patriarcal franqueza e desci à cozinha, onde encontrei sobre a mesa do escabelo, adorno da lareira, uma tigela vermelha vidrada com requeijão e um pichel reluzente de estanho a trasbordar de espumoso vinho verde. Tomásia sentou-se do outro lado e comeu e bebeu como a filha de Labão com Jacob.

Conversamos nestes termos também patriarcais:

— Quantos anos tem a Sra. Tomásia? — perguntei.

— Vinte seis, feitos pela Santa Luzia.

— Muito bem empregados. Admiro que vossemecê não esteja ainda casada!

— Ainda não é tarde.

— Também digo: mas quem é tão bonita como a Sra. Tomásia onde quer acha um noivo.

— Sou sã e escorreita, Deus louvado. Se lhe pareço bonita, isso é dos seus olhos. Coma uma colher de requeijão, e beba, que o vinho está muito fresco.

— Está excelente, mas eu não posso mais.
— Então fraco homem é!
— Almocei contra o meu costume. Estou afeito a almoços leves de café ou chá.
— Credo! Vossemecê bebe chá por almoço?!
— Pois então!
— Ora essa! Cá em casa há chá, que o compra meu tio padre João, mas é para as dores de barriga. À minha boca nunca ele foi, em boa hora o diga!
— As comidas fortes dão-se bem com o seu estômago?
— Ora se dão! Nunca estive doente dois dias a fio.
— Costuma cear?
— Pudera não! Almoço, janto, merendo e ceio: é o costume cá de casa; e vossemecê?
— Eu começo agora, desde que vim para a aldeia, a comer melhor; mas não pude ainda habituar-me a cear.
— Pois quem não ceia, toda a noite rabeia: é ditado dos velhos. Então não come mais?
— Mais nada.
— Pois se quer vir daí até à casa da eira, eu vou lá ver o que fazem os moços. Isto de servos, se a gente lhe tira os olhos de cima, pegam a mandriar que não fazem nada. Quer vir?
— Com muito gosto.

Tomásia encheu um grande cabaz de fruta e uma cabaça de vinho.

— Levo isto aos moços — disse ela — porque eles, quando eu chego à sua beira, estão sempre a olhar-me para as mãos.

— Se quer, eu levo o cabaz e o vinho — disse eu.

— Não é preciso: eu posso bem com isto.

— Ao menos deixe-me levar uma das coisas.

— Então leve a cabaça, que pesa menos.

Caminhamos ombro a ombro para a casa da eira.

Tomásia parou muitas vezes a saudar os velhos e velhas que ia encontrando.

Os velhos diziam-lhe:

— Deus te guarde, flor.

E as velhas já de longe vinham dizendo:

— Aí vem o anjinho do céu, a mãe da pobreza.

E ela ia tirando do cabaz alguns punhados de fruta para dar às que não a tinham de sua casa.

Passamos no adro da igreja.

Em frente da porta principal, Tomásia depôs o cesto sobre o baixo muro do adro, fitou os olhos no santo, que tinha o seu nicho sobre a padieira da porta, fez curta oração, benzeu-se e tomou o cabaz.

Ao assomarmos ao beirado da eira, os criados, que andavam a limpar o centeio com pás e peneiras, redobraram de canseira.

— Assim que nos lobrigaram — disse Tomásia —, olhe como eles labutam! São uns calaceiros[17] daquela casta!

E, levantando a voz, disse:

— Venham à fruta, a ver se refrescam. O serviço que vocês todos seis têm feito fazia-o eu sozinha com uma perna às costas. Sempre estão umas rabaças[18], vocês!

Enquanto os criados comiam sofregamente as cerejas, as peras, os malápios e os gelemendes, Tomásia, ora com a pá, ora com a peneira, limpou uma rima de centeio, procurando a eminência mais ventilada da eira. O vento sacudia-lhe levemente a fímbria da saia de chita curta de grandes rofegos[19] na cintura. Como erguia os braços ao alto, as largas mangas da camisa arregaçavam até aos ombros, e os folhos alvíssimos do peitilho, soprados pela viração, descobriam-lhe o seio, até onde o vento pode descobrir sem desairar o pudor.

Pareceu-me bonita assim, muito mais que vestida de amazona, calçada de duraque, e emplumada, qual a vi na romagem do S. João.

Voltaram os servos para o trabalho, e Tomásia veio sentar-se ao pé de mim debaixo dum coberto de colmo.

— Está fatigada? — disse-lhe eu.

— Agora estou! Vim para aqui fazer-lhe um migalho de companhia e depois torno lá. Hoje o pão há-de ficar nas tulhas, custe o que custar.

— E deixa-me sozinho aqui?!

— Vossemecê, em se aborrecendo, vá para a casa, que lá está o pai e os tios. Vá jogar a bisca com os padres, que eles gostam muito. Sempre são!... Eu, se tivesse filhos, padre, Deus me perdoe, que não havia de ser nenhum!

— Por quê? Tem zanga aos padres?

— Agora tenho; os padres são a imagem de Deus; mas não fazem nada numa casa; dizem a sua missa, vão aos enterros e às festas, mas coisa de botarem a mão a uma sachola[20] para tapar uma poça, ou cortar um agueiro, isso não é capaz! Olhe vossemecê ali em minha casa quatro padres duma assentada sem fazerem nada, a olharem uns pros outros e a lerem a gazeta de Lisboa... Eles aí vêm... é milagre saírem de casa a esta hora! Vêm cá pr'amor do Sr. Silvestre.

Chegaram os quatro clérigos, e um deles vinha com a *Nação* em punho, explicando aos outros um relanço difícil do artigo de fundo.

Fui consultado acerca da passagem obscura, e o meu parecer esclareceu as dúvidas. Tomásia, enquanto eu falava uma linguagem para ela inapercebida, estava com os olhos postos em mim. Os padres louvaram a minha esperteza, e o mais velho, oráculo dos outros, disse:

— Ora o senhor, com esse talento que Deus lhe deu, devia ser realista!... É uma ingratidão não defender a religião de nossos pais quem tanto deve à Providência.

Redargui que respeitava a religião de nossos pais e que a política era uma coisa incidental na vida das nações, de todo o ponto estranho à religião.

Discutimos mansamente uma hora.

Tomásia fatigou-se logo de nos ouvir e foi trabalhar.

V

À hora da sesta fui sentar-me num escuro souto de castanheiros e meditei.

Estava o estômago no mais ativo de sua quilificação. Havia uma insólita claridade no meu espírito. Nenhum devaneio dos que arrombam poetas em ermos e sombras me perturbava o cozimento das pingues substâncias em que abundara o jantar. As minhas meditações eram pachorrentas, terra a terra, sem enlevos que me deslocassem da felicidade do momento para me transportarem ao passado, onde estava a saudade, ou ao futuro donde me podia estar mentindo a esperança.

Que saudade, para além dos trinta anos, é uma enchente de lágrimas que desborda o peito daqueles mesmos que se não sentem viver no coração.

E a esperança é uma virgem de encantos doidos, a qual vos não deixa gozar os encantos doutra virgem que vos alinda os bens presentes.

E a meditar assim adormeci, reclinado sobre uma moita de malmequeres e boninas.

Quando acordei tinha sobre a face um lenço de linho, branco de neve.

Enxuguei o suor, relanceei em derredor os olhos e vi, a distância de cem passos, Tomásia, sentada à beira dum tanque, coberto de ramagens de parra, costurando e cantando a meia voz.

— Boas tardes, Sr. Silvestre! — disse ela, risonha. — Ande lá, que se regalou de dormir; e, se não sou eu, as moscas e os mosquitos chupavam-lhe o sangue.

— Muito obrigado, menina.

— *Menina!* — tornou ela. — Eu sou mulher, não sou menina.

Ergui-me e fui lavar a cara na bica do tanque. Tomásia tirou o seu avental de linho para eu me limpar. Sentei-me, depois, à sua beira, e vi que ela estava remendando uma camisa.

— Remenda o teu pano, e chegar-te-á ao ano; torna-o a remendar, e tornará a chegar — disse ela.

Estivemos silenciosos alguns segundos. Cortou Tomásia o silêncio, perguntando:

— Vai-se embora amanhã?

— Vou.

— Não gosta de estar conosco?

— Gosto; mas cada um de nós tem a sua casa.

— Isso é verdade... — disse ela, com a mão da agulha suspensa e os olhos fitos em qualquer coisa distante.

— É feliz, não é, Sra. Tomásia?

— Feliz é quem está no céu. Diz meu tio padre João que neste mundo ninguém é contente da sorte que tem.

— Que lhe falta a si? Não tem tudo o que deseja?

— Eu desejo pouco...

— Então que mais quer para ser feliz?

— Queria que o Sr. Silvestre se deixasse estar mais alguns dias por aqui; mas, se tem que fazer na sua casa, vá. Lembra-se quando estivemos, faz dez anos para a Semana Santa, nas Endoenças de Santo Amaro?

— Lembro.

— Pois olhe que nunca mais me esqueceu! Vossemecê lembra-se de me ver?

— Mal me recordo...

— Lá me parecia...

— Por quê? Tem razão para supor que eu não a devia lembrar?

— É um modo de dizer... Nem se lembra que eu lhe dei duas cavacas em casa do Sr. Vigário?

— Ah!, agora me lembro... que me deu duas cavacas a Madalena.

— Pois era eu que ia de Santa Maria Madalena na procissão do Enterro...

— Ora, se lembro... levava os cabelos louros com laços de fita, não levava?

— E vestido vermelho de cetim.

— Tal e qual. Que linda ia! Fiquei a pensar em si muitos dias...

— Mas esqueceu-se, e nem me conheceu agora. Uma rapariga em dez anos muda de cara; estou já velha...

— Não está sequer mudada, menina.

— E ele a dar-lhe!... não gosto que me chame *menina*. Chame-me Tomásia.

Neste momento chegou o sargento-mor e disse com muito afável gesto:

— Ó rapariga, olha que teus tios já lá estão perguntando se tu fugiste com o Sr. Silvestre.

— Estamos a tratar disso, meu pai; quer vossemecê fugir também conosco? – respondeu ela com muita graça e desembaraço.

— Pois vamos lá com Deus.

E o velho, aproximando-se mais, reparou na costura de Tomásia, e disse:

— Não tens vergonha de estar a remendar camisas diante deste senhor?

— Agora tenho! Pois isto é vergonha? Vergonha é trazê-las rotas. Ó Sr. Silvestre, ainda que eu seja confiada, diga-me: quem lhe arranja a sua roupa?

— A minha roupa está sempre desarranjada; quando se rompe, compro outra.

— É bom governo esse! — tornou ela —, assim é que há-de ir para diante a sua casa!... Se eu morasse mais perto de si, dizia-lhe que mandasse a roupa para cá... Ri-se? Talvez cuide que eu não sei engomar! Veja o colarinho da camisa de meu pai como está rijo!

— Pois o melhor de tudo — atalhou o velho — é que o Sr. Silvestre venha cá para casa de vez, e então lhe tratarás da roupa.

Tomásia compreendeu o figurado do dizer e pôs os olhos na costura.

Chegavam o padres, discutindo outro ponto do artigo de fundo da *Nação*, e caminhamos todos polemicando, até chegarmos a um campo marginal do rio, onde o sargento-mor tinha uma pequena casa com adega.

Entramos na adega, cuja frescura consolava. Pouco depois chegou uma rapariga com o cesto da merenda. Era uma travessa de barro vermelho cogulada de trutas fritas.

Tomásia foi a uma poça colher celgas e agriões, de que fez salada, depois de esfregar as mãos com areia da margem do rio.

Rodeamos uma dorna de fundo ao alto, sobre a qual se colocou a travessa das trutas e o alguidar da salada, donde nos servimos todos com garfos de ferro mui lustrosos.

Tomásia tirou uma truta para cima duma fatia de pão e sentou-se no socalco da pipa, donde tirava o vinho, que ressaltava espumando pelo batoque. Bebíamos todos do mesmo pichel de estanho; e o pichel, quando caía na mão dum padre, voltava vazio à torneira.

— Dão-me que fazer os tios!... — disse Tomásia a rir.

— Anda lá, rapariga — acudiu o padre João —, que tu também gostas de ver o fundo à caneca... Essas cores não se criam com água.

— Bebe, bebe, cachopa — disse o sargento-mor —, que o vinho é meia mantença.

Quando o pichel passou da minha mão à de Tomásia, reparei que ela assentou os lábios no rebordo molhado por onde eu tinha bebido. E, como visse que eu dera fé, corou.

Ao entardecer voltamos a casa.

VI

Depois de ceia, Tomásia saiu a uma varanda de cantaria que dominava dilatadas várzeas orladas de arvoredo.

Os padres, o sargento-mor e eu ficamos praticando em sistemas de governo e discutindo as vantagens da representação nacional sobre o alvitre dum só homem. Os ardores da polémica eram refrigerados com beijos no pichel, beijos longos, longos, e absorventes como beijos de amantes.

O sargento-mor, como já não entendesse as teorias absolutistas dos irmãos, nem as minhas de emancipação social, adormeceu encostado ao espaldar duma cadeira de couro.

A questão foi esmorecendo consoante as forças intelectuais iam convergindo para o lavor da digestão. A ceia tinha sido pouco menos chorumenta que o jantar. Afora duas galinhas, amarelas de gordas, com o seu préstito de salpicões, no centro da mesa, estava o alguidar do anho assado, que lourejava estirado sobre um vasto plano de arroz, atauxiado de rodelas de linguiça.

Três padres foram deitar-se, e o mais letrado dos quatro, padre João, disse-me se eu queria ir à varanda ver o rio prateado pela lua e as penumbras dos altos serros circumpostos à graciosa aldeia.

Quando passávamos para a varanda, parei, e pedi ao padre que parasse.

Estava Tomásia cantando uma toada popular, triste como todas as cantilenas populares do Minho e Trás-os-Montes. A melancolia não a dava a letra menos que a música. Dizia assim:

> Teus cabelos me prenderam,
> E teus olhos me mataram;
> Teus lindos pés me fugiram,
> Quando morta me deixaram.
> Entre as mãos frias de neve
> Um raminho me puseste;
> Levaste as rosas e os cravos,
> Deixaste murta e cipreste.

Entrei de surpresa na varanda e disse à maviosa cantora:

— Quem lhe ensinou essa letra tão triste e bonita?

— Ai! – exclamou ela –, não cuidei que estava aí... Estas cantigas eram as da menina de Chaves.

— Quem era a menina de Chaves?

O padre tomou à sua conta a resposta, e disse:

— Era a namorada dum meu condiscípulo no Seminário de Braga, que morreu de amores por ele no Convento de Sant'Ana, e ele também morreu por ela. Eram ambos de Chaves. Eu fiquei com o papelinho em que a coitada escreveu as coplas que minha sobrinha canta a chorar.

— E está a chorar! — disse eu, vendo-lhe nos olhos espelhado um raio da lua.

— Não que eu — disse Tomásia entre risonha e lagrimosa — tenho uma pena da criatura!...

— Dela somente? — interrompi.

— E dele, que lá foi procurá-la ao outro mundo.

"As lágrimas desta mulher que nome têm se não são a sublime poesia da ternura, que eu ainda agora encontro pela primeira vez!...", disse eu entre mim, de modo que o estômago me não ouvisse. E as cinzas, que foram coração, estremeceram levemente.

VII

Ao amanhecer do dia seguinte ouvi a voz do sargento-mor, que passeava no pomar contíguo à casa.

Desci ao pomar e perguntei-lhe se tinha resolvido seriamente dar-me sua filha.

O velho encostou o queixo às mãos, que assentavam sobre uma bengala alta de cana encastoada em marfim, e disse:

— Eu tenho uma só palavra: sou o sargento-mor de Soutelo, cavaleiro professo na Ordem de Cristo desde 1812 e cavaleiro da Ordem da Verdade, filha de Cristo, desde que me conheço. Dou-lhe minha filha, com a condição de que o Sr. Silvestre há-de viver comigo, enquanto eu vivo for; depois, se quiser, leva a mulher para sua casa. Não a doto com isto nem com aquilo. Tudo que eu tenho e têm meus irmãos dela é. O senhor entra aqui mais como filho que como genro. Come, bebe e veste da casa. Os rendimentos da sua aplique-os ao desempenho dela, que, pelos modos, o senhor lá por esse mundo gastou muito e mal. Pagou o tributo: todos o pagam cada um por seu feitio. Eu também as fiz boas, e vi-as fazer piores a meus irmãos padres, quando já tinham a cabeça rapada. Agora com águas passadas não mói o moinho. Faça-se homem, e descanse. Mande ao diabo as extravagâncias e os prazeres das cidades. Aqui é que reina a paz e a alegria nas boas consciências.

Prosseguiu o sargento-mor até que a filha assomou à janela da cozinha, dizendo:

— Venham daí ao almoço.

— O senhor vai hoje ou fica? — perguntou, no caminho para casa, o velho.

— Vou dar as providências necessárias e voltarei, passados vinte dias, para ficar.

— Isso é decidido? É palavra de cavaleiro?

— Não mereço que o respeitável pai de Tomásia me faça essa pergunta.

— Desculpe à minha satisfação estas dúvidas. Boas são as aventuras de que a gente duvida, quando as tem já na mão.

E abraçou-me com os olhos úmidos.

Estávamos à mesa. Tomásia, segundo o seu costume, andava da sala para a cozinha, levando e trazendo pratos e iguarias.

O pai mandou-a sentar ao meu lado.

Padre João, meu vizinho da direita, rolou o abdômen para dar lugar à sobrinha.

Tomásia parecia outra no acanhamento e não desfitava os olhos do pai.

— Tu que me queres moça, que olhas tão sisuda para mim? — disse ele. — Ó rapariga, o sangue parece que te quer saltar pela cara! É assim, é assim que eu vi tua mãe há trinta e dois anos. O casamento dela foi tal qual como o teu. Soube-o na véspera do dia, como tu, e eu resolvi-me, de à noite para pela manhã, porque ela era virtuosa, trabalhadeira e pura como as estrelas do céu. Aí tens o teu noivo, Tomásia. Bebamos à saúde do nosso Silvestre!

Saíram do armário sete canecas de louça da Índia com que as saúdes se fizeram.

— São as mesmas que serviram há trinta e dois anos em casa de meu sogro — disse o sargento-mor.

Eu fiz um brinde em termos chãos à minha nova família.

Durante o almoço, Tomásia nunca me esperou um olhar.

Findo o almoço, perguntei por ela para despedir-me, e soube que estava na igreja.

Esperei-a. Entretanto, padre João entregou-me a certidão de idade da sobrinha e pediu-me que no mais breve termo lhe arremetesse a minha para se lerem os banhos[21].

Voltou Tomásia acelerada porque a foram chamar. Logo que pôde falar-me a sós, tirou do peito um embrulho e deu-mo, pedindo-me que lançasse ao pescoço o que ia dentro do lenço. Despedi-me e abracei-a. Tomásia não quis que outra pessoa me segurasse o estribo quando eu montava.

— Já cuida dele como de coisa sua! — disse o velho a rir, e os padres riram todos.

Depois tornou ela dentro à casa, mandando-me eu esperasse um pouquinho, e veio logo com um pequenino alforge.

— É para o caminho — disse ela, atando-os às fivelas da sela.

Dei o último adeus, e Tomásia subiu ao topo de um outeiro donde se avistava grande espaço de estrada, e ali estava acenando-me até que me sumi numa baixa de serra.

Abri o embrulho: era um *Agnus-Dei*, encastoado em prata. O lenço que o envolvia tinha no centro um coração com muitos aleijões, atravessado por uma flecha que a caprichosa bordadeira deixava ver em todo o seu comprimento, de modo que parecia uma seta grudada ao coração.

Dali três léguas sentei-me à sombra duns azinheiros e abri o alforge: era uma galinha assada, uma cabaça de vinho e um pão.

A leitora de coração fino e melindroso pergunta-me se eu gostei daquilo, se me não seria mais saboroso encontrar um ramo de flores.

Não, minha senhora, eu gosto muito mais de encontrar a galinha, o pão e a cabaça.

Os prazeres das flores cedo-os bizarramente aos amadores de Vossa Excelência e a Vossa Excelência não levo a mal que se ria da filha do sargento-mor de Soutelo, que punha flores aos santos e cuidava seriamente do estômago das pessoas que lhe eram caras.

VIII

Cheguei a minha casa e estranhei-a como se não fosse a minha.

Vi uns velhos criados, que se moviam taciturnos e tristes. Pesava-me no peito aquela solidão, mais amargurada pelas lembranças da infância. O espírito refugiava-se em Soutelo, e eu pasmava de não sentir renascer o coração ao calor daqueles desejos, que semelhavam saudades.

Abreviei os meus arranjos, fazendo ler o primeiro proclame do meu casamento no dia imediato, que era domingo, dispondo novos arrendamentos dos bens, demitindo-me da regedoria e comprando na vila próxima algumas prendas de noivado.

Nestes preparativos, andava comigo um contentamento plácido e sereno como eu nunca houvera experimentado. Adormecia e acordava alegre, bem que esta alegria do despertar não fosse um alvoroço, uma embriaguez de gozo como eu sentira em outra idade, nos efêmeros prazeres, ou meras esperanças de os alcançar. Agora, a minha satisfação era toda ver-me sequestrado do mundo, estimado de cinco velhos felizes, ligado a uma mulher inocente, moldada pelas doces imagens que eu julgava extintas nos tempos bíblicos. Figurava-se-me a minha vida futura no decurso de trinta anos, que podia ainda viver. Antevia a uniformidade dos meus dias, iguais, sossegados, vividos na intimidade, no trabalho sem fadiga e no respeito e estima dos meus conterrâneos. Lia da minha pequena livraria os poetas bucólicos, e especialmente relia e decorava uma ode de Meléndez[22] que principiava assim:

> Ya vuelvo a ti, pacífico retiro:
> Altas colinas, valle silencioso,
> Término a mis deseos,
> Faustos me recibid; dadme el reposo
> Por que en vano suspiro
> Entre el tumulto y tristes devaneos
> De la corte engañosa:
> Com vuestra sombra amiga
> Mi inocencia cubrid, y en paz dichosa
> Dadme esperar el golpe doloroso
> De la parca[23] enemiga...
>
> ....

Algumas vezes interrogava a minha consciência, perguntando-lhe se eu amava Tomásia. Não me respondia, por se julgar desautorizada para a resposta. Ao coração é que tocava o discutirmos semelhantes pontos de pouquíssima importância para o complemento da minha felicidade. Eu tinha lido a Bíblia e não vira lá os patriarcas oferecendo ou pedindo amor às mulheres com quem se esposavam. Booz não diz a Rute que a ama. Jacob, conquanto dessimpatize com os olhos doentios de Lia, não se declara amoroso de Raquel. Abraão casou com Sara sem se despender em maravalhas do coração. Na idade de ouro, a mulher era a fêmea do homem: casavam para procriarem, segundo suas espécies, e procriando envelheciam ditosos.

O amor inventou-o depois o estragamento dos bons costumes gregos e romanos, como coisa necessária e acirrante aos paladares botos[24] dos filhos viciosos das cidades.

Ainda agora nas aldeias, afastadas dos focos da corrupção, coisa que eu nunca ouvi dizer é: "A Maria do Ribeiro *ama* o Antônio da Capela." Lá não se diz *ama*; é *querem-se*. "Querem-se" é outra coisa; é amalgamarem-se num só ser, em uma só vontade, numa identidade de alma e corpo tal, e tão uma que nem sequer cogitam se há desgraça com força de desuni-los aquém da morte. E para lá da sepultura ainda eles têm como segura a vida imortal em união de penas ou glórias.

O amor dispensa-se onde está a profunda estima. Lá nesses consórcios bem-aventurados que florescem obscuros nas gargantas das serranias e nas selvas que bordam as margens dos rios não há tempo nem ocasião de discutirem sutilezas do coração. Crê-se ali que o vínculo é eterno e o sacramento do matrimônio uma religião, ou o dogma mais sacratíssimo dela. Pode ser que nem isto mesmo pensem: o que eles deveras sabem é que são felizes.

Eu cismava estas e outras coisas quando me estava preparando para entregar a minha vida às quietas delícias dum casamento que faria rir de piedade os meus amigos.

IX

Fui.

No carvalhal que forma o ádito da povoação de Soutelo esperavam-me os quatro clérigos, o sargento-mor, o abade, o boticário e o juiz eleito. Abraçaram-me todos sem ser apresentado aos três personagens que ampliavam o círculo das minhas relações. Aquela boa gente das aldeias vem direita a um homem, dá-lhe um abraço de amolgar as costelas e levanta-o ao ar na veemência de sua credulidade. Coisa que nunca por lá me disseram foi: "Aqui lhe apresento o Sr. Fulano".

Os Fulanos da aldeia julgam-se sempre assaz visíveis para dispensarem que outrem diga deles: "Aqui lho mostro".

Abalamos dali para casa.

Tomásia veio receber-me ao patim da escada e logo me perguntou pelo *Agnus-Dei*. Mostrei-lho, tirando-o do peito. A contente moça beijou a relíquia e disse:

— Vê, meu pai? Cá o tem ao peito. Vossemecê dizia que o Sr. Silvestre não punha isto!... Eu bem sabia que ele era cristão!

Estava a mesa posta e coberta de pratos de trutas e escalos, entre açafates de fruta.

Merendamos e ficamos em palestra na varanda de cantaria até ao toque das ave-marias.

Depois da reza saíram os convidados: os padres também saíram para rezar o breviário, o sargento-mor foi tomar um banho no rio e eu fiquei sozinho com Tomásia.

Coaxavam as rãs e zumbiam os besouros. Dos soutos e carvalheiras vinha o pio gemente das corujas e dos mochos. Os morcegos voejavam por entre os pilares da varanda. Nas cortes vizinhas da casa balavam os cordeiros, e refocilavam-se as cabras, produzindo o som cavo do embate das marradas – divertimento que a humanidade usa com menos estrondo e mais às claras.

Tomei a mão de Tomásia e disse-lhe:

– És muito minha amiga?

– Sou – respondeu ela, dando a outra mão, que eu apertei entre as minhas.

– És feliz em casar comigo?

– Agora é que tenho quanto desejo.

– E se eu não voltasse, se eu não casasse contigo, eras desgraçada?

– Deus me livre! Morria como a menina de Chaves.

– E se te dissessem que eu gostava doutra mulher, querias-me?

– Se o Sr. Silvestre gostasse doutra não me queria a mim.

– Mas se eu viesse a gostar depois de casado?

Tomásia retirou as mãos. Não sei se perdeu a cor, que era insuficiente a claridade das estrelas para este estudo.

– Por que tiras as tuas mãos das minhas?! – perguntei.

Tomásia deu-as outra vez, sem responder.

Insisti na pergunta.

– Isso não pode ser – disse ela.

– O que não pode ser?

– Casar comigo e gostar doutra depois... Meu pai quis sempre muito a minha mãe, e todos os casados que conheço são como era meu pai.

— E eu serei como eles, minha amiga. Não penses mais nestas perguntas.

Abracei-a, dei-lhe um beijo na face e deixei-a ir dar as ordens para a ceia.

O beijo recebeu-o sem estremecimentos de pudor, como as donzelinhas dos romances.

X

Dois dias depois, às seis horas da manhã, ouvi um tiroteio que vinha soando das montanhas e vales convizinhos da aldeia.

Eram os amigos do sargento-mor, chamados e não chamados a festejar o casamento da *morgada*[25]. Assim a denunciavam por ser filha única.

Encheram-se os extensos casarões de gente. Chamavam lá cobrados e casarões ao que nas terras onde já chegou a ilustração das palavras se chama "salas".

Vinham à mistura com os lavradores muitas moças de alegres rostos, com abadas de flores desfolhadas.

O juiz eleito vestia casaca e o boticário parecia trazer na gola da sua todo o laboratório farmacêutico.

Tomásia trajava de cetim azul. Fora mandado vir de Chaves o vestido. A irmã do juiz eleito, que estivera a banhos na Foz, penteou-a à moda do Porto; mas a minha noiva, vendo-se ao espelho, desmanchou o penteado e formou da grande trança loura um diadema, sem mais enfeites que uma rosa de Alexandria. Por cima dos ombros, que o vestido deixava nus, lançou

Tomásia um xaile de Tonquim escarlate, que eu havia mandado a minha mãe e ela nunca vestira.

Saímos para a igreja entre alas de ativo bombardeamento. Eram centenares de pessoas de ambos os sexos.

As velhas erguiam as mãos aos céus, exclamando:

– Como tu vais linda! Bendito seja Deus! Pareces Nossa Senhora!

Confessamo-nos, comungamos e recebemos as bênçãos.

Desde que saímos da igreja até à entrada de casa caminhamos sempre debaixo de nuvens de flores. O estrondo dos bacamartes era atroador e os dois sinos da freguesia repicaram desde que saímos do templo até ao anoitecer desse dia.

Meia hora depois que chegamos entrei no quarto de minha mulher e encontrei-a de joelhos diante duma imagem de S. João dos Bem-Casados.

Ergueu-se ela, benzendo-se, e esperou que eu a beijasse pela segunda vez. Penso que o público me releva a confissão de que, ao dar-lhe este segundo beijo, encontrei os lábios. Era o instinto das sensações agradáveis, mas honestas, que ensinou a minha mulher o segredo do máximo prazer de um beijo.

Estava o almoço na mesa.

O EDITOR AO RESPEITÁVEL PÚBLICO

Os autógrafos do meu amigo Silvestre da Silva carecem de nexo e ordem desde a data do seu casamento. Salta logo aos olhos que o ilustre autobiógrafo, chegado ao marco da bem-aventurança, quedou-se a repousar da peregrinação — Deus sabe quão penosa! — que trouxera pelas precipitosas veredas do seu passado.

Vejo aqui muito fragmento de obras bosquejadas, sobre assuntos de higiene caseira. Os mais aproveitáveis tendem a mostrar que a deusa da fortuna é a predileta amiga dos que submetem a vida ao regime suave da matéria e só exercitam seu espírito para corrigir-lhe as demasias. Estes trechos soltos acho-os enfeixados sob o título: *A felicidade pelo estômago*[1].

Há outros manuscritos que encarecem o egoísmo, mas o racional egoísmo de Bentham[2]. É esta uma das suas máximas: "O homem só vive bem com os outros quando vive mais para si". E neste ponto de sentenças podia eu mostrar, se tivesse paciência para copiá-las, que Silvestre da Silva, se cultivasse o gênero, poderia ser um La Rochefoucauld[3] fora de Soutelo.

Pospondo como coisas da segunda ordem as manifestações intelectuais de Silvestre, vou tentar, auxiliado pelos apontamentos dele, e notícias que alcancei, organizar a sucessão dos fatos posteriores ao casamento.

Silvestre foi eleito presidente da Câmara de Carrazedo de Montenegro, que assim se denomina o concelho onde a ventura lhe bafejara o outono da vida. Estreou-se nas funções municipais mandando construir uma porca nova para o sino da igreja e compor uma estrada descalçada que lhe passava à porta; depois propôs em sessão que se pedisse ao governo uma estrada do Porto a Chaves, com um ramal por Soutelo.

Este alvitre criou-lhe créditos, que foram um espeque à sua reputação algum tanto abalada com o fato de consumir os dinheiros do cofre municipal na reconstrução do caminho de sua exclusiva serventia. Mais meiga lhe soprou a aura popular, quando ele, mediante a solicitude do deputado, que fizera eleger, conseguiu que o concelho de Carrazedo absorvesse, na divisão do território, outro concelho limítrofe.

Nas próximas eleições, Silvestre da Silva, sem inculcar-se aos povos, nem recomendar sua candidatura, foi eleito deputado, contra a vontade das autoridades.

Tomásia, sabendo que seu marido se apartava dela no segundo ano de casada, fez tamanha e tão sincera choradeira que Silvestre desistiu da candidatura e fez que no escrutínio suplementar saísse deputado o juiz eleito, que também não serviu por se ter recusado a prestar o juramento, como legitimista[4] que era de entranhas.

O governo chamou ao seu partido a influência de Silvestre e conseguiu fazer eleger no seu círculo um candidato desconhecido dos eleitores. Ganhou com isso o genro do sargento-mor uma comenda para seu sogro e outra para ele, e uma abadia pingue para o padre Atanásio, tio de sua mulher. Em consequência do que todos os padres voltaram a sotaina e proclamaram a legitimidade da Senhora D. Maria II, com grande desgosto do juiz eleito, que rompeu relações com a família dos renegados, ou *arrenegados*, como ele dizia.

Desta desavença resultou que os jornais do Porto agrediram Silvestre da Silva, acoimando-o de desviar os dinheiros do município em benefício das suas propriedades.

Agora é tempo de dizer que Silvestre saíra muito empenhado do Porto e os credores o tinham em conta de insolvente por saberem que a sua pequena casa estava hipotecada a dívidas mais antigas. Ora, como quer que os credores o vissem tratado nos periódicos como proprietário e indagassem, até saber que ele casara rico, e onde, remeteram deprecadas para ele ser citado com sua mulher. Então se saiu Silvestre com uma escritura nupcial, em que os bens havidos e por haver de sua mulher ficavam isentos de pagar as dívidas do marido, contraídas até à data do casamento. Os credores mais antigos saíram com as suas ações de execução sobre as hipotecas e retiraram pasmados de verem cópias de escrituras anteriores. O certo é que Silvestre da Silva, se necessário fosse, mostraria que seus avós tinham hipotecado a casa, alguns séculos antes de ela existir.

É mui pouco de louvar-se este proceder; mas uma razão ilustrada concede que um homem maltratado pelas mulheres se vingasse nos credores. Um espírito sublime, quando trata de despicar-se, vinga-se em globo. Verdadeiramente inultos[5] são aqueles que nem credores têm, sequer!

O sargento-mor, conquanto fosse caráter dos bons tempos, transigiu com as velhacadas do genro e admirou-lhe a esperteza. A comenda iluminara-lhe o espírito, a cuja luz ele viu as coisas, os homens e a época.

Ao terceiro ano de casado, Silvestre formava com o peito e abdômen um arco. A gordura embargava-lhe a ação e abafava-lhe o espírito nas enxúndias[6].

Vi-o na Foz, e conheci então a Sra. D. Tomásia, e seu pai, e um menino de dois anos, que era a doidice do avô.

Falei em assuntos literários com o meu antigo colega na imprensa. O homem ria-se de mim e dizia:

— Ainda está nisso, pobrezote?! Esquece-te, brutaliza-te, faz-te estômago, se queres viver à imagem do Deus, que faz os homens neste tempo!

O único livro que lhe vi à cabeceira da cama era a *Fisiologia do paladar*, de Brillat-Savarin, e a *Gastronomia*, poema de Bouchet.

Pediu-me que fosse passar com ele uma temporada a Soutelo, se queria voltar ao mundo com alma nova. Anuí, e lá me detive dois meses, voltando com o estômago arruinado pelo sarro do muito toucinho sobre o qual o meu amigo me prometia reconstruir o aparelho espiritual.

Observei, na Foz, que Silvestre procurava a distração do jogo: dizia que a fortuna dos seus credores dependia dos ganhos que ele obtivesse. Os credores do meu amigo perdiam com ele, como pessoas infelicíssimas que eram.

Explicava Silvestre a excentricidade deste modo:

— Quando eu me entregava de olhos fechados ao mundo, julgando-o bom e de nenhum modo interessado em ludibriar-me, o mundo folgou de explorar um tolo que abria o coração e a algibeira[7] a todas as perfídias e zombarias.

Não tive um sincero amigo que me desse dinheiro sem primeiro me furar as algibeiras para o aparar com uma das mãos, enquanto a outra mo emprestava, já cerceado dos juros. Os meus mais dedicados amigos serviam-me de indicadores de usurários, que me davam o décimo do valor da letra, que eu assinava. Era um jogo de ladrões; foram empréstimos da infâmia; só podem ser pagos com infames meios. A consciência de Santo Antônio e de S. Francisco das Chagas não foram mais puras do que há-de ir a minha à presença do Supremo Juiz. Creio que não devo nada, porque os juros que paguei excedem o capital: ora o que eu não devo só por absurdo posso pagá-lo com o que não for meu.

Parece-me que a lógica manqueja nesta argumentação. Seja como for, há muito quem deixe de pagar como Silvestre da Silva; mas não pagar, firmado em raciocínios, à primeira vista, irrefutáveis, nisso é que ele foi singular.

Direi o que me pareceu a vida doméstica do meu amigo.

D. Tomásia adorava-o e, sem o querer, polira-se por amor dele, a ponto de renunciar às suas antigas ocupações de portas adentro. Andavam à competência de quem engordaria mais; e, nas horas de dormir, excediam a toda a gente, menos um ao outro. Silvestre levara do Porto um cozinheiro, que contribuiu grandemente para derrancar o estômago do sargento-mor e dos padres. A mesa de Silvestre cobrou fama nos arredores, principalmente depois que o boticário, comensal insaciável, morreu de uma indigestão de almôndegas. Estava sendo no verão que eu lá passei muito concorrida a casa de famílias remotas, entre as quais vi gente que o dilúvio respeitou, e eu também.

Posso jurar que Silvestre nunca deu sombra de ciúme a sua mulher. A segurança em que mutuamente se tinham é escusado dizê-la. D. Tomásia era folgazã, ria até rebentar, fazia rir com as suas simplicidades: porém, no que diz respeito à invulnerabilidade da sua castidade de esposa, nunca ninguém, exceto a leitora casada, me deu tão alto grau de certeza. E era bela, a não poder ser mais, aquela mulher de trinta e dois anos! A mesma exuberância de carnes parecia enfeitar-lhes as formas duma certa majestade, que faria o terror de Vossa Excelência, menina de Lisboa, cuja cintura, como a quebrar-se, vai ondeando ao capricho da brisa.

Mais de uma vez tentei espertar o entorpecido engenho do meu amigo, recordando as nossas palestras literárias nos cafés e citando passagens mais conhecidas dos seus folhetins. Silvestre acordava por instantes, ouvia-me com aspecto melancólico de saudade; mas logo retomava o ar alarve e motejador de quem se bandeia com os mofadores das letras. Aqui se me depara agora uma poesia, que ele, em hora bem-humorada, tirou desta mesma pasta para me ler. Quando a releio e aquilato a tendência satírica de Silvestre, mal posso perdoar ao mundo que o exilou da pátria luminosa do espírito para as trevas estúpidas de uma vida cuja felicidade eu desejaria, como vingança, a quem ma aconselhasse. Aqui tem o leitor os versos:

> Da oca ostentação as vãs negaças,
> E os tantos seus *ridículos* tamanhos,
>   Fazem chorar e rir
> Ó eras primitivas dos rebanhos,
>   Ó tempos patriarcais
> Deixai que possa esta alma reflorir!

> A filha de Labão[8] enchia a brilha;
> Penélope[9], a rainha, ensaboava
>   Os carpins conjugais.
> Lucrécia[10] com a roca sirandava,
>   E muito grandes damas
> Faziam tudo aquilo, e muito mais.

> E era um gosto ver como elas tinham
> As casas petrechadas, trastejadas,
>   Mourejadas, varridas!
> Curavam por mãos suas as meadas,
>   Teciam suas teias
> E tinham sempre as arcas bem fornidas.

> Ao domingo, depois de ouvirem missa,
> Cuidavam do jantar à portuguesa,
>   Farta sopa e cozido.

Depois, para ajudar a natureza,
    Vão dar seu passeio
Desentourindo o bucho entumecido.

Ao lusco-fusco, as portas se trancavam,
E marido e mulher, numa só alma,
    E numa cama só,
Ressonavam em doce e mansa calma;
    Sonhavam sonhos d'ouro,
E amor os estreitava em mago nó.

Ó tempos patriarcais!... Com que saudade
Eu, filho destas eras pataratas,
    Invejo os meus avós!
Vivíeis pendurados dos rabichos,
    Virtudes portuguesas!
O rabicho caiu, caístes vós.

E agora... ai!, que desmancho, que toleimas,
Que gente, que nação e que costumes
    Os teus, ó Portugal!
Se há civilização, é só nos lumes,
    Nos lumes-prontos só;
E, se teimam que há luz, é infernal!

Vão ver o que se passa em cada casa,
Que vive à lei de gótica nobreza,
    E seus festins nos dá!

Se é jantar, o talher que vem à mesa,
    O usurário o dera
Em troca do serviço que é do chá.

Se é baile, vai em troca do serviço
    A inútil baixela do jantar;
    E assim se faz figura;
E, se é jantar e chá, vão-se alugar
    Ao sórdido judeu
Ambas as coisas, que absorve a usura.

As famílias do tom mais miserandas
Aquelas são que têm sege em cocheira
    E seu guarda-portão;
Que dos riscos de giz do merceeiro
    Deduz-se que a barriga
É imolada às glórias do brasão.

São moda agora uns fofos vaporentos
Omelettes souflées denominados,
    E *omelettes sucrées*;
Emblema são do tempo estes bocados,
    De todo o ponto avessos
Ao estômago sincero português!

Pondera alguém que as raças se depuram
Ao passo que a tintura vermelhaça
    Dos semblantes se some;

> Dizem que a palidez extrema a raça
> Mas eu de mim não creio
> Que seja perfeição: acho que é fome.

Em caução da minha crítica, declaro que me afasto dos admiradores de Silvestre, se alguns ele tem, como poeta. A genuína poesia não é aquilo, nem o foi nunca. O poeta puro-sangue levanta-se sobre o lodo da vida real e senhoreia-se dos milhares de mundos que Deus criou para os gênios e os gênios tomaram das mãos de Deus para cantá-los. Poeta que canta a sopa e o cozido falseia a sua vocação de medíocre cozinheiro. Assim é que eu, zeloso sacerdote da arte, entendo a poesia, e nem aos mortos indulto. Antes quisera ter de o criticar somente por umas bagatelas métricas com que Silvestre da Silva algumas vezes rastreou Nicolau Tolentino. A mordacidade distancia-se da poesia quanto as *sátiras* de Boileau[11] discriminam das *contemplações* de Vítor Hugo. Aqui se traslada, ainda assim, o gênero em que prelevou Silvestre, à competência com Faustino Xavier de Novais, ambos, para assim o dizer, feridos do mesmo dente da musa mordente:

> ....
> ....
> Eu já fui rapaz do tom,
> E, com pesar de o ter sido,
> Resolvi fazer-me bom;
> E ao mundo que hei ofendido,
> Em paga, faça-lhe um dom.

Coração, cabeça e estômago

Dos meus colegas, é certo,
Que os artifícios traidores
Hei-de mostrar bem de perto.
Quero pôr a descoberto
Seus planos sedutores.

Quando a vítima incauta
(Quero dizer a donzela),
Chilreando em tom de flauta,
Lança à noite da janela
Cartinha escrita por pauta:

O poetastro entra em casa,
Devora, sôfrego, a empada,
E, se não é maré vaza
De inspiração desgrenhada,
Bate do estro a negra asa.

O que primeiro lhe acode
Não é o ardente dizer,
Que pintá-lo melhor pode;
Primeiro, cumpre saber
Se há-de ser canção ou ode.

Vai, depois, pondo em fileira
As regrinhas desasadas;
Arrepela a cabeleira,

Rói as unhas mal lavadas,
E, por fim, rebenta asneira.

Borra a pintura que fez,
E versos novos maquina;
Recorda doutros que, há um mês,
Mandara a certa menina,
Que, com ele, amava três.

Nova edição incorreta
Da cataplasma daninha
Impinge o vesgo poeta
À analfabeta vizinha
Que engole os versos e a peta.

Engole, digo, pois quando
Ela, com custo, os soletra,
Parece está-los mascando;
E admira não ver *setra*
Com dois corações sangrando!

Repete os versos à amiga
Que diz nunca os vira iguais;
Mas, não sabendo o que diga
Em resposta a mimos tais,
Manda-lhe velha cantiga.

Os diques da inspiração
Rompem-se alfim em torrentes
De frutos de maldição;
Não são trovas, são candentes
Jorros de aceso vulcão.

Já começa a dar gemidos
A imprensa pouco honesta
Com os versos nunca lidos,
Que o leitor grave detesta
Porque os fins são já sabidos.

E não leva a bela a mal
Que o mundo diga que é ela
Quem figura no jornal,
Disfarçada em nívea estrela
Com promessas de imortal.

À inveja de certa amiga
Nem isto quer que se esconda.
E, soberba, se impertiga,
Vendo-se em letra redonda,
Do pai cruel inimiga.

Já o vate exímio abarca
Um pensamento profundo.
Vem-lhe à memória Petrarca[12],

Que deixou cá neste mundo
Laura zombando da parca;

E estoura Laura, tão sua,
Quer fazê-la eterna em verso;
E, quando pensa que atua
Na admiração do universo,
Não o conhecem na rua.

Trinta cadernos apronta
De pavorosa escritura,
Tira prospectos por conta
De equívoca assinatura,
Que por um terço desconta.

Sai a lume, e em trevas morre,
Filho da asneira e do amor,
Livro que insônias socorre;
Mas quem risco amargo corre
É decerto o impressor.

Entretanto, a virgem meiga
Os versinhos, doce prenda,
Cada vez mais n'alma arreiga[13],
A tempo já que na tenda
Se embrulha nela manteiga.

Vive na fé, todavia,
Que do amante a loquaz fama,
Que até aos astros a envia,
Já seu talento proclama
Muito além da freguesia.

E, convicta disto assim,
Tendo-se em conta de eterna,
Julga ser mister ruim,
Coser ceroula paterna
Ou remendar o carpim.

Infeliz pai!, que aflições
Não tens tu de amargurar
Ao tirar dos gavetões
A peúga[14] sem calcanhar
E a camisa sem botões!

Em velhice desditosa,
Dói-me ao ver-te submerso!
Enquanto a filha radiosa
Se fez imortal em verso,
Morres tu em chilra prosa.

....

Mas, ó patusca poesia,
És a varinha de condão,

És no deserto água fria,
És tábua de salvação,
És farol que à pátria guia!

Sem ti, doce companheira,
Amiga, sócia fiel,
A fábrica da Abelheira
Não venderia o papel,
Nem teria prêmio a asneira,

Nem seria a mulher rola,
Nem celeste o seu sorriso,
Talvez fosse menos tola,
E tivesse mais juízo;
Mas isso de que consola?
....

Aí têm as futilidades com que, a grandes intervalos de tempo, se saía aquele espírito, que também sorteado entrara na república das letras! Vejam como se descompadecem a felicidade estúpida do marido de Tomásia e o engenho! Quão melhor lhe fora pedir ele à sociedade que lhe rasgasse de novo as cicatrizes e instilasse nelas o veneno que transpira depois em vociferações eloquentes na comédia, no poema e no romance! Ao menos, aquele brilhante astro, afogado no charco do estômago, irradiaria como tantos outros infelizes em volta da região intangível da felicidade, e o mundo, que o crucificara, seria depois o primeiro a apregoá-lo grande.

Saí de Soutelo no fim do verão.

Silvestre acompanhou-me aos banhos da Póvoa e já vinha com todos os sintomas de caquexia, resultante da imobilidade, e cansaço das molas digestivas. Retirou-se para a província logo que os primeiros banhos e as primeiras perdas ao jogo lhe molestaram o corpo e o espírito. De lá me escreveu, contando os progressos da doença e prognosticando o seu próximo fim. Nesta carta prometia o meu amigo legar-me os seus papéis, com plena autorização de divulgá-los, se eu visse que podiam ser de proveito para a iniciação da mocidade. À maneira do moralista Duclos[15], dizia ele: "*J'ai vécu, je voudrais être utile à ceux qui ont à vivre*"[16].

Poucos meses depois recebi da mão de um almocreve uma chapeleira de couro repleta de embrulhos, que me enviava a Sra. D. Tomásia, e uma carta do sargento-mor asseverando-me que seu genro morrera como um passarinho – a morte do justo; com a diferença que não ajustou contas com os credores, para quem a salvação do meu amigo é coisa muito duvidosa...

Na carta do saudoso sogro vinha o seguinte soneto, que o moribundo fizera, à imitação dos distintos gênios de ambos os sexos, que sonetaram à hora da morte, tais como a poetisa D. Catarina Balsemão[17] e Bocage[18].

O soneto reza assim:

> Abri meu coração às mil quimeras;
> Encheram-mo de fel, e tédio, e lama,
> Tive, em paga do amor, riso que infama...
> Ai!, pobre coração!, quão tolo eras!

Dobrei-me da razão às leis austeras;
Quis moldar-me ao viver que o mundo ama
O escárnio, a detração me suja a fama,
E a lei me pune as intenções severas.

Cabeça e coração senti sem vida,
No estômago busquei uma alma nova
E encontrá-la pensei... Crença perdida!

Mulher aos pés o coração me sova;
Foge ao mundo a razão espavorida;
E por muito comer eu desço à cova!

Bem se vê que o soneto era o da morte. Um grande merecimento tem ele: é ser o último.

NOTAS

APRESENTAÇÃO

1. Jacinto do Prado Coelho. *Introdução ao estudo da novela camiliana*, Coimbra: Atlântida, 1946, p. 283.
2. A. J. Saraiva e O. Lopes, *História da literatura portuguesa*, Porto: Porto Editora/Santos: Livraria Martins Fontes, 1973, 7ª ed., p. 876 (o "grotesco materialão" está na p. 880). Essas formulações permanecem as mesmas ao longo das várias edições da *História*, conforme se pode constatar na última (17ª), de 1996.
3. Saraiva e Lopes, op. cit., p. 876.
4. Alexandre Cabral, "Introdução", in *As novelas de Camilo*, Lisboa: Portugália Editora, 1961, p. 9.
5. A. Cabral, op. cit., p. 13. Os trechos citados anteriormente são das p. 10 e 11.
6. A. Cabral, op. cit., p. 21.
7. J. P. Coelho, op. cit., p. 522-3.
8. Prefácio da segunda edição de *Amor de perdição*, in *Obras completas de Camilo Castelo Branco* (ed. de Justino Mendes de Almeida), Porto: Lello & Irmão, 1984, vol. III, p. 378.

9. "O filho natural", in J. M. de Almeida (ed.), op. cit., vol. VIII. Os trechos citados neste parágrafo se encontram, respectivamente, nas p. 182, 184, 230, 185 e 188.

10. Id., ibid., p. 187.

11. Na edição de Justino Mendes de Almeida, o trecho está nas p. 1231-2 do vol. II.

12. Na edição de Justino Mendes de Almeida, vol. I, p. 1.136.

13. Ibid., p. 1.149.

14. Não são termos e preocupações encontradas em textos oitocentistas, mas formulações modernas. Sobre a questão do "realismo" como critério aferidor da qualidade, ver, por exemplo, Óscar Lopes e A. J. Saraiva, op. cit. As expressões românticas entre aspas foram retiradas, por sua vez, do verbete "Castelo Branco", de autoria de M. L. Ferraz, que se encontra no recente *Dicionário do romantismo literário português*, Lisboa: Caminho, 1997.

15. Abel Barros Baptista, *Camilo e a revolução camiliana*, Lisboa: Quetzal Editores, 1988; id., *O inexorável romancista – episódios da assinatura camiliana*, Lisboa: Hiena Editora, 1993.

16. É o caso de uma peça central da sua argumentação, que propõe a existência e atuação decisiva, na base da produção crítica sobre Camilo em Portugal, de um "postulado da culpa", cujas decorrências são por ele assim sintetizadas: "de um lado os que lhe reconhecem o direito de ter sido quem foi, do outro os que não lhe reconhecem o direito de ter sido quem foi, pelo meio os que gostariam de assegurar uma total indiferença no assunto sem, no entanto, o conseguirem" (*O inexorável romancista*, p. 152).

17. Op. cit., p. 152.

18. Ibid., p. 154.
19. Cf., a propósito, o número 119 da revista *Colóquio/Letras*, de janeiro-março de 1991, dedicado a Camilo Castelo Branco. Além de vários estudos convencionais, dentre os quais se destaca, pela qualidade da reflexão, o assinado por Óscar Lopes, encontram-se aí dois belos estudos inovadores, diretamente decorrentes dos livros de Abel Barros Baptista há pouco referidos. Um deles, de autoria do próprio Baptista, se intitula "O padre, o amigo do padre e o romancista – figurações do romancista em 'O romance de um homem rico'". O outro, de autoria de Gustavo Rubim, é "O enxerto jocoso – retórica da comédia nas 'Aventuras de Basílio Fernandes Enxertado'".
20. Merece destaque, nesse texto, a construção de uma espécie de contemporaneidade entre a ação do "editor" e a do "leitor". De fato, pelo tempo verbal ("pode ser que eu [...] elucide"), ambos estão juntos no ato de percorrer os manuscritos, e a anotação destes pelo "editor" ainda é dada como incerta, tanto na natureza quanto na extensão.

Preâmbulo

1. Faustino Xavier de Novaes (1820-69), escritor português, amigo de Camilo, foi poeta satírico de inspiração neoclássica e teve muitos leitores no Brasil. Possivelmente a boa receptividade às suas obras tenha sido a causa de ele para cá se transferir definitivamente, o que se deu em 1858. Hoje quase esquecido entre nós, é referido apenas e episodicamente como o irmão da mulher de Machado de Assis, D. Carolina.

2. José Feliciano de Castilho Barreto e Noronha (1810-79). Poeta e jornalista português, irmão de António Feliciano de Castilho. Transferiu-se para o Brasil em 1847, vivendo no Rio de Janeiro o resto da sua vida. Aqui, participou intensamente da vida cultural, tendo tomado partido contra José de Alencar na polêmica sobre *A confederação dos tamoios*, de Gonçalves de Magalhães.
3. Públio Ovídio Nasão (43 a.C.-18 d.C.). Poeta latino, autor de vários livros de temática amorosa, sendo os mais conhecidos *Os amores*, *A arte de amar* e *Os remédios do amor*. Escreveu também as *Metamorfoses*. Bocage traduziu este último livro, e António Feliciano de Castilho empreendeu a tradução de *Amores*, *Metamorfoses* e *Arte de amar*.
4. Petrônio Árbitro (?-66 d.C). Poeta latino, a quem é atribuída a novela *Satiricon*.
5. Luís de Camões (1524-80). Poeta máximo da literatura portuguesa, autor da epopeia *Os Lusíadas* (1572).
6. Francisco Joaquim Bingre (1763-1856). Poeta neoclássico português, contemporâneo de Bocage. No seu tempo, foi muito lido e considerado, mas hoje se encontra totalmente esquecido. Aos setenta anos de idade, devido a uma reforma judiciária promovida pelos liberais, ficou desempregado, passando os últimos anos na miséria. Em dezembro de 1852, vários escritores mais novos promoveram um espetáculo teatral em seu benefício, do qual participaram Camilo e Xavier de Novais.

Coração, cabeça e estômago

Coração

1. Alfaiate e vendedor de roupa de baixa qualidade.
2. Astúcias, espertezas.
3. Asilo feminino localizado em Lisboa.
4. São João Crisóstomo (349-407). Bispo e doutor da Igreja, filho de Santa Antusa. Quando morreu sua mãe, retirou-se para o deserto por seis anos. Ordenado padre, revelou-se um grande pregador, culto e eloquente. Daí lhe veio o apelido de Crisóstomo (boca de ouro).
5. Égua. Palavra formada a partir do inglês, *horse*.
6. "Carta" designa a Carta Constitucional, outorgada por D. Pedro IV (D. Pedro I, do Brasil) à nação portuguesa em 1826. Na sequência, seu irmão, D. Miguel, vai restaurar o regime absoluto (1828-34), o que dá origem a uma guerra civil. Com a vitória dos liberais, a Carta volta a vigorar por mais dois anos. Em 1836, após a morte de D. Pedro, Portugal passa a ser regido por uma Constituição votada pela Assembleia. Esse período dura até 1842, quando um golpe de Estado restaura a Carta Constitucional de D. Pedro IV. A referência, aqui, é a esse terceiro período de vigência da Carta.
7. Eugênio Sue (1804-57). Um dos mais conhecidos escritores franceses do período romântico. Seus livros mais famosos, que foram traduzidos para vários idiomas e deram origem a adaptações teatrais de sucesso, são *Os mistérios de Paris*, de 1842-43, e *O judeu errante*, de 1847-49.
8. Friedrich Gottlieb Klopstock (1724-1803). Poeta romântico alemão, autor do poema épico *Messias* e de várias obras líricas que foram amplamente traduzidas na Europa.

9. Johann Wolfgang von Goethe (1749-1832). Costumeiramente considerado o maior poeta alemão, Goethe foi também romancista e dramaturgo. Suas obras mais famosas são o *Fausto* e o romance *Os sofrimentos do jovem Werther* (1774). É a este último livro que se alude aqui. Trata-se de uma cena em que Werther e Charlotte contemplam a noite; esta, emocionada, apenas lhe diz "Klopstock", e ele logo percebe em qual ode do poeta ela estava pensando. A passagem ficou célebre, pois nela Werther se dá conta da comunhão espiritual completa entre ele e a sua amada.
10. François Marie Arouet (1694-1778). Escritor e filósofo iluminista francês. Seus trabalhos mais conhecidos são o *Dicionário filosófico* e a novela *Cândido*. Por ser anticlerical e um crítico agudo de todo tipo de superstição e preconceitos, Voltaire passou a ser sinônimo de intelectual que faz troça da religião e dos costumes conservadores. Chiado é uma região central de Lisboa, onde se localizavam as lojas de luxo e os hotéis elegantes no século XIX.
11. Charles Paul de Kock (1793-1871). Romancista francês, autor de vários romances de enorme aceitação popular. Seus textos mais difundidos são romances sentimentais e de costume. Seu sucesso foi tão grande, que em 1839 uma empresa portuguesa anunciava o lançamento, em fascículos semanais, da tradução de noventa volumes de romances de sua autoria.
12. Proprietária de um estanco, isto é, uma tabacaria.
13. Expressão latina que significa *para isto; para tal fim*. É utilizada em direito para designar uma atitude tomada para a solução de um caso específico.
13a. Versos de Jean de La Fontaine (1621-95). Autor das *Fábulas* universalmente conhecidas, La Fontaine também escreveu uma série de

Contos em verso, de assunto cômico ou licencioso. Os versos mencionados por Camilo são célebres: pertencem a um conto intitulado "La coupe enchantée" (A taça encantada), no qual se argumenta que o adultério não é muito grave, já que é tão usual. Os versos transcritos dizem: ignorado, não é nada; conhecido, é pouca coisa.

14. Victor Hugo (1802-85). O maior escritor romântico francês, idolatrado em vida, é autor de vasta obra, na qual se destacam romances como *Os miseráveis* e *Notre Dame de Paris* ("O corcunda de Notre-Dame"), dramas como *Ruy Blas* e poemas como *A lenda dos séculos*.

15. Ápio Cláudio Crasso (século V a.C.). Nobre romano, chefe dos decênviros (conjunto de dez magistrados encarregados de elaborar leis) no período de 451-449 a.C. Frequentemente mencionado em obras literárias como exemplo de homem incapaz de controlar os desejos sexuais. Segundo a tradição, outro decênviro teria apunhalado a própria filha, Virgínia, para livrá-la da luxúria de Ápio Cláudio. Disso teria ainda resultado uma revolução popular e o fim dos decênviros.

16. Expressão latina que significa "quanto baste", isto é, a critério do gosto.

17. Expressão latina que significa "desde o ovo"; usa-se no sentido de "desde o início".

18. Agostinho de Hipona (354-430). Um dos padres da Igreja, autor de tratados decisivos para a definição da ortodoxia cristã. Seus livros mais lidos ao longo dos séculos são *A cidade de Deus* e *As confissões*. Neste, narra a sua vida, descrevendo o caminho que levou à sua conversão e desenvolvendo meditações sobre vários tópicos de relevância filosófica.

19. Jean-Jacques Rousseau (1712-78). Filósofo e romancista francês, autor do *Contrato social*, *A nova Heloísa*, *Emílio* e várias outras obras que moldaram a mentalidade romântica do século seguinte. Escreveu também as *Confissões*, livro no qual narra com detalhes a sua vida pessoal.
20. Referência à personagem central da peça *Antony*, de Alexandre Dumas (1802-70). Trata-se de um melodrama no qual o herói termina por matar a amante, no momento em que são surpreendidos pelo marido dela, para lhe salvar a honra, alegando que a assassinara por ela lhe ter oposto resistência.
21. Personagem central da peça *Fausto*, de Goethe. Trata-se de um sábio que faz um pacto com o demônio a fim de obter conhecimento e poder.
22. *Don Juan* é um poema de Lord Byron (1788-1824). Byron, autor romântico inglês, homem belo e elegante, era coxo de nascença.
23. Romance de sucesso popular, escrito por Paul de Kock.
24. Interjeição que indica recusa de uma proposta. Algo como "dê o fora!".
25. Dante Alighieri (1265-1321). Poeta italiano, cuja obra principal, *A divina comédia*, narra a viagem do poeta pelo Inferno, Purgatório e Paraíso.
26. A alusão é a uma frase grega: "visitar a caverna de Trofônio". A caverna de Trofônio era um dos mais famosos oráculos da Grécia antiga. Era dotada de uma entrada minúscula. Quem fosse consultar o oráculo se deitava de costas em frente à abertura e era puxado violentamente para dentro. Depois da consulta, era expelido da mesma forma. O aspecto dos consultantes, quando devolvidos à superfície, era de completo terror.

27. João de Barros (aprox.1496-1570). Historiador renascentista português, autor das *Décadas*, texto no qual narra a expansão portuguesa, e de vários outros trabalhos, incluindo uma cartilha e uma *Gramática da língua portuguesa*.
28. Padre João de Lucena (aprox. 1550-1600). Historiador português, autor da *História da vida do Padre Francisco de Xavier e do que fizeram na Índia os mais religiosos da Companhia de Jesus*. Junto com João de Barros, é considerado um dos maiores prosadores da língua portuguesa.
29. César Chesneau, Senhor de Dumarsais (1676-1756). Gramático francês, autor de vários verbetes sobre língua francesa na *Enciclopédia*, um dos quais justamente sobre "conjugação" dos verbos, e de uma *Gramática geral*, publicada postumamente. A frase em francês diz: "Ah, eu me vou... ou eu me vou... pois eu acredito que uma e outra forma se diz ou se dizem...". Na tradução, perde-se a possibilidade de conjugar de modo diferente o verbo *ir*...
30. António Feliciano de Castilho (1800-75). Um dos poetas portugueses mais respeitados do seu tempo, Castilho simbolizou a literatura velha na polêmica para a afirmação da geração realista em Portugal. Além de escrever poemas, foi também tradutor de Goethe, Ovídio, Virgílio, Shakespeare e outros e autor de trabalhos tão variados como *Felicidade pela agricultura*, *Tratado de mnemônica*, *Tratado de metrificação*, além de um livro de alfabetização. *As primaveras* são de 1822.
31. Filósofo grego que viveu de 384 a 322 a.C. Escreveu, entre vários outros trabalhos decisivos para a construção do pensamento ocidental, um tratado sobre a poesia, a *Poética*, e outro sobre a arte de falar e argumentar em público, a *Retórica*.

32. Cássio Longino (213-73). Filósofo grego, autor de vasta obra, cuja maior parte se perdeu. A ele é atribuído o texto *Do sublime*, que é um tratado sobre o estilo.
33. Caio Júlio César (101-44 a.C.). Imperador romano. A alusão é à conhecida frase "*veni, vidi, vinci*", que César, tendo vencido em apenas cinco dias uma guerra na Turquia, fez constar de um letreiro durante as comemorações do triunfo, em Roma.
34. Personagem da mitologia grega. Era um semideus, filho de Zeus. Por uma falta cometida contra os deuses, foi condenado a ficar pendurado num galho de uma árvore frutífera sobre um poço de água: quando tentava beber, a água se afastava; quanto tentava apanhar um fruto, o vento o levava para longe de sua mão.
35. D. Dinis (1261-1325). Rei de Portugal, criador da Universidade e da Ordem de Cristo em Portugal. Ficou conhecido também como "Rei Lavrador", pela importância e apoio que deu à agricultura.
36. Veste da Ordem de Cristo. Ser admitido à Ordem de Cristo era uma honraria muito almejada por burgueses em busca de distinção.
37. Jean-Andoche Junot (1771-1813). General francês que comandou a invasão napoleônica de Portugal, em 1807, fato que determinou a fuga da família real para o Brasil.
38. D. João VI (1767-1826). Rei de Portugal. Transferiu a corte portuguesa para o Brasil, para fugir dos franceses, e só retornou a Lisboa em 1821.
39. Na primeira ocorrência nessa frase, significa "embuçado", coberto com um manto. Na segunda, que é um uso exclusivamente português, designa uma bala, um doce.

40. Referência a Almeida Garrett (1799-1854), poeta e romancista romântico português, autor, entre outras obras célebres, do livro *Viagens na minha terra*. É nas *Viagens* que se encontra a personagem Joaninha.
41. Filósofo grego do século IV a.C. "Discípulo de Diógenes" é uma perífrase banal que significa "filósofo".
42. Alfred de Musset (1810-57). Poeta ultrarromântico francês.
43. José de Espronceda y Delgado (1810-42). Poeta espanhol ultrarromântico e ativista republicano.
44. Engatilhadas.
45. Médico.
46. Personagem de *A dama das camélias*, de Alexandre Dumas Filho. Esse livro, escrito em 1848, circulou no original e em traduções por todo o mundo ocidental e foi adaptado seguidas vezes para o teatro e para a ópera. Margarida é uma cortesã que renuncia ao homem que ama para preservá-lo da desgraça social.

Cabeça

1. Remuneração dada aos padres, por meio da coleta de dinheiro entre os fiéis.
2. Trata-se de António Bernardo da Costa Cabral (1803-89). Político português, em 1842 chefiou um golpe de Estado que o levou a ministro do Reino, exercendo um governo ditatorial até 1846.
3. Trata-se de uma tentativa de revolução contra a ditadura de Costa Cabral, que começou em Torres Novas, e foi logo liquidada pelo exército governamental.

4. O título é uma alusão a um livro célebre de Almeida Garrett, publicado em 1830, *Portugal na balança da Europa*, no qual o autor propunha, como solução para a crise portuguesa, uma federação dos Estados peninsulares.

5. Aqui, a palavra é empregada no sentido clássico de "civilização", "cultura", aquilo que é próprio de uma cidade (em grego, *pólis*).

6. Átila (385-453) foi rei do povo huno. Famoso pelas vitórias sobre os exércitos romanos.

7. Gengis Khan (aprox. 1162-1227). Príncipe mongol que conquistou grandes extensões de territórios asiáticos. Seu nome é seguido quase automaticamente do complemento "flagelo da humanidade", por conta da destruição sistemática e das execuções coletivas e massacres que caracterizaram a sua forma de dominar as cidades e tribos que foi conquistando.

8. Alarico I (aprox. 370-410). Rei dos visigodos, que depois de ter sido aliado dos romanos empreendeu uma série de guerras contra Roma, saqueando a cidade no ano 410.

9. Salomão (?- aprox. 937 a.C.). Rei de Israel, filho de David. A alusão é ao *Cântico dos cânticos*, livro atribuído a Salomão, no qual celebra o amor por uma mulher. A tradição identifica a amada de Salomão com a negra rainha de Sabá.

10. Frei Luís de Sousa, nome religioso de Manuel de Sousa Coutinho (aprox. 1555-1632). Autor de trabalhos históricos e biográficos, é considerado um dos maiores prosadores da língua e um modelo de estilo despojado e elegante.

11. Padre Manuel Bernardes (1644-1710). O principal livro de Bernardes é a *Nova floresta*, coletânea de histórias exemplares e seguidas de

comentários. Escreveu ainda tratados espirituais e livros de meditação. É considerado um dos modelos da prosa portuguesa clássica.

12. Aforismo, frase que condensa em poucas palavras um conceito.
13. Forma estrófica clássica, composta de oito versos decassílabos, rimados segundo o esquema ababbcc. Em oitava-rima foram compostos *Os Lusíadas*.
14. Porcelana.
15. Dobras, pregas.
16. Trata-se do mosteiro da Batalha, construção gótica portuguesa, cuja fachada tem as nervuras do estilo e é caracterizada por sua cor amarelada.
17. Carruagem de dois assentos, descoberta na parte dianteira.
18. Por fim.
19. Personagem principal da comédia *A escola dos maridos*. Esganarello, contra todos os conselhos de seu irmão, insiste na ideia de se casar com Isabel, sua pupila. Esta, por sua vez, ama um jovem por quem é correspondida. Depois de várias peripécias, Esganarello termina arrependido e amargurado e conclui com a frase célebre: "Infeliz aquele que se fia numa mulher".
20. Jean-Baptiste Molière (1622-73). Autor (e ator) francês de teatro, escreveu, entre muitas outras peças, *As preciosas ridículas*, *Tartufo*, *D. Juan* e *O misantropo*.
21. Malandro.
22. Lenga-lenga, discurso muito longo e sem interesse.
23. Ouro falso, bijuterias.
24. Patetices, bobagens.
25. Ridicularizar, fazer piadas sobre.

26. Rusticidades, atos próprios de quem vive no campo.
27. Insolência, descaramento.
28. Esconderijo.
29. Aluguel.
30. Traficantes.
31. Depósitos, armazéns.
32. Rimas.
33. Notícia referente a fato ocorrido na cidade onde o jornal é publicado.
34. Pequenos arpões.
34a. Hierarquia.
34b. Gracejo elegante.
35. Mania.
35a. Graça.
36. Lamaçal, atoleiro.
37. Cupido, o deus do amor.
38. Trechos da primeira sátira do poeta latino Juvenal (aprox. 60-aprox. 128). Essa frase vem na sequência da declaração de que, ante tantos desmandos em Roma, "difícil é não escrever sátiras". Ao que se seguem essas palavras que, em português, significam: "pois quem pode ser tão tolerante com esta cidade iníqua, quem tem a alma tão férrea, que possa se conter?".
39. Alusão a Garrett, que escreveu o poema *Camões*, marco do Romantismo em Portugal. Os versos transcritos são do final do poema, em que se denuncia a ingratidão da pátria em relação ao seu maior poeta.
40. Chafurdar, deitar e rolar no barro ou na lama.

41. Insolência, desaforo.
42. Primeira frase do primeiro discurso de Cícero contra Catilina, proferido em 63 a.C. Catilina conspirava contra a ordem estabelecida. A frase "Até quando, Catilina, abusarás de nossa paciência?" foi, ao longo do tempo, um chavão para manifestar a desaprovação de um fato ou atitude que persiste, apesar de intolerável.
43. Marco Túlio Cícero (106-43 a.C.). Um dos maiores prosadores e oradores latinos, autor de tratados de filosofia e de retórica.
44. Expressão banalizada nos discursos jurídicos e no jornalismo ao longo do século XIX e que significa "Oh, vergonha! Oh, dor!".
45. Trecho da *Eneida*, de Virgílio. Palavras de um herói troiano, tentando chamar a atenção dos inimigos sobre si, com o intento de livrar da morte um companheiro. Em português: "Fui eu, fui eu que o fiz. Voltai contra mim as armas".
46. Nicolau Tolentino de Almeida (1740-1810). Poeta português, célebre principalmente pela parte da sua obra que apresenta um retrato humorístico e pitoresco da vida portuguesa.
47. Jornalista.
48. Garantia, salvaguarda.
49. Forma plural de *sanctum sanctorum* (o santo dos santos) — tradução latina do nome que os judeus davam ao lugar mais sagrado do templo; por extensão, se aplica a todo lugar proibido aos profanos.
50. Personagem da peça *Frei Luís de Sousa*, de Garrett. D. João, dado como morto na África, retorna após muitos anos à sua casa. Sua mulher está casada com outro, de quem tem um filho. Quando lhe perguntam quem ele é, aponta para o seu retrato e diz apenas "Ninguém!".

51. Tertuliano (aprox.155-aprox.222). Padre da Igreja, que fixou o latim como a língua da literatura cristã.
52. Frase atribuída a Tertuliano e que significa "creio no absurdo". Usualmente, a frase aparece como *"credo quia absurdum"* ("creio porque é absurdo"), e é empregada para demonstrar que a fé independe da razão. Não há tal frase na obra de Tertuliano, e ela parece resultar da fusão distorcida das sentenças deste trecho do tratado "Sobre a carne de Cristo": *"Et mortuus est dei filius; credibile prorsus est, quia ineptum est. Et sepultus resurrexit; certum est, quia impossibile"* ("E morto é o filho de Deus: é totalmente crível, porque é idiota; e o sepultado ressuscitou: certo é, pois é impossível").
53. Vanglória, ostentação, gabolice.
54. Gosma malcheirosa que se extrai da árvore do mesmo nome.
55. Pulmões, peitos.
56. Estado retesado, esticado.
57. Borbotões.
58. Homem que segue rigorosamente a última da moda ou que se enfeita muito.
59. Filósofo grego do século III a.C. que, segundo a tradição, ao descobrir a solução de um problema no meio de um banho, teria saído à rua nu, gritando "Achei! Achei!". Em grego, *Eureka*.
60. Na verdade, Holloway. A referência é a um unguento (pomada ou líquido curativo) inventado pelo médico inglês Thomas Holloway (1800-83) e comercializado em toda a Europa a partir de 1837.
61. A *revalenta arábica* foi um remédio da moda. Anunciava-se como restaurador das funções do estômago, intestinos, fígado e sistemas nervoso e circulatório. O inventor a que se refere o texto talvez seja o

inglês Du Barry, cujo nome dava a marca de uma das mais conhecidas fórmulas do remédio.
62. Médico grego que viveu no século V a.C. e é usualmente cognominado "pai da medicina".

Estômago

1. Moitas de arbustos.
2. Cabo eleitoral.
3. Político romano que viveu nos séculos VI e V a.C. Foi cônsul de Roma e conseguiu acalmar a plebe, que ameaçava os poderes do Senado, com um discurso sobre os membros e o estômago, no qual mostrava a interdependência entre as partes do corpo, sugerindo a interdependência das partes do corpo social. Essa parábola foi retomada por La Fontaine em uma das suas fábulas, intitulada justamente *Os membros e o estômago*.
4. Marino Faliero (1279-1355). Doge (governador) de Veneza que, após uma tentativa de golpe para extinguir a república e proclamar-se príncipe da cidade, foi preso e condenado à morte. Sua execução foi objeto de um quadro de Eugênio Delacroix, em 1826, e sua vida, de uma ópera de Donizetti, composta em 1835.
5. Festa do santo padroeiro da igreja.
6. Cavalo pequeno e robusto.
7. Imposto de consumo sobre carne, bebidas alcoólicas, arroz, azeite e vinagre.
8. Imposto no valor de vinte por cento do total do bem.

9. Gestos, caretas, fosquinhas.
10. Bruto (85-42 a.C.). Político romano que participou da conspiração que levou ao assassinato de César.
11. Expressão latina que significa "se as outras coisas permanecem iguais". Emprega-se para indicar uma condição.
12. Modificação da expressão latina *vae victis* ("ai dos vencidos"), exclamação atribuída a Breno, chefe celta que, em 390 a.C., exigiu um pesado tributo dos romanos para a liberação da cidade. A modificação introduzida na frase acrescenta a ideia de perenidade à derrota.
13. Fatias grandes de linguiça.
14. Lixívia, água sanitária. Fabricava-se com água quente e cinzas de madeira.
15. Tamanquinhos.
16. Vaso, geralmente de estanho, para beber vinho.
17. Vadios, vagabundos.
18. Pessoas desajeitadas e sem graça.
19. Pregas, dobras.
20. Pequena enxada.
21. Proclamas de casamento; anúncios regulares, durante a missa, da intenção dos noivos de se casarem, para eventuais contestações.
22. Juan Meléndez Valdés (1754-1817). Político e poeta espanhol, hoje pouco lembrado.
    Tradução da ode: "Já retorno a ti, pacífico retiro:/Altas colinas, vale silencioso/Término dos meus desejos,/Faustos, recebei-me; dai-me o repouso/Pelo qual em vão suspiro/entre o tumulto e os tristes devaneios/Da corte enganosa:/Com vossa sombra amiga/Cobri minha inocência, e em paz feliz/Concedei-me esperar o golpe doloroso/Da parca inimiga...".

23. Entidade mitológica encarregada de tecer e cortar o fio da vida; figuradamente, a morte.
24. Embotados, sem corte.
25. Herdeira única.

O EDITOR AO RESPEITÁVEL PÚBLICO

1. O título do livro projetado por Silvestre ecoa o de dois livros bem conhecidos, escritos pelo poeta romântico António Feliciano de Castilho: *A felicidade pela instrução* e *A felicidade pela agricultura*.
2. Jeremy Bentham (1748-1832). Um dos fundadores do utilitarismo, Bentham afirmava que a condição humana é estar sob o jugo de dois poderes, a dor e o prazer, e que os indivíduos são, por isso mesmo, caracterizados por um egoísmo natural e racional.
3. François La Rochefoucauld (1613-80). Escritor francês, autor de máximas e epigramas reflexivos. Seu pensamento é de matriz pessimista e sua formulação recorrente é que o egoísmo é a base dos comportamentos humanos.
4. Partidário de D. Miguel, irmão mais novo de D. Pedro I (do Brasil) na sucessão do trono português. Após D. Pedro abdicar em favor de sua filha o trono de Portugal, D. Miguel proclamou-se rei daquele país. D. Pedro, para defender o direito de sua filha, abdicou do trono imperial brasileiro e empreendeu uma guerra contra D. Miguel, vencendo-a e assumindo o trono português com o nome de D. Pedro IV. Os legitimistas se negavam, quanto fosse possível, a jurar a Carta Constitucional.

5. Impunes.
6. Gorduras, banhas.
7. Bolsos.
8. Filha de Labão: Raquel. Jacó, apaixonado por Raquel, trabalhou sete anos para o pai dela, Labão, para receber a sua mão em casamento. Após esse prazo, Labão lhe deu em casamento a filha mais velha, Lia. Jacó trabalhou outros sete anos para poder casar-se também com Raquel.
9. Esposa de Ulisses, herói da *Odisseia*. Modelo de dedicação, Penélope teria esperado vinte anos pela volta do marido, recusando todas as propostas de casamento que lhe eram oferecidas.
10. Dama romana que, estuprada por um dos filhos do imperador Tarquínio, teria informado seu pai e seu marido do ocorrido e, após eles lhe terem prometido vingança, suicidou-se diante deles com um punhal. Desse gesto teria resultado a queda do governo imperial e o estabelecimento da república no ano 509. Shakespeare escreveu um poema sobre esse episódio da história romana, "The rape of Lucrece".
11. Nicolas Boileau-Despréaux (1636-1711). Poeta e crítico literário francês, sistematizador da poética clássica francesa, cujos preceitos reuniu em *A arte poética*, de 1674. Da sua obra, a parte mais notável é a satírica. Por ser o porta-voz do Classicismo, Boileau foi geralmente detestado pelos românticos.
12. Francesco Petrarca (1304-74). Poeta, historiador e arqueólogo italiano. Foi o primeiro dos grandes humanistas da Renascença. A maior parte dos seus poemas é dedicada a Laura.
13. Do verbo arreigar ou arraigar. Firmar-se pela raiz, enraizar.

14. Meia.
15. Charles Pinot Duclos (1704-72). Gramático, moralista, historiador e romancista francês.
16. "Eu vivi, e gostaria de ser útil àqueles que hão de viver."
17. Catarina Micaela de Sousa César e Lencastre, viscondessa de Balsemão (1749-1824). Poetisa portuguesa pré-romântica.
18. Manuel Barbosa Maria du Bocage (1765-1805), considerado o maior poeta português do século XVIII.

1ª **edição** julho de 2003 | **2ª edição** julho de 2016 | **Fonte** Spectrum MT
Papel Norbrite 66 g/m² | **Impressão e acabamento** Cromosete